W0284865

UWE ITTENSOHN

Requiem für den Kanzler

WELTBÜHNE SPEYER Helmut Kohl ist tot. Der Altbundeskanzler soll nach einem Requiem im Speyerer Dom auf dem kleinen Kapitelsfriedhof am Rande des Adenauerparks seine letzte Ruhestätte finden. Frank Achill, Hauptkommissar bei der Ludwigshafener Polizei, der den Einsatz der örtlichen Polizeikräfte in Speyer koordiniert, bittet seinen etwas schrulligen Freund André Sartorius als ortskundigen Stadtführer um Unterstützung bei dieser Aufgabe. Zunächst sieht alles nach einer harmlosen Routineaufgabe aus. Doch dann mehren sich die Anzeichen, dass auch Extremisten die Speyerer Weltbühne für ihre Zwecke nutzen wollen, um ein perfides Attentat zu verüben. Wird es André Sartorius mit seinen ausgeprägten analytischen Fähigkeiten gelingen, aus kleinsten Hinweisen, gepaart mit seinen brillanten Ortskenntnissen, das Unheil von seiner Stadt abzuwenden und die Pläne der Terroristen zu durchkreuzen?

Uwe Ittensohn, 1965 in Landau geboren, ist bekennender Pfälzer und lebt seit der Kindheit in Speyer. Seit seinem Studium ist er in der Finanzbranche tätig und war daneben viele Jahre als Lehrbeauftragter an der Dualen Hochschule in Mannheim aktiv. In der Freizeit beschäftigt sich Ittensohn intensiv mit der Speyerer Stadtgeschichte. Er sanierte ein denkmalgeschütztes Stiftsgebäude und kümmert sich um den historischen Klostergarten, in dessen schattigen Winkeln er auch die Muße zum Schreiben findet. Mit seinem dritten Roman zeigt er, dass Krimis nicht trocken sein müssen. Auf spannend-humorvolle Weise geht er einem der flüssigen Schmankerl der Region – nämlich dem Festbier für das Speyerer Brezelfest – auf den Grund.

UWE ITTENSOHN

Requiem für den Kanzler

Kriminalroman

GMEINER

Personen und Handlung sind frei erfunden.
Ähnlichkeiten mit lebenden oder toten Personen
sind rein zufällig und nicht beabsichtigt.

Immer informiert

Spannung pur – mit unserem Newsletter informieren wir Sie
regelmäßig über Wissenswertes aus unserer Bücherwelt.

Gefällt mir!

Facebook: @Gmeiner.Verlag
Instagram: @gmeinerverlag
Twitter: @GmeinerVerlag

MIX
Papier aus verantwortungsvollen Quellen
FSC® C083411

Besuchen Sie uns im Internet:
www.gmeiner-verlag.de

Im Ehnried 5, 88605 Meßkirch
Telefon 07575/2095-0
info@gmeiner-verlag.de

4. Auflage 2021

Lektorat: Claudia Senghaas, Kirchardt
Herstellung: Julia Franze
Umschlaggestaltung: U.O.R.G. Lutz Eberle, Stuttgart
unter Verwendung eines Fotos von: © Bru-nO / pixabay.com
Druck: CPI books GmbH, Leck
Printed in Germany
ISBN 978-3-8392-2386-4

Wein und Sonne hat der liebe Gott der Pfalz in reichem Maße geschenkt. Wie der Weinstock, der sich in die Erde eingräbt, sind die Menschen tief verwurzelt in ihrer Heimat und vertraut mit deren Geschichte und Geschichten um die Römer, die den Weinbau brachten, um den Dom zu Speyer, in dem deutsche Könige und Kaiser des Mittelalters zu ewiger Ruhe gebettet wurden, um Reichstage zu Speyer und Worms.

Doktor Helmut Kohl

1. VORSPIEL

Mittwoch, 14. Juni 2017, 21.45 Uhr

Er überwand sich und legte von hinten die Hand auf die Stirn des alten Mannes. Er spürte dessen Wärme. Fest drückte er den kleinen Kopf mit dem lichten Haar an seine Schulter. Er fühlte den knochigen Rücken des Alten, der ihm hilflos zu entkommen suchte, an seiner Brust. Für einen Wimpernschlag nahm er einen Geruch nach Mottenkugeln wahr.

»Inschallah.« Wie ein leises Wischen klang die Schneide, als sie eine tiefe, klaffende Wunde durch die faltige Kehle grub.

Noch ein letztes Gurgeln, und der kraftlose Körper glitt vor ihm zu Boden. Er zögerte einen Augenblick, überrascht, wie einfach es gewesen war, ein Leben zum Erlöschen zu bringen.

Laut kreischend erhob sich ein Paar giftgrüner Halsbandsittiche, eine Papageienart, die nach und nach auch die Platanen des Philosophenplatzes eroberte, und flog davon. Das eigentümliche Geschrei der tropischen Vögel verlieh der Situation eine unwirkliche Note. Aydin fühlte einen kalten Schauer auf seinem Rücken.

Schockiert starrte er auf das blutige Messer und seine mit Blutspritzern übersäte Hand. Ekel drohte ihn zu übermannen. Hektisch wischte er beides am Hemd des Sterbenden ab und flüchtete unter den Augen seines Bruders in eine dunkle Seitenstraße in der Mannheimer Oststadt.

2. BEZZERA

Samstag, 17. Juni 2017, 9.15 Uhr

»Kommst du noch oder soll ich alleine frühstücken?«, fragte Irina genervt.

Verdammt! Er hatte den Wecker überhört. Dabei war es seine Idee gewesen, sich heute mit ihr zu einem ausgiebigen Frühstück zu verabreden. Nach den beiden hektischen Wochen, in denen sie fast täglich eine Prüfung zu bewältigen hatte und häufig ohne einen anständigen Morgenkaffee aus dem Haus stürzte, hatte sie es nun fürs Erste geschafft. Das vierte Semester ihres Betriebswirtschafts-Studiums, das sie in Mannheim an der Uni absolvierte, lag endlich hinter ihr.

Eigentlich wollten sie heute den Tag gemütlich beginnen lassen.

»Ich komme gleich!«, rief er aus seinem Schlafzimmer in die Küche hinunter.

»Beeil dich! Die Cornetti sind noch so schön warm.«

›Auch das noch‹, dachte André. ›Erst versetze ich sie und dann muss sie auch noch zum Bäcker laufen.‹

André mochte es nicht, unzuverlässig zu sein. Wenn ihm dies einer Frau gegenüber passierte, wurmte es ihn erst recht. Er war ein Mann jener Sorte, die man häufig mit der Floskel »alte Schule« bedachte.

Mühsam entwand er sich im gepflegten blauen Satinpyjama dem Bett.

Hätte er nicht verschlafen, hätte er sich rasch geduscht und straßentauglich angezogen. Es entsprach ganz und gar nicht seinem Wesen, sich Fremden im Schlafanzug zu zeigen. Dabei war sie ihm, objektiv gesehen, alles andere als fremd. Die russische Auslandsstudentin aus Speyers Partnerstadt Kursk lebte nun schon seit zwei Jahren bei ihm. Ihr Mietverhältnis, das sich anfänglich nur auf ein kleines Zimmer mit Bad beschränkt hatte, hatte sich mehr und mehr zu einer Wohngemeinschaft fortentwickelt. So, dass sie sich den Haushalt teilten und immer, wenn sich die Gelegenheit bot, die Mahlzeiten miteinander einnahmen. Wenn er ehrlich zu sich war, musste er sich eingestehen, dass längst so etwas wie ein Vater-Tochter-Verhältnis zwischen ihnen herangereift war. Obwohl er ihre Gegenwart in seinem Haus genoss, empfand er es in Momenten wie diesem als belastend, einen Menschen so nahe an sich herankommen zu lassen.

›Sei's drum‹, dachte er. ›Wer ist schon ohne Widersprüche?‹ Im Übrigen war dauernde Einsamkeit auch keine Alternative.

Als er die Küche betrat, saß sie bereits am Tisch. Eine dünne, blasse 23-Jährige, die man leicht auch fünf Jahre jünger hätte schätzen können. Sie trug ausgebleichte Shorts und ein völlig verzogenes, überweites T-Shirt, in dem sie bereits die Nacht verbracht hatte – ihre übliche Schlafmontur. Lässig hatte sie ihre nackten Füße auf der Sitzfläche ihres Stuhles abgestellt, und ihr Kopf ruhte lauernd auf ihren Knien. Spitzbübisch lächelnd, sprach sie ihn an: »Ui, der alte Mann im Negligé, welch seltener Anblick. Guten Morgen, der Herr!«

»Morgen«, brummte André gespielt genervt.

»Und mit dem falschen Fuß aufgestanden sind wir auch noch«, erwiderte sie und grinste spöttisch.

»Warst du so etwa beim Bäcker?«, fragte er und wies auf ihre Kleider.

»Selbst ist die Frau. Das im Küchenschrank mit dem Fensterchen ist kein Aquarium. Man nennt es Backofen.«

»Ach was. Wenn ich dich nicht hätte, würde ich wahrscheinlich den Kühlschrank für eine Telefonzelle halten.«

»An deine Wundermaschine habe ich mich allerdings nicht getraut. Ich hab keine Lust, mir einen bösen Blick einzufangen und mich wieder stundenlang im Kaffeekochen einweisen zu lassen.«

»Cappu?«, unterbrach er sie und schlurfte, ohne eine Antwort abzuwarten, zur Espressomaschine.

»Same procedure as every day, James!«, sagte sie und beobachtete grinsend Andrés zur Schau gestellten Missmut.

Befriedigt nahm er zur Kenntnis, dass Irina die chromblinkende italienische Siebträgermaschine schon eingeschaltet hatte. Ein Blick auf den linken der beiden Manometer und ein fast liebevolles Streichen über die außenliegende Brühgruppe verriet ihm, dass seine Bezzera schon die notwendige Betriebstemperatur erreicht hatte.

Rasch holte er Milch, Edelstahlaufschäumkännchen und zwei dickwandige Cappuccinotassen. Er legte sich alles zurecht und spülte Auslaufdusche sowie Dampfdüse. Dann stellte er den schweren verchromten Siebträger mit dem für die Marke Bezzera typischen Visconti-Wappen auf dem Griff auf die Briefwaage unter der elektrischen Kaffeemühle, wog exakt 16 Gramm frisch gemahlenen Kaffee ab und füllte ihn ins Sieb. Mit einem massiven Tamper mit Wurzelholzgriff drückte er das Kaffeepulver an und drehte ihn je exakt eine halbe Umdrehung erst nach links und dann nach rechts. Anschließend strich er sorgsam mit dem Finger die Kaffeekrümel von der Kante des Siebträgers. Dann ließ er ihn mit einem leichten Rechtsruck in die Bajonetthalterung der Brühgruppe einrasten. Seine eben noch angespannten

Züge hatten sich auf wundersame Weise gelöst. Er genoss es, mit routinierter Hand solchen kleinen Verrichtungen, die er immer exakt nach dem gleichen Muster vollzog, nachzugehen. Vor allem dann, wenn ausreichend Zeit war, präzise und fast meditativ mit schönen ästhetischen Geräten und Gegenständen zu Werke zu gehen. Auf sein Gesicht legte sich ein kindlich zufriedenes Lächeln, als er den Auslasshebel nach oben legte und zuschaute, wie aus der edlen Maschine tiefbraun und sämig dampfender Espresso in die schweren weißen Tassen rann. Genießerisch inhalierte er den Kaffeeduft. Nun konnte der Tag beginnen.

Irina, die ihn die ganze Zeit beobachtet hatte, lachte. »Wenn du nur etwas hast, das du zelebrieren kannst – alter Genießer.«

»Nach fast 30 anstrengenden, hektischen Berufsjahren steht mir das auch zu.«

André hatte vor drei Jahren den Job als Risikoanalyst bei einem Frankfurter Bankhaus an den Nagel gehängt und seine Passion, nämlich die Stadtgeschichte, zum neuen Lebensmittelpunkt werden lassen. Seit einer intensiven Ausbildung vor vier Jahren war er zum Stadtführer seiner geliebten Heimatstadt Speyer avanciert. Mit dem Honorar dafür, der Miete, die er von Irina für das Zimmer mit Bad erhielt, und den Früchten einer kleinen Erbschaft, vermochte er es, gut über die Runden zu kommen.

»Du musst dich nicht wieder verkünsteln«, sagte Irina nachsichtig lächelnd, als André gerade im Begriff war, durch einige gezielte kleine Schwünge aus dem Handgelenk mit der aufgeschäumten Milch ein feingliedriges Blatt auf die Oberfläche des Cappuccinos zu zeichnen.

»Das bin ich dir schuldig, nachdem ich dich schon versetzt habe.«

Irina nickte gönnerhaft.

»Ecco il Caffè«, sagte André und stellte, einen italienischen Kellner imitierend, die Tasse vor Irina auf den Tisch.

»Ich merke, der alte Mann hat seine Betriebstemperatur erreicht«, sagte Irina lachend.

André nahm sich seine Tasse, griff sich eines von Irinas selbst gebackenen Cornetti und setzte sich ihr gegenüber.

Als sie ihren ersten Hunger gestillt hatten, teilten sie sich wie ein altes Ehepaar die Tageszeitung.

Sie schnappte sich den vorderen Teil der Rheinpost mit Politik und Wirtschaft, er den Regionalteil, der dahinter folgte. Er tat dies ganz bewusst. Für ihn war es das Privileg derer, die sich zur Ruhe gesetzt hatten. Sich nicht mehr mit den großen Problemen der Politik und Wirtschaft zu belasten, sondern sich den kleinen einfachen Dingen zu widmen, die sich unmittelbar vor seiner Haustür hier in Speyer abspielten.

»Hast du schon mitgekriegt, euer Einheitskanzler ist gestern gestorben?«

»Wie? Wer?«

»Na, Gorbis Freund.«

»Du meinst Helmut Kohl?«

»Ja, wen sonst?«

»Oh!«, seufzte André betroffen.

»Wie kommt es eigentlich, dass ein Mann wie er so wenig präsent bei euch ist?«

»Na ja, seine Amtszeit liegt schon lange zurück, und am Ende war da diese Parteispendenaffäre.«

Irina lachte und schüttelte ihren Kopf. »Ihr habt schon eine merkwürdige Art, mit euren Nationalhelden umzugehen. Hätte er Russland wiedervereinigt, würde wahrscheinlich auf jedem Marktplatz eine meterhohe Statue von ihm stehen.«

André lächelte. »Wahrscheinlich hast du recht. In Deutschland hat man ein traumatisches Verhältnis zu Nationalhelden aller Art.«

»Wie ich euch kenne, werdet ihr erst in 100 Jahren wissen, was ihr an ihm hattet. In Deutschland muss man tot sein, wenn man verehrt werden will. Was für eine merkwürdige Geschichtsauffassung.«

»Ich für meinen Teil weiß, was wir an ihm hatten. Er gab uns ein europäisches Lebensgefühl. Es kommt nicht von ungefähr, wenn viele Menschen einen gewissen europäischen Stolz entwickelt haben. Was wären wir ohne italienischen Espresso, das französische Savoir-vivre, britische Noblesse, spanischen Wein …«

»… und natürlich die Anmut slawischer Frauen«, ergänzte Irina lachend.

André fiel mit in ihr Gelächter ein.

»Und ist es bei euch anders? Hat Gorbatschow noch viele Fans?«

»Mich schon. Ohne ihn würde ich hier nicht studieren. Aber manche sagen, er hat Russland kleingemacht. Gerade die russischen Nationalisten sind nicht gerade begeistert von ihm und natürlich auch nicht von Kohl. Man wirft den beiden vor, für das Auseinanderbrechen der Sowjetunion verantwortlich zu sein.«

3. MISSION

Montag, 19. Juni 2017, 15.25 Uhr

»Khaled hat angerufen. Er wird uns treffen.«

»Uns?«

»Ja, er lobt dich für das, was du mit dem Alten in Mannheim gemacht hast. Er wird einen Bekennerbrief an die Zeitung schicken.«

Aydin nickte mit einem beklommenen Gefühl.

»Er meinte, wir hätten die Gegend gut ausgewählt. Die Furcht, die es unter den Ungläubigen verbreitet, ist umso größer, je sicherer sie sich in einem Stadtteil fühlen. Die Oststadt, wo ihre Banken liegen und die Reichen wohnen, war perfekt.«

Aydin schaute betroffen. Er fühlte sich noch nicht bereit, die Freude seines Bruders Fayyadh zu teilen. Der Gedanke an das warme Blut, das aus der Kehle des Alten auf seine Hand gespritzt war, verursachte ihm immer noch Ekel.

»Du wirst an meiner Seite eine heldenhafte Mission erfüllen. Ich habe mich bei ihm für dich verbürgt. Ich will ihm zeigen, was ich für einen mutigen Bruder habe.«

Aydin schaute unsicher. Wie sollte er Fayyadh klarmachen, dass er noch nicht bereit war – bereit, um noch mehr Ungläubige zu töten.

»Nimm den Kopf hoch und schaue auf zum Himmel. Du bist jetzt einer von uns und reif für größere Aufgaben. Das, was du in Mannheim getan hast, spricht für deinen unerschütterlichen Glauben und deinen Mut. Unser Vater wäre stolz auf dich.«

Aydin nickte nur stumm. Gefangen in einer Mischung aus Angst und schlechtem Gewissen. Aufmunternd tätschelte ihm Fayyadh die Wange.

4. BESUCHSANDROHUNG

Dienstag, 20. Juni 2017, 9.05 Uhr

»Du André?«, sprach Irina ihn zögerlich an, als er Zeitung las.

Seismografisch registrierte er das ungewohnt ängstliche Timbre, das in ihrer Stimme mitschwang. Aufgeschreckt erhob er den Blick. »Was ist los mit dir?«

»Wieso, wie kommst du darauf, dass etwas mit mir los wäre?«

»Seit zwei Jahren hast du mich nicht mehr mit meinem Namen angesprochen?«

»Es ist …«

»Was ist passiert? Du warst gestern schon so schweigsam. Stimmt etwas bei deiner Familie nicht? Seit dem Anruf gestern Abend drückst du dich hier rum wie eine Katze ohne Schwanz.«

»So fühle ich mich auch«, bekannte Irina und senkte sorgenvoll den Blick.

»Ist jemand ernsthaft krank in deiner Familie?«

»Nein, so schlimm ist es nicht.«

»Spann mich nicht auf die Folter.«

»Es ist eher was mit dir.«

»Mit mir? Ich fühle mich kerngesund.«

Irina lächelte geknickt. »Nein, das meine ich nicht. Ich muss dich etwas fragen und weiß nicht, wie du reagieren wirst.«

»Willst du etwa ausziehen?«, fragte er ernst.

Irinas Gesicht erhellte sich. »Dass du so etwas sagst und dabei ernst guckst, ehrt mich, alter Mann.«

»Vielleicht wirfst du mich ja raus, wenn ich damit rausrücke.«

»Nun lass mich nicht länger zappeln. Hast du etwa einen Verehrer, der zu dir ziehen will?«

Irina lachte verschmitzt. »Du weißt doch, dass der Mann, der meinen hohen Qualitätsanforderungen genügen könnte, erst noch geboren werden muss. Natürlich dich ausgenommen.«

»Jetzt wird's aber ernst, wenn du mir so Honig ums Maul schmierst.«

»Ja, schon ... Tante Ludmilla und Onkel Kazimir wollen nach Deutschland kommen.«

»Ja und?«, fragte André verwirrt. »Was ist daran schlimm?«

»Sie wollen zu *dir* kommen. Wollen wissen, wo und wie ich wohne, und schauen, ob ich in guten Händen bin.«

André lachte. »Ist ja fast so, wie wenn das Tierheim jemanden zur Nachkontrolle schickt.«

»Danke, du Ekel. Ich kann auch nichts dafür. In Russland achtet man eben auf seine Familie. Sie meinen es halt gut mit mir.«

»Und wieso sollte ich etwas dagegen haben, dass sie's gut mit dir meinen?«

»Na ja, weil du *du* bist«, sagte Irina spöttisch grinsend.

»Jetzt bist du das Ekel von uns beiden. Habe ich nicht oft genug Besuch im Haus?«

»Besuch schon, aber die schlafen nicht hier.«

»Schlafen?«, sagte André und schluckte hörbar.

»Ja, nur eine Nacht oder so.«

»Oder so?«, fragte André, nur mühsam sein Entsetzen unterdrückend.

»Ich wusste, dass es dich abtörnt.«

»Wieso abtörnt? Ich wollte nur wissen, was auf mich zukommt.«

»Ist schon gut. Ich schick sie ins Hotel«, sagte Irina sichtlich enttäuscht.

»Spinnst du? Die sollen ruhig erleben, was Speyerer Gastfreundschaft bedeutet!«, sagte André mit Pathos in der Stimme.

»Als ob?«, erwiderte sie ungläubig.

»Ja, ganz sicher, wir machen das«, sagte er und gab ihr einen aufmunternden Klaps auf die Schulter.

»Aber ich muss dich warnen. Die beiden sind …«

»Was bitte? Was sind sie? Doch wohl keine Russen«, sagte er lachend.

»Doch schon. Richtig typische Russen, und ich weiß nicht, ob sie André-kompatibel sind.«

»Wie man an dir sieht, bin ich ja glücklicherweise Russen-kompatibel.«

»Wir werden sehen«, sagte Irina lachend und wurde durch das läutende Telefon unterbrochen.

André nahm rasch ab. Er ertrug es nicht, einem klingelnden Telefon zuzuhören und nicht zu wissen, was man von ihm wollte. Es war Adelheid, die Koordinatorin für Stadtführungen von der Speyerer Tourist-Info.

»Ich habe einen Anschlag auf Sie vor. Einer Ihrer Kollegen ist krank geworden, und wir brauchen Ersatz für den ›Speyermer Stadtspaziergang‹ am Samstag.«

André überlegte kurz, ehe er antwortete. »Geht in Ordnung, ich habe nichts vor. Und wenn ich Ihnen damit einen Gefallen tun kann, dann erst recht. Irgendwann muss ich ja auch mal in den sauren Apfel beißen.«

»Sie sind ein Schatz, danke für Ihre Flexibilität. Wir sehen uns dann am Samstag um elf am üblichen Treffpunkt«, schloss Adelheid das Telefonat.

Die wöchentlich stattfindenden, offenen Stadtspaziergänge, waren das Brot- und Buttergeschäft der Stadtführer und nicht sonderlich beliebt unter ihnen. Da jeder ohne Voranmeldung einfach erscheinen konnte, wusste man nie, mit was für einer Gruppe man es zu tun hatte. Meist war es ein, über alle Nationalitäten und Altersklassen hinweg zusammengewürfelter Haufen mit unterschiedlichsten Interessen, dessen Ansprüchen man nur schwer gerecht werden konnte. Den einen informierte man zu oberflächlich, den anderen zu detailverliebt. Manche empfanden den Rundgang als zu kurz, für andere war er zu langatmig. André war es lieber, Führungen für geschlossene Gruppen durchzuführen. Hier wusste man, mit wem man es zu tun hatte und kannte die Vorstellungen der Teilnehmer. Man konnte sich vorher abstimmen, vorbereiten und entsprechende Schwerpunkte setzen. Das war zwar fachlich fordernder, aber gewährleistete auch eine höhere Zufriedenheit bei den Gästen.

Trotzdem war es für André keine Frage gewesen einzuspringen, schließlich hatte Adelheid ihm schon häufig aus der Patsche geholfen. Ihr einen Wunsch abzuschlagen, schien ihm schier unmöglich.

»Die hast du aber wieder ganz schön angeschleimt, alter Charmeur.«

»Im Gegensatz zu dir ist sie ja auch nett.«

Irina streckte ihm die Zunge heraus. »Ekel!«

»Ich bin gespannt, ob in deiner Familie alle so schlechte Manieren haben wie du.«

»Heißt das etwa …?«

»Heißt das was?«, stellte er sich dumm.

»Dass sie wirklich kommen dürfen.«

»Natürlich, das sagte ich doch schon. Stell mich nicht wieder wie einen menschenfeindlichen Eremiten hin.«

»Es ist nur … ich hatte befürchtet, du könntest es dir anders überlegen.«

»Mhh, du könntest mich mittlerweile besser kennen. Ich bin noch einer von der altmodischen Sorte. Bei mir gilt eben noch: ›ein Mann, ein Wort‹.«

»Das ist echt lieb von dir. Ich weiß, dass es dir nicht leichtfällt«, sagte Irina und hauchte ihm ein Küsschen auf die Stirn.

»Diese Seite von dir kannte ich ja noch gar nicht«, sagte er schmunzelnd. »Und wann schlagen sie hier auf?«

»Am Freitagnachmittag.«

André schluckte. »Diesen Freitag schon?«

Irina lachte. »Dachtest du etwa an Weihnachten?«

»Ich dachte nur, dass auch Russen ihre Urlaube sorgfältig planen. Wenn sie wie du aus Kursk kommen, sind das immerhin 2.500 Kilometer bis zu uns.«

»Sie kommen aus Kursk und Onkel Kazimir will mit dem Auto anreisen.«

»Na, dann«, sagte André grinsend. »Wenn man nur zwei oder drei Tage Fahrzeit hat, kann man das ja mal spontan machen.«

»Ich kann auch nix dafür, so sind sie eben.«

»Schon gut. Dann sag ihnen schnell zu, sie müssen ja direkt losfahren, wenn sie pünktlich sein wollen.«

André schüttelte ungläubig den Kopf. Für ihn war es unvorstellbar, eine solche Reise spontan anzutreten. Schließlich bedurfte alles einer durchdachten Vorbereitung und Organisation.

»Und vergiss nicht zu erwähnen, dass ich mich freue, sie kennenzulernen und ich sie zu meiner Stadtführung am Samstagvormittag einlade«, fügte er hinzu.

5. SPUTNIK

Dienstag, 20. Juni 2017, 20.25 Uhr

»Verschwinde, du Schlampe!« Mit einem Fußtritt beförderte der Hüne, der den Decknamen Sputnik trug, die zierliche Asiatin aus dem Bett.

Das nackte Mädchen rappelte sich vom Boden auf die Füße und rieb sich die Hüfte. Sie stand einen Augenblick unschlüssig neben dem mit rotem Satin überzogenen Bett. »Und mein Geld?«, fragte sie mit dünner Stimme.

Der muskulöse Mann mit dem großen Totenkopftattoo auf der Brust lachte dröhnend. »Geh weg, du Amateurnutte, sonst hole ich mir, was ich will. Und sag unten Bescheid, dass ich eine neue Frau brauche. Eine, die sich nicht so ziert wie du und die es auch ohne Gummi mit mir treibt. Los lauf, sie soll einen Wodka mitbringen!« Mit seinen letzten Worten ließ er einen 200er vors Bett segeln. »Der ist für den Wodka, nicht für dich, du dummes Stück.«

Das Mädchen bückte sich linkisch nach dem Geldschein. Sie zitterte am ganzen Körper. Eilig zog sie sich ein knappes rotes Kleid über, schnappte sich ihre Unterwäsche und verließ den Raum.

Ein überlegenes Grinsen huschte über sein pockennarbiges Gesicht.

Wenige Minuten später erschien eine füllige Blondine mit einer Wodkaflasche unterm Arm in der Tür. »Man hat mir gesagt, du suchst eine richtige Frau«, säuselte sie mit kaum überhörbarem, laszivem osteuropäischem Akzent und reichte ihm die Flasche.

Der Hüne zog genüsslich an der Zigarette, die er sich gerade angezündet hatte, und musterte sie. »Dreh dich um!«

Sie tat, was er ihr befohlen hatte, und blieb mit emporgereckten Brüsten und in die Seiten gestemmten Armen vor ihm stehen. »Hier ist Rauchen verboten!«, sagte sie ohne sichtbare Scheu.

Er zog die Zigarette aus dem Mund und schnippte sie ihr vor die Füße.

Eilig hob sie sie auf und versenkte sie im halbvollen Sektglas ihrer Vorgängerin.

»Los, zieh dich aus, Schlampe!«

Während sie sich vor ihm langsam auszog und ihm stolz ihre üppigen Brüste präsentierte, trank er einen tiefen Schluck aus der Wodkaflasche.

»Was ist das für ein elendes Zeug?«, mit angeekeltem Gesichtsausdruck ließ er die nur noch zu zwei Dritteln gefüllte Flasche auf den Teppichboden kullern.

Sie ignorierte seine Bemerkung und beugte sich nackt über ihn und bot ihm ihre gewaltige Oberweite dar.

»Komm schon, zeig, was du drauf hast, geiles Stück«, sagte er und zog sie zu sich.

In diesem Moment klingelte sein Handy. Er horchte auf und nestelte mit der großen Pranke das kleine Gerät aus der neben dem Bett auf dem Boden liegenden Hose. Er blickte aufs Display und seine Züge wurden ernst.

»Verschwinde, es ist geschäftlich!«

»Lass sie warten, wir haben was Besseres vor«, raunte sie süßlich.

Er grinste wölfisch. »Du hast es wohl nötig? So wie du aussiehst, wirst du wohl heute kaum noch einen anderen finden. Trotzdem, Schluss jetzt!«

»Und meine 200 Euro?«, setzte sie nach.

Sie hatte kaum ausgesprochen, klatschte sein Handrücken auf ihre Wange. »Hast du nicht gehört? Raus!«, brüllte er mit heiserer Stimme.

Mit der Hand an der roten Wange, ihre Kleider vor ihren nackten Leib haltend, verließ sie unverrichteter Dinge das Zimmer.

»Privjet Major! … Da … Da … Njet … Speyer … Da … Do svidanija Major!«

Schon nach wenigen Sekunden war das Telefonat beendet. So kurz, dass kein Geheimdienst der Welt nachvollziehen konnte, woher es wirklich gekommen war.

Der Hüne mit dem Pockengesicht erhob sich drahtig aus dem Bett und lief mit dem Handy in der Hand nackt in das kleine Bad. Mit geübten Griffen öffnete er mit seinen Pranken das Handygehäuse, entnahm die SIM-Karte und warf sie in die Toilettenschüssel. Danach pinkelte er mit einem dicken gelben Strahl und machte sich einen Spaß daraus, die in der Schüssel schwimmende SIM-Karte zu treffen. Als er fertig war, betätigte er die Wasserspülung, wandte sich zum Waschbecken um, sog grunzend Luft durch die Nase und rotzte einen Batzen Schleim hinein. »Mahlzeit«, sagte er stolz, sein kleines grünes Werk auf dem weißen Porzellan begutachtend.

6. AUFTRAG

Mittwoch, 21. Juni 2017, 11.45 Uhr

»Was hast du da?«, fragte André neugierig Irina, die gerade eine Einkaufstüte auspackte.

»Einen Aschenbecher!«

»Einen Aschenbecher? Für was?«

»Du fragst, als würde ich gerade einen Nuklearteilchenbeschleuniger auspacken. So was nutzt man, um Zigarettenasche abzuklopfen oder Kippen darin auszudrücken.«

»Aber doch nicht hier?«, erwiderte André mit einer Mischung aus Empörung und Entsetzen in seiner Stimme.

»Wo sonst? Auf der Straße kann er sie ja fallen lassen, aber in deinem Haus …?«

»Wer, er?«

»Na, Onkel Kazimir.«

»Willst du damit sagen, dass er raucht?«

»Was sonst? Ich wollte dich noch warnen, aber du hast

mich unterbrochen und bist in deinen euphorischen Gastfreundschaftsmodus gefallen.«

»Dann soll er eben draußen rauchen«, sagte André störrisch.

Irina lachte. »Dann solltest du ihm draußen auch ein Sofa und ein Bett aufstellen. Onkel Kazimir ist Kettenraucher.«

»Kann er das nicht mal ein paar Tage sein lassen?«

»Nein, das kann er nicht. Als sie ihn vor fünf Jahren an der Hüfte operierten, rauchte er noch im OP-Vorraum.«

André schluckte resigniert. »Na, das kann ja heiter werden. Du solltest mir von deinem nächsten Einkauf eine Gasmaske mitbringen und für ihn einen Sessel unter die Dunstabzugshaube stellen.«

Noch bevor die Schockbilder von durch Zigaretten in Brand geratenen Häusern und rauchgeschwängerten Wohnungen aus seinem Gehirn verschwunden waren, klingelte das Telefon.

Es war Frank Achill, Hauptkommissar beim Polizeipräsidium Ludwigshafen, das unter anderem auch für Speyer zuständig war, und seit Jahren mit André befreundet.

»Alles okay bei dir?«, erkundigte er sich.

»Außer, dass die Russen kommen, ja.«

Achill lachte. »Ich denke, denen liegt die Krim noch schwer im Magen.«

»Sei dir da nicht zu sicher.«

»Aus polizeilicher Sicht sehe ich jedenfalls derzeit kein akutes Risiko für Deutschland«, entgegnete Achill lachend.

»Ist ja auch nur eine kleine Kommandoeinheit, die es mit einem Giftgasangriff versuchen wird. Sie besteht, nach Aussage meiner gewöhnlich gut informierten Mieterin, aus Onkel Kazimir und Tante Ludmilla.«

»Lass mich raten. Ihr erwartet Besuch von Irinas Familie?«

»So ist es«, seufzte André.

»Das will ich erleben, vergiss nicht, mich einzuladen, wenn es so weit ist.«

»Damit ihr mich zu zweit auslachen könnt, wenn mir die Züge entgleisen. Das würde euch so gefallen.«

Nach einer kurzen Pause fuhr Achill mit ernster Stimme fort. »Hör zu, André, ich rufe dich heute dienstlich an.«

»Willst du mich etwa schon vorbeugend festnehmen, damit ich Onkel Kazimir nicht ermorde?«

»Das, was du meinst, nennt sich Sicherungsverwahrung. Aber Spaß beiseite, ich habe dich wirklich etwas Dienstliches zu fragen«, sagte Achill ungeduldig.

André spürte, dass es ihm ernst war. Sein Anruf schien tatsächlich offizieller Natur zu sein.

»Wie kann ich dir helfen, Frank?«

»Wie du sicherlich in der Zeitung gelesen hast, soll Helmut Kohl am 1. Juli hier in Speyer beigesetzt werden.«

»Ja, natürlich weiß ich das. Ich habe ja schon die für die Bestattung vorbereitete Stelle im Adenauerpark gesehen.«

»Der Schutz dieser Bestattung und vor allem der vielen Staatsgäste bei den Trauerfeierlichkeiten im Dom und der anschließenden Überführung durch die Stadt stellt die Polizei vor eine logistische Herausforderung.«

»Ich verstehe, und was hat das mit mir zu tun?«

»Die direkte Sicherung des Domes und des Trauerzuges obliegt den auswärtigen Polizeikräften, die aus ganz Rheinland-Pfalz zusammengezogen werden. Insgesamt werden das rund 1.600 Beamte sein.«

André folgte konzentriert Achills Ausführungen, während Irina, die näher gekommen war, fast vor Neugier platzte.

»Mir und meinem Team hat man dabei eine spezielle Aufgabe zugewiesen«, fuhr Achill fort. »Ich soll zunächst die Gefahrenlage erforschen und spezielle, möglicherweise verdeckte Gefährdungsbereiche vor der Veranstaltung lokalisieren, damit man vorbeugende Sicherungsmaßnahmen ergreifen kann. Während der Veranstaltung sollen wir als unabhängige Hintergrundeinheit eigenständig agieren und auf Hinweise aus der Bevölkerung oder akute Bedrohungslagen reagieren. Man erwartet, dass die örtlichen Polizeikräfte durch ihre besseren Ortskenntnisse dafür geeigneter sind.«

Ein breites Grinsen zog sich über Andrés Gesicht. Die Art wie sein Freund gerade mit ihm sprach, war typisch für ihn. In der Freizeit war Frank ein lockerer Typ, der immer zum Flachsen aufgelegt war und mit dem man Pferde stehlen konnte. Wurde es dienstlich, schien er jedes Mal eine Metamorphose durchzumachen. Er wurde ernst und alles, was er sagte, klang, als sei es eins zu eins einer behördlichen Anordnung entsprungen.

»Klingt logisch«, bestätigte André, der immer noch nicht wusste, worauf sein Freund hinauswollte.

»Ich habe vorgeschlagen, dass ich mich dabei von besonders ortskundigen Kräften unterstützen lasse. Die Stadtverwaltung stellt mir jemand aus der Liegenschaftsabteilung zur Verfügung, der die Schlüsselgewalt über alle städtischen Bauwerke im Einsatzgebiet hat. Zusätzlich brauche ich noch jemanden wie dich, der jeden Quadratmeter des historischen Stadtkerns und des Doms wie seine Westentasche kennt.«

André schluckte überrascht. »Und wieso kommst du da gerade auf mich? Es gibt aktuell 85 Stadtführer und die meisten davon sind schon viel länger im Dienst als ich?«

»Du bringst etwas mit, was keiner der anderen aufweisen kann. Ein gewisses, ... mmh, ... wie soll ich es nennen? Na so eine besondere Art, die Dinge zu sehen, wie es andere eben nicht können. Ein Blick fürs Detail. Vielleicht auch ein kriminalistisches Gespür.«

»Du machst dich gerade über mich lustig«, sagte André ungläubig.

»Nein, ganz und gar nicht. Du wirst für die Stunden, in denen du im Einsatz bist, sogar wie eine polizeiliche Hilfskraft besoldet.«

André lachte. »Na, wenn das so ist, hast du mich aber überzeugt.«

»Heißt das, du machst es?«, fragte Achill etwas verwirrt nach.

»Lieber Frank, das heißt: Ich bin immer da, wenn du mich brauchst, so wie du immer für mich da warst, und das mit der Besoldung ist nicht nötig. Ich mache das für dich, wenn du meinst, dass es dir etwas bringt.«

»Danke«, erwiderte Achill trocken. »Kannst du mir vielleicht schon übermorgen am Vormittag bei einem Stadtrundgang zur Verfügung stehen?«

»Kein Problem, ich habe am Freitagvormittag frei. Nur am Abend bin ich als Empfangskomitee für die russische Delegation eingeteilt.«

»Prima, dann treffen wir uns am Freitag um 10.00 Uhr auf der Rheinpromenade am Flaggenmast. Danke, dass du mitmachst«, sagte Achill und legte auf.

7. VORBEREITUNG

Donnerstag, 22. Juni 2017, 9.05 Uhr

Der Major hatte ihn gestern wieder angerufen. Wieder hatte das Telefonat nur einige Sekunden gedauert, wieder hatte er danach, genauso wie man ihn angewiesen hatte, die SIM-Karte vernichtet und die mit der nächsthöheren Nummer in sein Smartphone eingelegt. So wusste der Major immer, wie er ihn erreichen konnte, ohne Spuren zu hinterlassen. Er bewunderte den Major und war stolz darauf, ihm und damit seinem Vaterland oder besser dem, was von der Sowjetunion übrig war, zu dienen. Es gab aber noch ein anderes Gefühl ihm gegenüber, das ebenso stark war – nämlich kalte Angst. Er spürte, dass der Major alles, was er tat, kritisch verfolgte. Ihn beobachtete und ihn, wenn er es wollte, wie eine ausgerauchte Kippe einfach ausdrücken konnte.

Trotzdem gefiel er sich in seiner Rolle. Er, der Junge vom Lande bei Sankt Petersburg, der es in der früheren sowjetischen Armee trotz seines fehlenden Schulabschlusses immerhin zum Praporschtschik, einem Dienstgrad knapp unterhalb der Offiziersränge, gebracht hatte. Er und viele seiner Kameraden galten nach dem Fall der UdSSR als nicht mehr kompatibel zu den modernen russischen Streitkräften. Gerade das, was man früher so an ihm geschätzt hatte, seine unnachgiebige Art, an die Dinge heranzugehen, auch wenn es Kollateralschäden bei der Zivilbevölkerung verursachte, war nicht mehr gefragt. Jetzt war auch in Russland der sogenannte *saubere* Krieg angesagt. Ein Krieg, der virtuell wirkte – genau so, wie es die Leute von Computerspielen kannten – und der ihnen vorgaukelte, es käme dabei niemand ums Leben. Und wenn, dann genau die, die es auch verdient hatten. All das, was ihn letztlich im zweiten Tschetschenienkrieg so erfolgreich gemacht hatte, galt nun nicht mehr als zeitgemäß. Wo früher Härte und Abschreckung gefragt waren, zog nun die Verweichlichung ein. Man hatte ihn deswegen einfach unehrenhaft aus der Armee entlassen. Obwohl es er und seine Kameraden gewesen waren, die zu jener Zeit zuverlässig die Kohlen aus dem Feuer geholt hatten.

Damals war es der Major gewesen, der ihm einen neuen Sinn und eine neue Heimat gegeben hatte. Ihn nach Deutschland geholt hatte, um von hier aus dafür zu kämpfen, dass aus Russland wieder die große, starke Sowjetunion wurde.

Er hatte sich mit diesem neuen Leben sehr gut arrangiert. Der Major brauchte ihn nicht oft. Zwischen seinen Aufträgen hatte er sich ein sehr einträgliches Gewerbe aufgebaut. Als er den Major damals um Erlaubnis gefragt hatte, stimmte er ohne Weiteres zu. Im Gegenteil, er fand, dass es eine gute Tarnung wäre und er damit finanziell selbstständig würde.

Bei diesen Gedanken grinste Komarow breit. Und angenehm war es allemal. Wenn ihm danach war, holte er sich eines der Mädchen, die für ihn liefen, und tobte sich ganz umsonst bei ihm aus. Die anderen Zuhälter ließen ihn in Ruhe. Sie hatten schon mit seiner unbändigen Kraft und mit seiner ausgeprägten Gewissenlosigkeit Bekanntschaft gemacht. Abdul, der Türke, noch vor zwei Jahren eine feste Größe im Prostituiertenmilieu der Region, war der Erste, der zu lernen hatte, dass man mit ihm nicht spaßte. Er hatte ihm damals mit bloßen Fingern die Augen eingedrückt. Ein Lächeln umspielte gerade seine Mundwinkel, als er sich an das leise Ploppen erinnerte, als die Augäpfel dem Druck seiner Daumen nachgaben und wie reife Tomaten platzten. Mittlerweile war seine Position unangefochten. Sie hatten gelernt, dass er sich stets das holte, was er wollte. Er machte sich einen Spaß daraus, in ihren Klubs oder bei ihren Mädchen aufzutauchen und sich eine Nacht auszutoben, ohne dafür zu bezahlen oder um Erlaubnis zu fragen. Sie ahnten, dass er über mächtige Kontakte in Russland verfügte. Die Gewissheit hatte sich längst unter ihnen breitgemacht, dass sie, selbst wenn sie ihn aus dem Weg räumten, es mit seinen Hintermännern zu tun bekämen.

Für ihn ein alles in allem ideales Lebenskonzept. Er konnte der russischen Sache dienen und führte dabei ein Leben ganz nach seinem Geschmack.

Die einzige Voraussetzung für diesen Lebensstil war es allerdings, die Anweisungen des Majors zu 100 Prozent auszuführen, keine Fragen zu stellen und gründlich zu sein. Aber das fiel ihm nicht schwer. Er war in erster Linie Soldat und damit gewohnt, Befehle konsequent, ohne darüber nachzudenken, zu befolgen.

»Sei am 22. um 9.15 Uhr in der Passagierkabine auf dem oberen Deck der Antonow im Technikmuseum und setz dich an den Tisch. Bleib dort, bis ich mich melde, egal, was passiert. Wir müssen reden«, hatte ihm der Major militärisch kurz befohlen.

Der Ort war neu, die Methode altbewährt. Aufträge gab ihm der Major stets persönlich. Es war wie ein Tick von ihm, dem Telefon nicht zu vertrauen. Eine weitere Marotte war es, sich nie zu zeigen. Wie hatte er einmal gesagt: »Der Tag, an dem du mir in die Augen siehst, wird dein letzter sein!«

*

Das Technikmuseum in Speyer war ein riesiger Komplex, der sich über mehrere Hallen und Freiflächen erstreckte. Unzählige historische Flugzeuge, Schiffe, Lokomotiven und Autos drängten sich hier. Das Museum hatte vor ein paar Minuten geöffnet. Es war eine gute Zeit für ein diskretes Treffen. An den Kassen war noch kaum jemand, sodass die Wahrscheinlichkeit erkannt zu werden, gering war. Die wenigen Besucher, die zu so früher Stunde aufgeschlagen waren, hielten sich ausnahmslos an den vorgeschlagenen Besuchsparcours. Die abseits gelegenen Exponate im Außenbereich, die erst weiter hinten auf dem Rundgang lagen, warteten noch einsam auf den Ansturm der Neugierigen. So auch die Antonow, der Brontosaurus auf dem Gelände. Alt, gewaltig und ohne die Reißzähne der sonstigen Militärmaschinen in Form von Geschütz- und Bombenattrappen.

Komarow kannte die Antonow noch von seiner Militärzeit. Die hier ausgestellte AN-22 gehörte zu einer Generation von Transportflugzeugen, die noch bis vor wenigen Jahren ihren Dienst bei den russischen Streitkräften geleistet hatte. Berühmt für ihre enorme Größe und ihre Zuverlässigkeit. Noch etwas müde stapfte er die metallene Wendeltreppe empor. Als er die offene Flugzeugtür passiert hatte, stand er im riesigen Laderaum, der mit seinen beeindruckenden Ausmaßen eher an eine Lagerhalle erinnerte als an ein Flugzeug. Er war leer. Komarow war beruhigt. Für einen Augenblick schwelgte er in Erinnerungen an seine Militärzeit. Vor seinem inneren Auge sah er den T-62 Panzer, der sie bei einer Mission in Zentralasien begleitet hatte, wie er massig den Bauch des Fliegers ausfüllte. Zielstrebig wandte er sich nach links und steuerte auf den Bug der Maschine zu. Dem Laderaum schloss sich ein schmaler Gang an, von dem gleich rechts ein paar Metallstufen nach oben in die spartanische Passagierkabine führten. Alles fühlte sich vertraut an. Der Ölgeruch, der Klang der Schritte auf dem Bodenblech und das abgenutzte, zweckmäßig gehaltene Interieur. Mehr als einmal hatte er hier vor seinen diversen Einsätzen Stunden der Anspannung verbracht. Die positive Art von Nervenkitzel, die wachsam und konzentriert machte, genau so, wie man es für einen gefährlichen Auftrag brauchte.

Er nahm immer zwei Stufen auf einmal und hatte schnell die steile Metallstiege erklommen. Der schmale, etwa zwei mal fünf Meter große Raum war nahezu fensterlos. Lediglich eine Lichtkuppel in der Decke sowie eine Luke auf der rechten Seite mit eingetrübten Kunststoffscheiben ließen ein fahles Licht herein. So wie der Major gesagt hatte, gab es auf der linken geschlossenen Flugzeugseite, unmittelbar neben der Bodenöffnung, durch die er die Kabine erstiegen hatte, einen am Rumpf befestigten Klapptisch mit einer Sitzgelegenheit davor.

Vorsichtig, die Tragfähigkeit des antiquierten Sitzes auslotend, nahm er Platz. Nervös schaute er auf die Uhr – 9.12 Uhr – er war pünktlich. Gut so. Der Major akzeptierte Unpünktlichkeit nicht. Er stützte den Kopf auf seine große Hand und sog den ölig-metallischen Geruch, den die alten hydraulischen Aggregate der Maschine selbst Jahre nach dem letzten Flug noch ausströmten, in sich. Wieder überkamen ihn nostalgische Gefühle. Er wartete, so wie man beim Militär immer wartet – auf Befehle, auf die Dämmerung, auf den Einsatz. Nach etwa 15 Minuten spürte er, wie jemand die Metalltreppe erklomm und in Vibrationen versetzte, die sich auf den Flugzeugrumpf übertrugen. Dann hörte er Schritte auf dem Riffelblech, mit dem man den Boden des Laderaums ausgekleidet hatte. Direkt unter ihm blieb der Besucher stehen. Genau an der Stelle, von der man gleichermaßen in Sprechweite zur Passagierkabine war, aber noch immer den Zugang zur Maschine im Blick hatte. Würde sich jemand anschicken, das Flugzeug zu betreten, würden ihn die Schrittgeräusche auf den Metallstufen schon von Weitem ankündigen. Im Gegensatz zu seinem Besucher war Komarow geradezu blind. Er hatte weder die Möglichkeit, durch den Bodeneinstieg nach unten zu schauen, noch konnte er durch ein Fenster nach außen blicken. Wie sorgfältig der Major doch wieder vorgegangen war, um ungesehen zu bleiben.

»Privjet Sputnik!«, hörte er die vertraute Sprechweise seines Vorgesetzten ihn begrüßen.

»Privjet Major«, antwortete Komarow mit belegter Stimme.

»Bleib sitzen und hör zu!«, begann der Major mit eisigem Tonfall auf Russisch.

»Da«, sagte Komarow und schluckte. Nervös trommelte er mit den Fingerkuppen auf der metallenen Tischplatte. In Gegenwart des Majors fühlte sich der Koloss stets klein und unsicher. Wusste er doch, dass jener über sein Leben entscheiden konnte.

»Du hast Gelegenheit, dich zu beweisen. Der Auftrag kommt von ganz oben.«

Komarow schluckte wieder. Wenn er ehrlich mit sich war, wusste er noch nicht einmal, wo *ganz oben* war und wer *ganz oben* stand. Freilich war ihm über die Jahre klar geworden, dass der Major in einem engen Beziehungsgeflecht mit der russischen Armee und dem russischen Militärgeheimdienst, GRU, stand. Ausgeschrieben stand die Abkürzung GRU für Glawnoje Raswedywatelnoje

Uprawlenije, was übersetzt »Hauptverwaltung für Aufklärung« hieß. Ob er allerdings der klassischen Hierarchie unterstand oder ob es eine Art Paralleluniversum gab, in dem sich die nationalistisch orientierten Kräfte bewegten, war ihm unklar.

»Du wirst hier ein Exempel statuieren. Die Beerdigung unterbinden und der Welt zeigen, dass Russland auch trotz diesem Kohl, der maßgeblich dazu beigetragen hat, dass unsere Sowjetunion zerbrach, immer noch stark ist und die Zeiten der Verweichlichung zu Ende sind. Du wirst das, was Putin auf der Krim begonnen hat, hier fortsetzen und allen demonstrieren, dass unser schlafender Riese wiedererwacht ist.«

Komarow spuckte aus. Er war froh, dass er sitzen konnte und ihn der Major nicht sah. Er schämte sich dafür, dass ihm gerade die Knie weich wurden.

»Verstanden!«, sagte Komarow dürr. »Und wie soll es laufen?«

»Du wirst den Sarg in die Luft jagen, ganz einfach. Man hat mir aufgetragen, dir klarzumachen, dass so wenig wie möglich Zivilisten dran glauben sollen. Verstehst du das? Du wirst dich auf den Sarg konzentrieren und nicht den Dom in die Luft jagen, du Idiot. Ist das klar?«

»Ja, verstanden Major!«

»Wir haben nicht viel Zeit. Du hast drei Tage, bis wir uns wieder treffen und du mir sagst, was du brauchst. Hast du das begriffen?«

»Drei Tage«, wiederholte Komarow kleinlaut.

Komarow spürte, dass es dem Major ernst war. Er hatte das Gefühl, als legte sich eine kalte Hand auf seine Kehle.

»Du wirst mir das Zeichen geben und ich werde da sein, um zu hören, was du vorhast.«

Komarow nickte. Als ihm bewusst wurde, dass ihn der Major nicht sah, schob er ein eiliges »da« hinterher.

»Und versau es nicht, sonst …«

Der Major machte eine Pause. Er ließ Komarow die Zeit sich auszumalen, was *sonst* passieren würde, wenn er scheiterte.

»Du bleibst noch zehn Minuten hier sitzen! Verstanden?«

»Da«, antwortete Komarow eingeschüchtert.

Er hörte noch fünf Schritte unter sich auf dem Aluminiumblech und spürte gleich darauf die Vibrationen der Treppe, dann war er allein. Allein mit sich und der Angst zu scheitern.

8. BEGEHUNG

Freitag, 23. Juni 2017, 10.00 Uhr

Ihr Treffpunkt war ein 25 Meter hoher, dem Besanmast eines Segelschiffes nachgebildeter Stahlpfeiler, der just an der Stelle aufgestellt war, wo die Hauptzufahrt – die Rheinallee – auf die Rheinpromenade traf. Wie es in den Tourismusbroschüren hieß, war er für all jene, die die Stadt über den Wasserweg besuchten, die *Visitenkarte Speyers*.

Die Sonne war auf der gegenüberliegenden badischen Rheinseite aufgegangen und hatte schon deutlich an Höhe gewonnen. Ihre noch goldenen Strahlen wurden vom Wasser des Stroms reflektiert und verhießen einen warmen Frühsommertag. Insgeheim beneidete André die Touristen, die gerade nach einem ausgiebigen Frühstück aus einem der großen Ausflugsdampfer quollen, um die Stadt, vielleicht zum ersten Mal überhaupt, zu erkunden.

Als André näher kam, erkannte er Achill, der bereits in Entourage mit einer jungen Frau und einem grimmig dreinblickenden älteren Herren auf ihn wartete. Achill begrüßte ihn herzlich und machte kurz die Anwesenden untereinander bekannt.

»Darf ich vorstellen: Kriminalkommissarin Verena Bertling, unsere Spezialistin für operative Fallanalyse und das EDV-Genie meiner Abteilung.«

Bertling errötete leicht.

André gab der jungen Frau die Hand und spürte einen festen, eine Spur zu entschlossenen Händedruck, so als wollte sie damit ihre Verlegenheit kompensieren. ›Die hat noch was zu beweisen‹, dachte er.

Sie war von eher zierlicher Statur. Für einen Moment wunderte sich André, wie sie es damit in den Polizeidienst geschafft hatte. Ihr Haar war nackenlang und weizenblond. Ihr Gesicht wirkte noch eine Spur jugendlich. Sie trug einen Blazer, mit ihrer Hand umklammerte sie einen Tablet-Computer.

›Keine typische Polizistin‹, dachte André.

Den Griesgram, Kurt Kerbel, neben ihr stellte Achill als ehemaligen städtischen Angestellten der Liegenschaftsabteilung, den man eigens zu diesem Anlass aus der Pensionierung zurückgeholt hatte, vor.

»Vunn de Junge kennt sich jo niemond mehr in Schbeier aus«, kommentierte er brummelig und in breitestem Dialekt seine Anwesenheit.

›Aha, ein echter Speyerer Aborigine‹, dachte André und schmunzelte.

Das Pensionsalter sah man Kerbel auf den ersten Blick an. Er war von gebeugter Statur, die an den herunterhängenden Armen baumelnden Hände wirkten viel zu groß. Doch das Auffälligste an ihm war seine Nase. Sie war gewaltig, mit auffallend großporiger, rotgefärbter Haut. André musste unwillkürlich an eine riesenhafte reife Erdbeere denken. Dazu kamen Ohren, die ebenfalls viel zu ausladend für den fast haarlosen Kopf waren. Die hängenden Arme, die zu großen Hände und Ohren sowie die rote Nase gaben ihm ein marionettenhaftes Aussehen.

»Und das ist Herr André Sartorius, der Mann, der jeden noch so geheimen Winkel in Speyer kennt und ein Verbrechen auf 100 Meter wittert«, führte ihn Achill ein.

André spürte, wie seine Wangen warm wurden. Ein untrügliches Zeichen dafür, dass er errötete. Er mochte es nicht, wenn man so viel Aufhebens um seine Person machte und man ihn damit in den Mittelpunkt stellte. Er stand viel lieber am Rand des Geschehens – beobachtete die Akteure, die Situation, die Atmosphäre und zog daraus seine Schlüsse.

Unwirsch wiegelte er ab. »Ich bin überzeugt, Herr Kerbel kennt Speyer weit besser als ich. Ich werde Ihnen nur zur Last fallen.«

»Isch bin jo aach ä paar Johr älder wie Sie«, raunte Kerbel dazwischen.

»Wir werden sehen«, sagte Achill lächelnd.

Das, was nun folgte, war nicht mehr als ein gemeinsamer Stadtrundgang. Achill informierte sie präzise über den geplanten Ablauf der Bestattungszeremonie in Speyer. »Der Sarg wird auf dem Bereisungsschiff der Bundesregierung am Nachmittag des 1. Juli hier eintreffen und an der Anlegebrücke gleich hier am Fahnenmast entladen.« Dabei wies er auf den Steiger der Verkehrsbetriebe Speyer.

»Bereusungsschiff? Was iss donn des fürn Kutter?«, fragte der Erdbeernasige.

»Die ›MS Mainz‹ ist ein Schiff, das für Staatsbesuche und offizielle Anlässe der Regierung verwendet wird. Von außen sieht sie mit ihren rund 40 Metern Rumpflänge aus wie ein kleineres Fahrgastschiff. Sie hat aber Spezialeinbauten, wie zum Beispiel einen Konferenzraum«, antwortet Achill ruhig und kompetent.

André glaubte zu spüren, dass er dabei eine Spur ernster war als sonst.

»Na ja, jetzt wisse'mer ach, wo unser Steiergelder hiekummen«, witzelte Kerbel weiter.

»Sie werden da eingesetzt, wo sie nach Auffassung der von uns gewählten Volksvertreter den größten Nutzen bringen«, erwiderte Achill nüchtern.

Bertling zog die Augenbrauen hoch.

»So, wir sollten nun durch unser Geplaudere nicht noch weitere Steuergelder verschwenden«, sagte Achill und wandte sich zum Gehen.

»So ist es«, pflichtete ihm André bei und folgte ihm. Er mochte die Professionalität, mit der sein Freund stets zu Werke ging, und er schätzte dessen Prinzipientreue. Achill war ein Polizeibeamter aus Überzeugung. Er hatte diesen Beruf gewählt, um der Gesellschaft zu dienen. Und wenn es darum ging, für seinen Arbeitgeber einzutreten, nahm er kein Blatt vor dem Mund. Dabei hatte man nie das Gefühl, einem opportunistischen Eiferer gegenüberzustehen, sondern einem aufrechten Mann mit dem Herz am rechten Fleck.

Gemeinsam schritten sie den Weg ab, den auch der Sarg des Altbundeskanzlers im Inneren eines Leichenwagens nehmen würde. Rheinallee, Schillerweg und durch den Parkplatz nördlich des Domes zum Seiteneingang der mächtigen romanischen Kathedrale.

»Ich darf Sie bitten, über die genauen Abläufe und Routenverläufe Stillschweigen zu wahren. Man versucht, aus Sicherheitsgründen diese Informationen noch zurückzuhalten«, schloss Achill die Erläuterung dieser ersten Wegstrecke ab.

»Weesche de Terrorischde«, kommentierte Kerbel mit einem wissenden Gesichtsausdruck.

Achill wandte sich wortlos ab und schickte sich an, durch das nördliche Seitenportal den Dom zu betreten. Soweit die Abläufe schon feststanden, schilderte Achill, wie das etwa anderthalbstündige Requiem vonstattengehen sollte. Als er einen Überblick über die erwarteten prominenten Trauergäste gegeben hatte, schwiegen alle betreten.

André schluckte. Erst jetzt wurde ihm klar, welch logistische Herausforderung es war, für den Schutz dieses riesigen Aufgebotes an Staatsoberhäuptern, Ministern, geistlichen Würdenträgern et cetera, et cetera zu sorgen. Und dies zu Wasser, zu Lande und in der Luft, denn der Sarg des Kanzlers würde per Hubschrauber von Straßburg, wo der europäische Staatsakt stattfand, nach Ludwigshafen überführt werden.

»Aber wie will man in einem dermaßen verwinkelten Gebäude wie dem Dom für Sicherheit sorgen?«, entfuhr es ihm.

»Man wird ihn sperren. Schon ein paar Tage vorher und dann nur geladene Gäste hereinlassen. Im Domgarten, südlich des Domes, wird es für rund 3.000 Menschen eine Gelegenheit zum Public Viewing geben. Ich zeige Ihnen nachher, wo. Aber lasst uns zunächst einmal hineingehen.«

Die kleine Truppe nickte bestätigend und schickte sich an, ihm zu folgen.

»Wird die Technik im Dom zentral gesteuert oder gibt es dezentrale Schaltpanels?«, meldete sich die junge Polizistin zum ersten Mal zu Wort.

»Es gibt einen Serverraum, in dem alle wichtigen Systeme zusammenlaufen«, antwortete Achill.

»Serverraum? Moderner Dreck. Geldverschwendung. Ä paar Lichtschalder dedens ach«, grummelte der alte Kerbel vor sich hin.

Achill überhörte auch diesen Zwischenruf, so wie die letzten fünf vorher auch.

André wunderte sich über die Beharrlichkeit des Alten. Offensichtlich registrierte er nicht, dass er mit seinen Pseudoweisheiten nicht punkten konnte. ›Ein klassischer Fall von Verbalinkontinenz‹, dachte er und schüttelte unmerklich den Kopf.

»Können wir uns den mal anschauen?«, fragte die junge Polizistin.

»Gerne, folgen Sie mir. Wir müssen durch den Turm hoch Richtung Kaisersaal«, antwortete Achill.

Der Serverraum war ein kleiner, neu geschaffener Raum, vollgestopft mit Schaltschränken, Servern und Monitoren. Vor einem saß gerade der Gebäudetechniker und tippte.

Seine Augen schienen förmlich mit dem Bildschirm verschmolzen, so nah saß er vor dem Gerät.

»Guten Tag, was können Sie alles von hier oben steuern?«, fragte Bertling.

Der Techniker schreckte auf und wandte sich zu ihr um. »Oh, Entschuldigung, ich war ganz in meine Arbeit versunken«, sagte der junge schmalschultrige Mann, dessen Adamsapfel unnatürlich hervorstand. Er musterte sie und schien verunsichert.

Sie lächelte ihn freundlich an. »Ich habe mich zu entschuldigen, Sie so zu überfallen. Mein Name ist Verena Bertling vom Polizeipräsidium Ludwigshafen. Warum ich hier bin, können Sie sich bestimmt denken.«

»Ja natürlich«, fuhr er scheinbar beruhigt fort. »Ich bin gerade dabei, das Beleuchtungsmuster für das Requiem zu programmieren, jedenfalls soweit es unsere Beleuchtung betrifft. Das Fernsehen wird ja auch noch eigene Spots installieren. Und was Ihre Frage angeht: Ja, man kann alles von hier oben steuern, was mit einem Kabel verbunden ist.«

»Werden Sie während des Requiems hier sein?«

»Natürlich, ich bin Hauptansprechpartner für die ganzen Fernsehleute.«

»Dann hätte ich gerne die Durchwahl von hier oben, ich möchte die Möglichkeit haben, Sie während der Feierlichkeiten bei Bedarf zu kontaktieren.«

›Keine schlechte Idee, sich mit den technischen Zentralfunktionen zu vernetzen‹, dachte André, während Bertling die Nummer in ihr iPad tippte.

Achill drängte sie, nun weiterzugehen. »Bevor ich mit Ihnen die Route, über die der Sarg zum Grab geleitet wird, entlanggehe, will ich Ihnen die Konstellation rund um den Dom näherbringen.«

André schmunzelte. Achill hörte sich gerade an wie einer seiner Stadtführerkollegen.

Als sie durch das Hauptportal den Dom verlassen hatten, erläuterte Achill die geplanten Abläufe nach dem Requiem und zeigte ihnen die markanten Punkte. »Wir werden mitten auf dem weitläufigen Domplatz drei Pressetribünen fürs

Fernsehen haben und hier noch ein kleineres, gesperrtes Presseareal nördlich des Domportals auf dem Edith-Stein-Platz.«

Dann schlenderten sie weiter auf die große Freifläche südlich des Domes, die vom sogenannten Ölberg dominiert wurde. Der Ölberg war eine sechseckige Nachbildung des Gartens Gethsemane, die nahezu die Dimensionen eines Wohnhauses hatte. Auf einem hohen Sandsteingemäuer, der stilisierten Spitze des Berges Golgatha, war die Kreuzigungsszene mit lebensgroßen Steinfiguren nachgebildet. Um die Sandsteinfiguren vor Verwitterung zu schützen, hatte man darüber ein auf sechs Säulen ruhendes Schieferdach gewölbt.

Östlich davon sollte die Großleinwand für das Public Viewing installiert werden, um den Bürgern und Besuchern der Stadt die Möglichkeit zu geben, das Requiem live zu verfolgen.

»Hier sehen wir einen der neuralgischen Punkte. Das Gelände ist weitläufig und kaum lückenlos abzusichern. Glücklicherweise ist durch die Tatsache, dass es nur über zwei Stufen von der Straße zu erreichen ist, die Gefahr eines Anschlages mit einem LKW gebannt. Dafür ist es aber etwas unübersichtlich. Wir werden vorsorglich das Gebäude der evangelischen Landeskirche hier mit unseren Leuten besetzen.« Dabei wies er mit der Hand auf das imposante Ensemble, das die Südseite des Domplatzes begrenzte.

Erst allmählich wurde es André bewusst, welchen gewaltigen Aufwand man betrieb, die Veranstaltung zu sichern. Gleichzeitig wurde ihm klar, wie verletzlich der gesamte Ablauf doch war.

Nun schlug Achill vor, die Fahrtroute des Trauerkondukts vom Dom zum Ort der Beisetzung im Adenauerpark abzugehen.

Dort sollte der Altkanzler im engsten Familien- und

Freundeskreis unter Ausschluss der Öffentlichkeit beigesetzt werden.

Als sie im Begriff waren, den Domplatz in Richtung Innenstadt zu verlassen, stoppte Achill. Er wies mit dem Zeigefinger auf die breite, vom Dom abgehende Achse der Maximilianstraße. Die Fahrtstrecke sollte auf dieser altehrwürdigen Via Triumphalis entlang vom Dom zum Altpörtel verlaufen. Dann würde es durch das Altpörtel, dem mächtigen Torturm der mittelalterlichen Stadtbefestigung hindurch, über die Bahnhofstraße zum Adenauerpark weitergehen.

»Der Wagenkonvoi, bestehend aus mehreren Leichenwagen und den Kleinbussen für die wenigen Trauergäste, wird sich in Schrittgeschwindigkeit bewegen. Für die gesamte Strecke wird er 15 bis 20 Minuten brauchen. Es sind exakt 1,6 Kilometer«, dozierte Achill. Wahrscheinlich wird die Trasse von Bürgern und Besuchern gesäumt werden. Eine Absperrung ist nur für die ersten paar 100 Meter der Maximilianstraße geplant.

»Das heißt, der Zug wird ab dann nicht von den Zuschauern abgeschirmt?«, fragte André nach.

»So ist es. Wir werden natürlich die Straße mit starken Kräften flankieren und Überwachungskameras auf dem Domvorplatz, der Maximilianstraße, der Kleinen Pfaffengasse sowie der Rheinallee und dem Bereich rund um den Adenauerpark installieren. Wir kriegen also frühzeitig mit, wenn es irgendwo Probleme gibt, und können sofort handeln.«

»Do kummemer noch all ins Fernsehe«, krächzte Kerbel.

Wieder beobachtete André, wie sich Bertling genervt abwandte.

Achill fuhr unbeirrt fort. »Natürlich werden wir temporäre Parkverbote für die Flächen entlang der Trasse aussprechen. Die komplette Route wird mit Sprengstoffhunden abgesucht, damit niemand einen Sprengkörper in einem Papierkorb, Gully oder Brezelhäuschen verstecken kann. Zusätzlich schauen wir uns alle Mieterwechsel in den angrenzenden Häusern, die in diesen Zeitraum fallen, genau an.«

»Keine schlechte Idee«, kommentierte André und nickte anerkennend.

»Es gibt eine Parallelroute über die Große Himmelsgasse, die wir uns freihalten. Sie ist 300 Meter kürzer und dient uns dazu, bei Bedarf Polizeikräfte schnell zu verlagern. Dort werden auch Teile der Übertragungs- und Funkwagen der Fernsehsender abgestellt werden.«

André blickte stumm, mit grüblerischem Gesichtsausdruck die Straße entlang und stellte sich gerade vor, welche Besuchermassen sich wohl in und um den Dom bewegen würden. Sie alle würden sich schlagartig nach Ende des Requiems in Marsch setzen.

»Ich habe es getestet: Wenn es erforderlich werden würde, könnten wir laufend auf dieser Abkürzung mindestens zeitgleich mit dem Trauerkondukt am Adenauerpark sein«, ergänzte Achill.

André spürte, wie Zweifel in ihm aufkamen. Wie könnte es erforderlich werden, dass inmitten von 1.600 Polizisten gerade ihre kleine Truppe gefordert sein könnte. Er registrierte bei sich ein Gefühl der Ohnmacht. Wie war Achill auf die Schnapsidee gekommen, ausgerechnet ihn für diesen Zweck zu engagieren?

Sie nahmen sich nun noch eine gute Stunde Zeit, um den Weg des Trauerzuges abzugehen. Achill erläuterte, dass rund um den Begräbnisort starke Kräfte konzentriert würden. Um die nötige Ruhe und Diskretion zu gewährleisten, würden der Park selbst, die Straßen drumherum und sogar die Sichtachsen, die sich durch Seitenstraßen oder Durchgänge boten, abgeschirmt werden. Dafür sollten während der Bestattung selbst nur wenige Kollegen in ziviler Trauerkleidung vor Ort sein.

Als sie schließlich fertig waren, war es schon nach 13.00 Uhr. André fühlte sich schlaff und abgespannt angesichts der Einsicht, dass er hier fehl am Platz war. Er hatte Vertrauen in die Arbeit der Sicherheitsorgane. Was sollte er dazu beitragen, wenn sich vielleicht schon 100 Polizeistrategen und Sicherheitsleute ihre Köpfe zerbrochen hatten.

Als Erstes hatte sich Kerbel, mit Hinweis auf seine Ehefrau, die mit dem Mittagessen auf ihn wartete, verabschiedet. Verena Bertling entschuldigte sich ebenfalls. Sie hatte noch einen wichtigen Termin im Präsidium in Ludwigshafen. Nun standen sich Achill und André schweigend gegenüber.

»Frank, ich denke, ich sollte mein Mandat niederlegen. In mir ist zu wenig von einem Klugscheißer, der sich anmaßen würde, der Polizei zu erklären, wie man eine Großveranstaltung überwacht«, sagte André zögerlich mit betretenem Gesicht.

»Lass uns erst mal was Vernünftiges essen«, erwiderte Achill grinsend. »Wie wär's mit dem ›Domhof‹?«

»Na ja, für ein frisches Bier und etwas Pfälzer Hausmannskost bin ich immer zu haben. Aber wie steht's mit dir? Du bist doch im Dienst?«

Achill lachte. »Typisch du, immer wachsam. Aber keine Sorge, ich mach jetzt Schluss. Ich werde die nächsten Wochen so viele Überstunden aufbauen, dass ich sie sowieso nie abfeiern kann.«

Die »Hausbrauerei Domhof«, von den Speyerern liebevoll verkürzt einfach nur »der Domhof« genannt, war weit über die Grenzen der Stadt hinaus bekannt – sozusagen eine Institution. Berichtete die internationale Presse mal wieder über Speyer, so wurde er mit einer ähnlichen Selbstverständlichkeit erwähnt wie das Münchener Hofbräuhaus.

Sie saßen an einem der massiven Holztische in dem an eine traditionelle Schwemme erinnernden Erdgeschoss und warteten auf eine, mit einem hübschen Dirndl bekleidete, Kellnerin.

»Wusstest du eigentlich, dass Speyer 2013 den Dirndlweltrekord gewonnen hat?«

Achill schüttelte lachend den Kopf. »Und das fällt dir ausgerechnet an einem Tag wie heute ein. Du kommst wohl nie aus dem Stadtführermodus raus.«

»So bin ich eben. Ich finde immer etwas Erwähnenswertes über Speyer und wenn es der Dirndlweltrekord ist. Speyer ist eben in vielerlei Hinsicht etwas Besonderes.«

»Diesen Weltrekord hätte ich eher bei den Bayern erwartet.«

»Da war der auch sonst immer. Nur einmal wollten wir Speyerer es eben wissen und haben ihn den Bayern abgenommen.«

»Was wärst du ohne Speyer? Ich kenne keinen größeren Lokalpatrioten als dich.«

In diesem Augenblick kam eine der Bedienungen vorbei und versorgte sie mit Speisekarten.

»Bringen Sie uns auf jeden Fall schon mal was zu trinken. Für meinen Freund ein Weizen und für mich eine Halbe Dunkles.«

André mochte das süßliche, mildgehopfte Dunkle aus der hauseigenen Brauerei. Umgekehrt wusste er, dass für seinen Freund kein Weg an dem kräftig bernsteinfarbenen Weizen vorbeiging.

»Ich merke gerade, welche Vorzüge ein Leben als Stadtführer hat«, sagte Achill lächelnd.

»Hätte ich vorher nichts Anständiges gearbeitet, könnte ich es mir nicht leisten«, erwiderte André in Hinblick auf seine frühere reguläre Berufstätigkeit.

»Ich möchte dich etwas fragen, Frank, bitte sei ehrlich.«

Achill lachte. »Was erwartest du sonst von einem aufrechten Polizisten?«

André überging die Frage. »Hast du mir diesen Auftrag vermittelt, um mein Salär etwas aufzubessern, oder erwartest du wirklich etwas von mir?«

»Du solltest mich langsam gut genug kennen, um mir keine Vetternwirtschaft zu unterstellen. Ja, ich erwarte etwas von dir. Nämlich dann die Augen und Ohren offen zu halten, wenn es darauf ankommt.«

»Du weißt, dass ich die Arbeit von dir und deinen Kollegen sehr wertschätze. Was sollte ich sehen, was du und sie nicht sehen? Du wirst mich wohl kaum dafür brauchen, dir die Büsche zu zeigen, hinter denen potenzielle Attentäter lauern könnten. Das sehen die Fachleute der Polizei mindestens genauso gut wie ich.«

»Das musst du in der Tat nicht. Ich habe aber über die Jahre, in denen wir uns kennen, festgestellt, dass du eine andere Art zu sehen und denken hast wie viele andere. Und ich traue dir zu, wenn es nötig werden sollte, das entscheidende Quäntchen mehr zu sehen.«

»Du schmeichelst mir damit sehr. Aber du erhöhst natürlich den Druck, dass ich dich enttäuschen könnte.«

Achill lachte. »Keine Sorge, im Gegensatz zu diesem Kerbel ist mir wenigstens deine Gesellschaft angenehm.«

»Was für ein schwacher Trost«, sagte André lachend. »Dann bin ich wohl nutzlos, aber nett.«

Gerade als Achill ausgesprochen hatte, kam die Bedienung wieder an den Tisch und stellte die Biere mit den so einladend angelaufenen Gläsern vor ihnen ab.

Achill entschied sich für ein »des Pfälzers Leibgericht«, eine gemischte Platte, bestehend aus Saumagen, Leberknödel, Bratwurst und dem für die Region so typischen Weinsauerkraut. André nahm die Brauerspätzle und vergaß nicht, das obligatorische »aber bitte ohne Speck« hinterherzuhauchen.

»Du weißt nicht, was dir entgeht«, merkte sein Freund kopfschüttelnd zu seiner wieder einmal durch und durch vegetarischen Bestellung an.

»Ein guter Koch, und der hier ist gut, vermag es auch, einen Vegetariermagen für sich zu gewinnen. Und im Übrigen war es allein dieser Schluck heute schon wert, hierher zu kommen«, sagte André und genoss den ersten kräftigen Zug an seinem Bierhumpen.

Achill tat es ihm gleich und verzog genussvoll sein Gesicht.

André nahm den Gesprächsfaden wieder auf. »Hast du wirklich die Befürchtung, dass während der Beisetzungsfeierlichkeiten etwas passieren könnte?«, fragte er mit gedämpfter Stimme, sodass niemand von den Nachbartischen etwas hören konnte.

Achill zögerte einen Augenblick. Offensichtlich rang er mit sich, ob er André in die Interna der Polizei einweihen durfte. »Du bist ja sozusagen offiziell einer von uns. Trotzdem muss ich dich um höchste Diskretion bitten.«

André schluckte. Er hatte nicht erwartet, dass es tatsächlich etwas mitzuteilen gab. »Natürlich werde ich es für mich behalten.«

»Du musst dir das so vorstellen, vor einem Ereignis wie diesem werden die Geheimdienste angefragt, ob Erkenntnisse vorliegen. Und kurz vor der Veranstaltung gehen in der Regel auch zahlreiche Hinweise aus der Bevölkerung ein.«

»Verstehe«, sagte André und nickte erwartungsvoll.

»Normalerweise halten sich die Schlapphüte eher bedeckt und speisen die Polizei mit Allgemeinplätzen ab.«

André beobachtete, wie sich Besorgnis auf Achills Gesicht abzeichnete.

»Dieses Mal ist es anders. Es gibt gleich zwei substantiierte Verdachtsmomente. Der eine bezieht sich auf eine im Rhein-Neckar-Raum tätige radikal-islamistische Zelle und der andere ist etwas unspezifischer und führt nach Moskau.«

André spürte, wie eine leichte Aufregung in ihm hochstieg. »Du meinst, es will jemand ein Attentat verüben?«, forschte er weiter.

Achill blickte sich besorgt um, beugte sich zu ihm vor und entgegnete dann leise. »Ja, das meinen wir. Wobei sich die Ziele dieser beiden Gruppen unterscheiden dürften.«

»Was bedeutet das?«, fragte André neugierig.

»Na ja, die Islamisten wollen Aufsehen erregen, viele Menschen treffen und wenn dann noch eine wichtige christliche Kirche betroffen ist ...«

Achill brach ab und schaute betreten. So als täte er sich schwer, das Perfide an so einem Anschlag offen auszusprechen. Und offenbar wusste er auch mehr, als er sagte.

»Verstehe«, erwiderte André mit erschrockenem Gesichtsausdruck.

»Aber was in aller Welt haben die Russen für Karten im Spiel?«, bohrte er nach.

»Hier liegt der Fokus anders. Sie haben es auf die Person des Altbundeskanzlers abgesehen. Bestimmte nationalistisch-militaristische Kreise in Russland machen ihn für den Zerfall der ehemaligen Sowjetunion verantwortlich.«

André nickte und sprach leise vor sich hin, was er gerade dachte. »Die letzte Gelegenheit für eine späte Rache.«

»So ist es«, antwortete Achill. »Und nun erwartet man von der Polizei, das alles zu verhindern.«

»Ich glaube, nun bin ich mir endgültig sicher, dass du mich überforderst. Ich bin wohl kaum als letzte Bastion gegen den internationalen Terrorismus geeignet«, sagte André schief lächelnd.

»Das vielleicht nicht, aber der Bastion, von der du sprichst, tut ein zusätzlicher Wächter auf den Zinnen, der mit scharfem Blick Ausschau hält, bestimmt ganz gut.«

André blies Luft durch seine Lippen.

»Aber Spaß beiseite, ich wäre dir nicht böse, wenn du, nachdem du das nun weißt, aussteigen wolltest. Schließlich ist das Ganze mit Risiken für dich verbunden.«

André lachte. »Du glaubst doch wohl nicht, dass ich dabei tatenlos vor dem Fernseher zusehe, wenn irgendwelche Spinner meine Stadt zerbomben.«

»Was für ungeahnt patriotische Züge du doch aufweist.«

»Lokalpatriotisch trifft es wohl besser«, korrigierte ihn André grinsend.

»Und was ist nun deine konkrete Erwartung an mich?«, fragte André nach kurzer Zeit des Schweigens.

»Ich habe zwei Erwartungen. Die erste ist, dass du dir in den nächsten Tagen die Strecke noch einmal in Ruhe anschaust und nun, nachdem du weißt, was wir befürchten, deiner Fantasie freien Lauf lässt. Ich traue dir zu, dass du die Dinge auf eine andere, dir eigene Art, wahrnimmst als die meisten Kollegen und ich das tun. Wir können uns dann wieder treffen und deine Gedanken besprechen. Die zweite Erwartung, die ich habe, ist, dass du mich am Tag der Zeremonie begleitest und mir zur Verfügung stehst, falls meine oberflächlichen Ortskenntnisse an ihre Grenzen stoßen.«

Es mutete wie eine Übersprunghandlung an, als nun beide an ihrem Bier nippten. Obwohl sie noch nichts gegessen hatten, hatte André das Gefühl, dass ihm etwas schwer im Magen lag. Er musste erst verdauen, was er gerade erfahren hatte.

Nach ein paar schweigsamen Sekunden trat die Bedienung mit zwei dampfenden Tellern um die Ecke auf sie zu. »Das sieht aber gut aus«, kommentierte Achill und sie machten sich gierig über ihre Speisen her.

»Na, Herr Sartorius, Gäste führen macht wohl hungrig?«, hörte er unverhofft eine freundliche Frauenstimme hinter sich sagen. Er schaute sich überrascht um und erkannte am Nachbartisch das Eigentümerehepaar des »Domhofes«.

»Heute nicht. Herr Achill von der Ludwigshafener Polizei und ich sind heute in Sachen Helmut-Kohl-Beisetzung unterwegs.«

»Große Ereignisse werfen wohl ihre Schatten voraus. Wie immer, wenn Speyer Staatsgäste zu bewirten hat, sind wir am Beisetzungstag auch mit im Boot«, antwortete die Gastronomin lächelnd.

»Was man den Fotos am Eingang entnehmen kann, scheint das für Sie ja schon Tradition zu haben«, erwiderte Achill.

»Ja, der enge Kontakt zu Helmut Kohl, den mein Mann und ich über die Jahre aufgebaut haben, brachte das so mit sich.«

»Und wie kam es dazu?«, bohrte er weiter.

»Sie müssen ihm verzeihen. Er ist ein typischer Polizist,

der nie Ruhe gibt, ehe er alles weiß«, entschuldigte sich André lachend für seinen Freund.

»Kein Problem. Ich erzähle es Ihnen gerne. Das ist ganz einfach. Ich kenne die Familie seines Chauffeurs und eines schönen Tages, so Anfang der 90er, rief Helmut Kohl einfach hier an und wollte unsere ›Domstubb‹ für ein privates Klassentreffen reservieren.«

»Wie? Der Kanzler ganz persönlich?«, fragte Achill erstaunt.

»Ja klar. Helmut Kohl war da ganz unkapriziös. Er meinte noch zu Beginn, dass er es wirklich sei und nicht so ein Stimmenimitator.«

Achill schüttelte ungläubig den Kopf. »Ja und dann kam er wirklich?«

Das Gastwirtehepaar schaute sich lächelnd an. »Natürlich kam er, so wie er immer kam. Meist ohne Leibwächter und großen Stab, nur mit seinem Chauffeur.«

»Und das alles ohne Personenschutz?«, fragte Achill noch immer etwas verwirrt nach.

»Klar, er nutzte die privaten Besuche im Dom fast immer für ein Essen und ein Domhof hell bei uns. Meist saß er unter den anderen Gästen an Tisch 28. Oft saßen wir hier zusammen und unterhielten uns«, schaltete sich der Restaurantbesitzer ein. »Dabei stellte er uns fast immer die gleiche Frage: ›Was spricht man so im Volk?‹ Es war ihm wichtig zu wissen, was die Leute auf der Straße denken. Er war wohl das, was man so gemeinhin volksnah nennt.«

»Und stimmt das, was man über seine Liebe zum Saumagen sagt?«, wollte André wissen.

»Ja und nein. Natürlich mochte er Saumagen. Aber eigentlich liebte er durchgängig die deftige Pfälzer Hausmannskost: Saumagen, Leberknödel, Bratwürste, aber auch

Süßspeisen wie beispielsweise arme Ritter. Ganz besonders mochte er unsere Kartoffelsuppe«, erläuterte der Restaurantbesitzer stolz.

»Dann hab ich ja mit eurem ›des Pfälzers Leibgericht‹, genau das Richtige gegessen«, sagte Achill lachend.

»So ist es. Eigentlich könnte man es in ›Helmut Kohls Leibgericht‹ umbenennen.«

»Nicht schlecht, einen solchen Stammgast gehabt zu haben«, bestätigte André.

»Ja, er kam immer wieder. Zu seinen Klassentreffen, zu den Veranstaltungen der Europäischen Stiftung Kaiserdom zu Speyer hier im Haus, der er lange als Kuratoriumsvorsitzender seine einflussreiche Stimme lieh, privat und mit den Staatsgästen. Am Ende bestand zwischen uns so etwas wie eine Freundschaft, und wir waren sogar bei seinem 75. nach Berlin eingeladen.«

»Und was zog ihn immer hierher und nach Speyer?«

»Eigentlich waren es drei Dinge, die er hier auf engstem Raum hatte. Eine schöne deutsche Kleinstadt, in der er während der Kriegszeit sogar eine Weile lebte und zur Schule ging und für deren Geschichte er sich als Historiker sehr interessierte, dann unser gutes Pfälzer Essen und natürlich das Wichtigste, *seinen Dom*. Und das alles auf engstem Raum«, führte der Wirt aus.

»Seine Liebe zum Dom war ihm stets anzumerken. Ich erinnere mich sehr lebhaft. Jedes Mal, wenn er die Gaststätte durch den Haupteingang verließ, ging er ein paar Schritte Richtung Dom. Sobald er ihn komplett in seinem Sichtfeld hatte, blieb er stehen und ließ das monumentale Westportal auf sich wirken. Er war wie versessen auf diesen Anblick«, setzte seine Frau hinzu.

Sie hatten noch eine Weile zusammengesessen und den Zeugnissen der tiefen Verbundenheit des Ehepaares mit dem Altbundeskanzler gelauscht.

»Ich glaube, ich verstehe nun, was die Speyerer mit ihrem Bundeskanzler verbindet. Es ist die Liebe zum Dom, zur Pfälzer Heimat und zum guten Essen«, sagte Achill andächtig, während er mit dem Blick auf den Dom gewandt das Brauereilokal mit André zusammen verließ.

»Ein Grund mehr, dafür zu sorgen, dass er eine würdige Beerdigung hat und uns niemand in die Suppe spuckt.«

9. BESUCH

Freitag, 23. Juni 2017, 17.25 Uhr

Es klang wie eine Sirene.

Tante Ludmilla schien außer sich vor Wiedersehensfreude.

Sie schrie immer wieder zwischen den Kusssalven, die sie schmatzend auf Irinas Wangen niederprasseln ließ, »moy malenky krolik!«, was auf Deutsch so viel wie »mein kleiner Hase« hieß.

Ludmilla war der Prototyp einer russischen Matrone. Groß, korpulent, mit altmodisch hochtoupiertem, strohblond gefärbtem Haarschopf, um den kunstvoll ein geflochtener Zopf gelegt war. Sie trug ein wild gemustertes Kleid, das fast alle Regenbogenfarben enthielt und dessen Musterung am ehesten an ein Testbild im Fernsehen erinnerte. André starrte gebannt auf den eruptiven Gefühlsausbruch.

»Hallo, du musst Andrej sein?«, sprach ihn der kleine Mann, der nun aus ihrem Schatten trat, an.

Er war das krasse Gegenteil seiner Frau. Drahtig, aber einen halben Kopf kleiner als sie, schien er hinter ihr förmlich zu verschwinden. Sein Kopf war runzlig und braun gebrannt und wirkte zu klein auf den breiten Schultern des trotz seines Alters noch muskulösen Körpers. ›Wie ein Schrumpfkopf auf Steroiden‹, durchzuckte es André.

Er ging auf ihn zu und reichte ihm die Hand. »Und du musst Irinas Onkel Kazimir sein. Herzlich willkommen!«

Kazimir zog die schon fast völlig aufgerauchte Zigarette aus dem Mundwinkel und schnippte sie auf den gepflasterten Boden des Hofes, überging Andrés ausgestreckte Hand und umarmte ihn. Völlig überrascht, versuchte André die beiden schmatzenden Wangenküsse des Mannes zu parieren, ohne sich eine Blöße zu geben. Beinahe hätten sich dabei ihre Nasen berührt. Für einen kurzen Augenblick fühlte sich André überfordert. Er, der stets auf eine gewisse körperliche Distanz zu seinen Mitmenschen achtete, spürte, wie ihn die Sinneseindrücke überfluteten. Kräftige Pranken auf seinem Rücken, die ihn klopften wie ein Stück Schnitzelfleisch. Seine Hände, die dem Ritual beitretend, auf dem überraschend breiten muskulösen Rücken des ihm fremden Mannes ruhten. Bartstoppeln, die über seine Wangen scheuerten und schließlich feuchte Lippen, die schmatzende Küsse auf ihm abluden. Dazu ein ganzes Feuerwerk olfaktorischer Eindrücke: kalter Rauch, den Geruch zu lange getragener Kleider, der aufdringliche Duft eines billigen Rasierwassers, der ihn an die Ausdünstungen von Mottenpapier erinnerte.

André war froh, als er wieder etwas Distanz zu ihm gewonnen hatte, doch unvermittelt stürzte sich nun Ludmilla, die endlich von Irina abgelassen hatte, auf ihn. Er ahnte, was ihn erwartete, und ergab sich in ihre Umarmung, die im Gegensatz zu Kazimirs noch mit einem süßlichen wortreichen Geträller untermalt wurde, in dem mehrfach das Wort »Andrej« vorkam.

Die besitzergreifende Nähe der beiden irritierte und rührte ihn zugleich. Wie sehr mussten sie sich nach der weiten Reise freuen, endlich ihre Nichte zu sehen.

Nachdem die emotionale Begrüßungszeremonie ihr Ende genommen hatte, führte sie André ins Haus.

Kaum waren sie durch die Tür getreten, begann abermals ein fürchterliches Gezeter. Wortreich kommentierte Ludmilla jedwede Errungenschaft eines modernen deutschen Haushalts.

»Was für eine schäne Kieche! Aber warum hast du Spielmaschine, kann das nicht Irina machen?«

André grinste kaum merklich in sich hinein. ›Was für ein Frauenbild?‹, dachte er.

Im Augenwinkel erkannte er, wie Irina genervt die Stirn in Falten legte.

Wie eine Inspektorin der Gewerbeaufsicht lief Ludmilla durch die Küche. Immer wieder entrann ihr ein »schän« oder »sehr schän«. Ihre Finger ließ sie dabei über die steinerne Arbeitsplatte gleiten. »Hier musst du wieschen, Irina«, sagte sie, als sie offenbar einen winzigen Wassertropfen ertastet hatte.

Irina zog die Augenbrauen hoch und versuchte, Andrés belustigten Blicken auszuweichen.

»Haast du Aschenbecher?«, meldete sich Kazimir, der sich gerade wieder eine Zigarette angezündet hatte, brummelnd aus dem Hintergrund.

André spürte, dass wohl jeder Widerstand vergeblich war. Eben wurde seinem Haus die Jungfräulichkeit des Nichtraucherhaushaltes gewaltsam genommen. Gegenwehr schien zwecklos.

Irina warf André einen mitleidigen Blick zu. Sie wusste, welche Überwindung es ihn gerade kostete, und reichte Kazimir den neu erworbenen Metallascher. Kazimir nahm ihn dankbar an. Das kleine Metalltöpfchen schien fast völlig in seiner kräftigen Hand zu verschwinden.

André nutzte die Gelegenheit, ihn zu mustern. Was für eine eigenartige Anmutung er ausstrahlte. Seine Körpergröße schätzte André auf 1,65 Meter, seine Haut war fleckig von einem Leben, das er wohl überwiegend im Freien verbracht haben musste. Beides verlieh ihm auf den ersten Blick den Eindruck eines alten Mannes. André tippte darauf, dass übermäßiger Alkohol- und Tabakkonsum seinem Äußeren zugesetzt hatten und ihn derart verlebt erscheinen ließen. Unter seinem Hemd wölbte sich ein praller Brustkorb und seine Arme zierten gut akzentuierte Muskeln. Der Mann, der vor ihm stand, dürfte über eine weitaus bessere Physis verfügen, als es auf den ersten Blick erschien.

Nachdem André zunehmend passiv war, hatte Irina längst die Führung bei ihrem Hausrundgang übernommen. André war ihr dankbar dafür. Es entsprach nicht seiner Art, anderen seine Besitztümer zu präsentieren. So gerne er Gäste bewirtete, so wenig gefiel es ihm, sein Haus wie einen Ausstellungsraum vorzuführen.

›Sei's drum‹, dachte er. Irina würde schon wissen, auf was es bei russischem Besuch ankam.

Sie überging sein Schlafzimmer und führte die beiden in ihr gemietetes Zimmer und anschließend in das kleine Bad, das für sie reserviert war. Spätestens hier schien Tante Ludmilla nun vollends zufrieden. »Wie schän du hier wohnst, sehr schän«, kommentierte sie Irinas kleines Reich und tätschelte ihr anerkennend die Schulter.

Als die Führung endlich beendet war, nahm André den Besuch mit auf die Terrasse und Irina brachte ein Tablett mit Sektgläsern, in denen ein rosa Winzersekt seine feinen Bläschen wie ein kleines Feuerwerk entlud.

Irina verteilte die Gläser und André sprach einen kurzen Toast, den Irina mit einem süffisanten Lächeln quittierte. Offensichtlich war er ihr wieder einmal zu förmlich. Ohne den Besuch hätte sie sich bestimmt eine spitze Bemerkung nicht verkneifen können.

Kazimir und Ludmilla wirkten geschmeichelt ob dieses herzlichen Empfangs. Sie hoben ihre Gläser und stießen gemeinsam an. André war gespannt, wie wohl sein sorgfältig ausgewählter und auf den Punkt gekühlter Winzersekt ankommen würde. Kazimir trank einen tiefen Schluck. Stoppte und verzog angeekelt sein Gesicht. Ludmilla tat es ihm gleich. Lediglich das Ausmaß des gutturalen Entsetzens schienen sie etwas kaschieren zu können.

»Sauer!«, grunzte Kazimir.

»Irina, lauf zu unserem Koffer, Kazimir hat etwas für Andrej mitgebracht. Es ist schön eingepackt«, sagte Ludmilla und enthielt sich jedweden Kommentars zu Andrés Sekt.

Als Irina zurückkam, hielt sie eine in altmodisches Geschenkpapier verpackte Flasche in den Händen.

»Gib sie Andrej«, wies Kazimir sie brummelig an.

André nahm das Geschenk entgegen und alle starrten erwartungsvoll auf ihn. Als er es ausgepackt hatte, kam eine unetikettierte Flasche mit klarem Inhalt zum Vorschein. André kam sich vor wie ein kleiner Junge, der unter den gespannten Blicken seiner Eltern unter dem Weihnachtsbaum seine Elektroeisenbahn auspackt.

Als er etwas hilflos auf die Flasche starrte, sprang ihm Kazimir erklärend zur Seite. »Wodka. Ich habe ihn selbst gebrannt.«

André hatte so etwas in der Art befürchtet. Er hasste dieses spritige Zeug, das seiner Meinung nach nur zum Fensterreinigen taugte. Während er um eine schmeichelhafte Antwort rang, grinste Irina in gespannter Erwartung. Sie wusste um seine Abneigung gegenüber dem russischen Nationalgetränk. Ihr Grinsen stachelte ihn förmlich an. Er würde sich jetzt keine Blöße geben, die er sich noch wochenlang von ihr aufs Brot schmieren lassen müsste.

»Danke, Kazimir. Lass ihn uns gleich probieren. Ich bin gespannt, wie er schmeckt.« Dabei trat er auf den Russen zu und deutete eine Umarmung an.

Irina schüttelte ungläubig den Kopf. Für einen Augenblick fürchtete André, sie würde in lautes Gelächter ausbrechen.

»Irina, sei so nett und hole uns Gläser«, wies er sie als kleine Retourkutsche für ihr freches Grinsen an. Sie würde schon sehen, wie schnell er sich an russische Gepflogenheiten anpassen konnte.

Zu seinem Erstaunen kam sie mit zwei Wassergläsern aus der Küche zurück.

»Ich meinte eigentlich die kleinen Spirituosenkelche«, sagte er unsicher.

Jetzt grinsten sie alle drei. »Aber Andrej, wir trinken Wodka, wir riechen nicht daran«, entgegnete Kazimir lachend.

Er hatte es befürchtet. Diese Russen erfüllten jegliche Klischeevorstellung. Doch er würde mitspielen. Den Triumph, ihn wieder als weltfremden Sonderling zu bezeichnen, würde er Irina nicht gönnen. Nicht umsonst hatte er die ganze Nacht im Netz gesurft, um sich vorzubereiten.

Kazimir goss indessen gönnerhaft Wodka in die beiden Gläser. Dabei übertrieb er so, dass man schon eine ruhige Hand haben musste, um von den übervollen Gläsern nichts zu verschütten. Er reichte André eines der Gläser und wartete gespannt. Offensichtlich wollte er, dass André als Gastgeber einen Toast sprach, so wie es Tradition in Russland war. André schmunzelte verhalten. Jetzt würde sich zeigen, ob seine Recherchen erfolgreich waren. Er würde es vermeiden, den typisch deutschen Fehler zu machen, über den sich halb Russland amüsierte – er würde nicht »Na sdorowje«, sagen. Entgegen dem hier in Deutschland vorherrschenden Irrglauben, war dies nicht das Pendant zum deutschen »Prost«.

So als sei es das Natürlichste der Welt, hob er die Stimme und brachte ein kehliges, durch das auffällig gerollte »R« aus seiner Sicht unglaublich authentisch klingendes »Na wstretschu« heraus, was in etwa »Auf das Beisammensein!« hieß.

Kazimir nickte ihm anerkennend zu und Ludmilla klatschte begeistert.

Doch jetzt drohte der unangenehme Teil. Kazimir setzte das volle Wodkaglas an und ließ, scheinbar ohne zu schlucken, den Inhalt auf einmal in sich hineinlaufen.

André tat es ihm nach. Allerdings in dem Bewusstsein, dass es sich bei Alkohol um ein hochwirksames Nervengift handelte und er sich in diesen Mengen ganz sicher Zellschäden an seinem zentralen Nervensystem zuziehen würde. Das Zeug war stark und brannte. Doch er vermied jedes

Räuspern, Hüsteln oder Schütteln. Was hätte er für ein schönes Gläschen Pfälzer Weinbrand gegeben.

Kazimirs Anerkennung für ihn schien sprunghaft zu steigen. Jetzt brachte sie ihm schon ein Schulterklopfen ein.

»Meschdu pjerwoj i wtoroj prometschutok ne bolschoj«, quoll es nun tief und hart aus Kazimir heraus. André schaute Hilfe suchend Irina an.

Doch sie lachte nur. Nachdem sie ihn einige Sekunden hatte zappeln lassen, übersetzte sie. »Das heißt wörtlich: ›Zwischen dem ersten und zweiten Glas ist die Pause nicht so groß‹.«

»Aha«, sagte André und schaute sie verständnislos an.

»Im Deutschen sagt man wohl: ›Auf einem Bein kann man nicht stehen‹.«

Kazimir wartete erst gar keine Reaktion von ihm ab und schenkte neuerlich zwei Gläser ein.

Er erhob das Glas, stieß mit André an und brüllte rau und militärisch »Zdorovye khozyaina«.

»Auf den Gastgeber«, übersetzte Irina und grinste André frech an.

Wieder stürzte Kazimir den Inhalt seines Glases in sich, und André tat es ihm tapfer gleich.

Irina hatte offenbar Mitleid mit André und unterbrach Kazimirs anerkennenden Wortschwall.

»Es wird Zeit, dass wir etwas essen, ihr werdet einen Riesenhunger haben.«

André, der immer noch nach Luft schnappte, schickte sich an, mit Irina zusammen das Essen aufzutragen.

»Aber Andrej, dafür sind doch wir Frauen zuständig«, sagte Ludmilla und schob Irina in Richtung Küche.

André sandte noch einen hämischen Blick Richtung Irina, die sich ein süßes Lächeln aufzwang, und wandte sich wieder Kazimir zu.

Das nun folgende Abendessen glich eher einem Verhör. Die beiden Besucher quetschten Irina förmlich aus. Insbesondere, ob schon ein aussichtsreicher Heiratskandidat ausgemacht sei, schien sie zum Leidwesen von Irina zu interessieren. Mehrfach spielten sie auf das Verhältnis zwischen Irina und André an. Scheinbar waren sie unsicher, ob die Beziehung zwischen ihnen beiden nicht tiefer war als die zwischen Mieterin und Vermieter.

Erst als aus Irina herausbrach: »André ist mein zweiter Vater«, gaben sie schließlich Ruhe.

André freute sich über dieses starke Bekenntnis.

Glücklicherweise waren die beiden von der Reise recht müde und verzogen sich nach dem Essen schnell ins Gästezimmer.

Nachdem Irina und André alles aufgeräumt hatten, gönnten sie sich noch etwas gemeinsame Zeit auf dem Sofa.

»Boah, sind die anstrengend«, quoll es aus Irina heraus.

André lachte nur.

»Danke, dass du dir das für mich antust.« Sie drückte ihn und hauchte ihm ein Küsschen auf die Wange.

»Das mache ich doch gerne für mein Leih-Töchterchen.«

Irina schwieg und André beobachtete, wie ihr Tränen in die Augen stiegen. »Das vorhin lässt mich immer mehr zweifeln, ob ich noch nach Russland zurückwill – ob das noch die Welt ist, in der ich leben möchte.«

André nickte und nahm sie in den Arm. »Ich denke, diese Entscheidung kannst nur du treffen.«

Wieder herrschte einige Minuten Stille.

»Willst du sie immer noch morgen zur Stadtführung mitnehmen?«, fragte Irina besorgt.

»Warum nicht? Ich bin neugierige Russen gewohnt.«

»Es war mir peinlich, wie er dich ausgequetscht hat«, sagte Irina verlegen.

»Das hat er wohl. Was ist er eigentlich von Beruf, Kommissar?«

Irinas Blick flackerte etwas. »Er war im Staatsdienst«, antwortete sie knapp.

André lachte. »Geht's noch etwas genauer?«

»Nein, geht es nicht. Ich weiß auch nicht mehr«, sagte Irina wegwerfend und erhob sich, um zu Bett zu gehen.

10. ANGST

Samstag, 24. Juni 2017, 7.15 Uhr

Blut. Überall Blut und Gewebefetzen. Schreie von Menschen, die schwer verletzt am Boden lagen. Entsetzen in den Gesichtern der Sterbenden.

Aydin wälzte sich schweißüberströmt im Bett. Er hatte geträumt. Geträumt von dem, was ihm bevorstand. Gestern hatte es ihm sein Bruder Fayyadh stolz verkündet. Sie würden die Ungläubigen töten, vielleicht Dutzende, wenn nicht sogar Hunderte. Und das am Fuße des Speyerer Domes, einem der bedeutendsten Gotteshäuser Deutschlands. Fayyadh war so euphorisch gewesen, so sicher, dass er das einzig Richtige tat.

Aydin hatte diese Sicherheit nicht. Er zweifelte noch.

Wartete auf die Eingebung, die ihm sagte, was der rechte Weg sei.

Doch er hatte keine Zeit für Zweifel. In einer Woche sollte es schon so weit sein. Und schon morgen würden sie sich mit Khaled treffen. Sein Bruder vertraute auf ihn. Er hatte sich bei Khaled für ihn verbürgt. Erzwungen, dass er sich auch ihm zeigte. Er konnte ihn nicht im Stich lassen. Schließlich war ihm seine Familie heilig.

Aber was würde aus Christina und ihrem gemeinsamen ungeborenen Kind – sein Kind im Leib einer Ungläubigen?

11. STADTSPAZIERGANG

Samstag, 24. Juni 2017, 9.35 Uhr

Dröhnender Kopfschmerz war das Erste, das André nach dem Aufwachen wahrnahm. Tastend fuhr er sich mit den Händen über Stirn und Schädel. Fast so, als wolle er überprüfen, dass der Kopf dem trügerischen Gefühl zum Trotz nicht wie ein Hefeteig aufgequollen war. Zweimal flüchtete er sich in einen kurzen oberflächlichen Schlaf. Schließlich überwand er sich aufzustehen und mit unsicherem Gang den Arzneischrank aufzusuchen, um sich mit zwei Aspirin zu versorgen. Er beschloss, nie wieder einen Tropfen Wodka von Kazimir zu konsumieren. Wahrscheinlich musste er froh sein, wenn ihm dieses Gesöff nicht noch das Augenlicht raubte.

Beim Gedanken an Kazimir dämmerte ihm allmählich, dass er eigentlich vorgehabt hatte, früh aufzustehen, um die beiden mit einem üppigen Frühstück zu bewirten.

»Mist!«, fluchte er vor sich hin, als er auf die Uhr blickte. Auch das noch – verschlafen! Offensichtlich hatte ihn gestern der erhöhte Alkoholpegel daran gehindert, den Wecker zu stellen.

Die Vorstellung, ein nachlässiger Gastgeber zu sein, der an der Matratze horchte, während die Gäste hungrig am Esstisch saßen, erzeugte in ihm ein schlechtes Gewissen. Hektisch, aber noch immer unsicher auf den Füßen, torkelte er ins Bad.

Atemlos und mit pochendem Kopfschmerz stand er nur 20 Minuten später frisch geduscht, rasiert und angezogen in der Küche.

Kazimir saß am Küchentisch und rauchte. Die bläulich graue Wolke, die ihn umgab, raubte André fast den Atem. Ludmilla, mit einer altmodischen weißen Schürze umgebunden, werkelte mit Bratpfanne und Pfannenwender bewaffnet am Herd. Irina stierte genervt vor sich hin. ›Dicke Luft!‹, durchzuckte es André.

»Guten Morgen, Andrej«, sagte Kazimir grinsend. »Geht es dir nicht gut?«

Aus seinem hämischen Gesichtsausdruck schloss André, dass Kazimir mit dem Blick eines erfahrenen Kampftrinkers sofort erkannt hatte, wie sich sein Gastgeber fühlte.

Irina zischte nur ein freudloses »Morgen«.

Nur Ludmilla schien das krasse Gegenteil der beiden. Perfekt gestylt, mit einer Frisur, die den Eindruck erweckte, als hätte sie den gleichen Friseur wie Julia Timoschenko, wendete sie schwungvoll in der Pfanne etwas, das aussah wie ein Pfannkuchen.

Kaum hatte sie André wahrgenommen, überschüttete sie ihn mit einem heiter-süßlichen Redeschwall.

»Hallo, Andrej, ich backe euch Blini. Leider habt ihr keinen Buchweizen im Haus, aber es wird euch auch so schmecken. In deinem Kiehlschrank war zum Glück genug saure Sahne und Kompott. Irina wollte uns dieses Pferdefutter andrehen, das ihr Deutschen zum Friehstück esst. Wie heißt es doch gleich? Miesli!«

André nickte nur resigniert. Die russische Invasion war schon so weit fortgeschritten, dass ihm jeder Widerstand zwecklos erschien. Er würde die Zähne zusammenbeißen, seine Kopfschmerzen klaglos ertragen und warten, bis es vorüberging. Hoffentlich erinnerten sich seine Gäste im Laufe des Tages noch daran, dass sie ursprünglich nur einen Tag bleiben wollten. Seine Küche, sein Haus, seine Burg, sein innerster Verteidigungsring war gefallen. Mit einem Mal wusste er, wie sich die Franzosen gefühlt haben mussten, als deutsche Truppen im Zweiten Weltkrieg über die Champs Elysees marschierten.

Als er gut anderthalb Stunden später vors Haus ins milde Sonnenlicht trat, hatte sich sein Zustand gebessert. Die Blini, die sich als aufgepeppte, süße Pfannkuchen entpuppt hatten, hatten tatsächlich einigermaßen akzeptabel geschmeckt, was man von dem von Ludmilla aufgebrühten Filterkaffee nicht behaupten konnte. Er hasste Filterkaffee, der für ihn nichts anderes war als Spülwasser. Schon der Gedanke daran brachte ihn dazu sich zu schütteln. Irinas mitleidiger Blick hatte ihn beruhigt. Offensichtlich war es ihr ähnlich ergangen, und es war nicht nur seinem besonderen Wesen geschuldet, das er empfand, was er empfand.

»Andrej, wir missen uns beeilen, deine Fiehrung geht in einer halben Stunde los!«, hörte er hinter sich Ludmilla flöten.

›Jetzt weiß ich, was mich an meiner Mutter immer so gestört hat‹, dachte André grimmig. »Kommt einfach raus, ich warte schon«, sagte er, den Missmut unterdrückend.

Gemeinsam traten sie den kurzen Weg zur Tourist-Info, dem Startpunkt ihrer Stadtführung, an. Dort würden sich sicherlich die ersten Tagestouristen mit den Tickets für den »Speyermer Stadtspaziergang« versorgen.

30 Minuten später, pünktlich um 11.00 Uhr, stand er vor der kleinen Truppe, der er heute innerhalb der nächsten zwei Stunden die Speyerer Stadtgeschichte näherzubringen hatte.

Wie immer bot sich ihm ein farbiges Bild. Da war Kazimir im etwas verwaschenen schwarzen Anzug an der Seite seiner hauseigenen Timoschenko-Imitatorin. Gleich im Anschluss hatte sich ein baumgroßer rauschelbärtiger Urbayer aufgebaut, der aussah, als sei er in voller Montur einem Schuhplattlerensemble entsprungen. Daneben posierte eine fünfköpfige dickliche, dauergackernde Rentnertruppe, alle in den gleichen gelben T-Shirts mit dem Logo eines Reiseunternehmens mit dem Aufdruck »Essen on tour«. André schoss sofort die Frage durch den Kopf, ob das ein Hinweis auf ihre Herkunft oder in Anbetracht ihrer Leibesfülle eher ein Fingerzeig auf permanente Lebensmittelaufnahme war. Schräg dahinter standen lauernd zwei unscheinbare ältere Herren in altmodischen beigegrauen Anzügen. Der etwas Größere der beiden trug einen schmalkrempigen grauen Hut und eine klobige Hornbrille, die aussah, als hätte er sie noch von der Einschulung zurückbehalten. Auf einem Erich-Honecker-Imitationswettbewerb hätte er sicherlich einen der vorderen Plätze belegt. Hinter den beiden, am Rand der Gruppe, hatten sich zwei Fahrradtouristen mit Tagesrucksäcken, um den Arm gehängten Helmen und gelben Warnwesten hingepflanzt. Noch weiter hinten, sodass André sich fragte, ob er überhaupt ein offizieller Führungsteilnehmer war oder nur versuchte, sich umsonst einzuschleichen, stand ein hünenhafter Mann mit pockennarbigem Gesicht. Im Ausschnitt seines weit aufgeknöpften weißen Hemdes lugte auf der muskulösen Brust, die ein Tattoo schmückte, ein wuchtiger goldener Anhänger hervor. Komplettiert wurde die Truppe durch den üblichen Mix handtaschenschwingender Rentnerinnen in Funktionshosen und ihren in beigefarbenen, ärmellosen Jäckchen gezwängten Partner. In Momenten wie diesen fragte sich André immer, warum sich nur ältere Menschen für Stadtgeschichte interessierten. Taten sie es etwa, um sich zu vergewissern, ob früher wirklich alles besser war?

Er hatte die Erfahrung gemacht, dass man die unterschiedlichen Charaktere einer Gruppe bereits nach wenigen Minuten zielsicher identifizieren konnte. Da waren die Streber, die den Ehrgeiz mitbrachten, den anderen Teilnehmern zu demonstrieren, dass sie selbst mehr wussten als ihr Führer. Meist versuchten sie dies durch kluge Spezialfragen, deren Antwort sie schon kannten, zu untermauern.

Dann waren da die Genervten, die über die ganze Führung hinweg ihr Desinteresse zur Schau stellten. So als seien sie in der Schule von ihrem Lehrer zu Zusatzstunden verdonnert worden.

Glücklicherweise gab es da noch die Aufmerksamen. Sie waren die, die dem Führer die Motivation gaben weiterzumachen, auch wenn die Sonne noch so stach oder ihn gerade der Regen durchnässte.

Zu guter Letzt gab es da noch die Schwätzer, die ihren Begleiterinnen oder Begleitern zu jedem und allem irgendwelche Kommentare soufflierten. Sie sorgten verlässlich für ein nicht abreißendes Gemurmel, das wiederum den Aufmerksamen, die niemandem anderen als dem Führer zuhören wollten, gehörig auf die Nerven ging.

Ludmilla und Kazimir hatten sich vom ersten Augenblick an in der Gruppe der Schwätzer eingeschrieben. Zuerst war es die Tatsache gewesen, dass sie André persönlich kannten, was sie jedem plump mitteilen mussten. Später waren es laute Anmerkungen zu nahezu allem, was André zum Besten gab.

Die Führung begann stets mit einem allgemeinen Vortrag über die Stadtgeschichte, den André von einer zentralen Stelle auf der Maximilianstraße hielt. Dann führte er sie zu einem Abstecher in die sogenannte Altstadt, die eigentlich ein jüngeres, erst spät um 1240 in die Stadtbefestigung einbezogenes Stadtviertel war. Trotzdem wurde es von allen Speyerern hartnäckig als »Altstadt« bezeichnet. Ihr Weg führte sie über den Fisch- und den Holzmarkt, wo er ihnen einen kurzen Abriss zu den ehemals in diesem Quartier angesiedelten Handwerkern und Kaufleuten gab. Dann ging es weiter am Kloster Sankt Magdalena entlang, wo er einige Sätze zu der heiligen Edith Stein verlor. Danach zur Sonnenbrücke, dem wohl romantischsten Winkel der Stadt mit dem schönen Blick auf den Dom hinter dem pittoresken Fachwerkerker des Gasthauses »Zum Halbmond«. Der Honecker-Imitator fragte im breitesten

Sächsisch: »Gänsefleisch noch wos ieber den Verlauf des Schbeierboches sogen?« André bemühte sich nach Kräften, ein Grinsen zu unterdrücken. Wunschgemäß klärte André die Gruppe über den unterirdischen Verlauf des Speyerbaches auf. Dieser verschwand bei einer alten Sägemühle unter der Schützenstraße und zog sich unter den Straßen der Stadt hindurch, bis er am Mittelsteg, einer Brücke in der Altstadt, wieder ans Tageslicht kam.

Die Teilnehmer aus Essen fragten ihn beim Anblick des hübschen Restaurants im Erkerhaus vor ihnen sofort über die Speisekarte aus und ob es sich lohnen würde, dort später einzukehren.

Auch hierzu gab er geduldig Auskunft.

Während sich André redlich mühte, den unterschiedlichen Interessen und Fragen der Teilnehmer gerecht zu werden, realisierte er grollend, wie der pockennarbige Schlägertyp gelangweilt ausspuckte. Es gab kaum etwas, was er bei seinen Mitmenschen mehr hasste als eine schlechte Kinderstube.

Ihre nächste Station war der Dom. André führte die Gruppe um das imposante Gebäude und erläuterte ihnen ausführlich die Baugeschichte der romanischen Kathedrale. Er ging dabei bewusst etwas tiefer ins Detail, da er aus Erfahrung wusste, dass viele Speyertouristen vor allem wegen des Domes kamen und großes Interesse bestand, möglichst viel darüber zu erfahren. Kurz geleitete er seine Zuhörer um den Ölberg. Im Augenwinkel nahm er wahr, dass sich Kazimir neben dem Schlägertypen aufgebaut hatte und ihm etwas ins Ohr brummelte. Zu Andrés Erstaunen öffnete er irgendwann umständlich sein weißes Hemd unterhalb der viel zu kurz gebundenen altmodischen Krawatte und zerrte einen goldblitzenden Anhänger hervor.

Er verbarg ihn dabei so zwischen den Händen, dass ihn wohl nur sein momentaner Gesprächspartner wahrnehmen konnte. Dabei starrte er auf das runde Schmuckstück auf der glattrasierten Brust des Schlägers.

Andrés Aufmerksamkeit war von den beiden so in Beschlag genommen, dass er schon zweimal den Dom als barockes Bauwerk bezeichnet hatte, was jedes Mal sein Auditorium im Chor »romanisch« ausrufen ließ.

Unterdessen schien sich die Unterhaltung zwischen Kazimir und dem Schlägertypen weiter zu intensivieren. Für einen Augenblick meinte André, Russisch herauszuhören.

Sei's drum, er durfte sich nicht weiter ablenken lassen. Schließlich hatte er der Truppe gegenüber eine Verantwortung. Was war schon dabei, wenn sich hier zwei Landsleute trafen.

André war froh, als er mit den Informationen rund um den Dom fertig war. Der Fußweg zum Judenbad gab ihm die Zeit sich zu sammeln.

Interessanterweise ließen sich nun Kazimir und sein Gesprächspartner etwas zurückfallen und debattierten angeregt. Ludmilla, die bisher sehr nahe bei ihrem Ehemann gelaufen war, hatte sich abgesetzt und wirkte so, als würde sie sich intensiv auf die Führung konzentrieren.

›Was soll's‹, dachte André. ›Soll er doch quatschen, mit wem er will. Morgen ist hoffentlich die Luft wieder rein.‹

Kaum hatten sie das kleine Gärtchen, das der Mikwe – einem mittelalterlichen jüdischen Ritualbad – vorgelagert war, erreicht, sah er im Augenwinkel, dass Kazimir seine Zigaretten zückte und dem Schlägertypen eine anbot.

André wollte seinen Augen nicht trauen. Er empfand es als Sakrileg, an einer Stätte wie dieser zu qualmen.

»Ich würde Sie bitten, hier nicht zu rauchen«, sagte er

nüchtern und machte nicht mal den Versuch, seine Missbilligung zu unterdrücken.

Kazimir steckte artig die noch nicht angezündete Zigarette in die Packung zurück. Der Hüne hingegen schnippte die bereits brennende Zigarette leise fluchend vor sich auf den Boden, kehrte der Gruppe demonstrativ den Rücken und ging. ›Was sucht so ein Kauz bei einer Stadtführung?‹, dachte André und war erleichtert, sich nun wieder ungestört der Führung zuwenden zu können.

Er war froh, als sie endlich diese letzte Etappe bewältigt hatten und sich die Gruppe vor dem Eingang des Judenbads zerstreute.

Während er ein paar Hände schüttelte und den Dank einzelner Gruppenteilnehmer entgegennahm, hörte er Kazimir neben sich mit seinem kehligen russischen Akzent etwas sagen. »Andrej, kannst du uns noch zeigen, wo Chelmut Kohl beerdigt wird?«

André war erstaunt über das plötzliche Interesse, schien doch Kazimir bisher mehr mit sich selbst und seinen diversen Gesprächspartnern beschäftigt gewesen zu sein. Am liebsten hätte er abgelehnt, aber als dann noch Ludmilla mit ihrer süßlichen Stimme ihrem Mann zur Seite sprang, gab er auf.

»Kein Problem, wir machen noch einen Umweg zum Adenauerpark«, sagte André, in der Hoffnung, dass in wenigen Stunden hoffentlich dieser Albtraum zu Ende sein würde.

»Gännen wir ooch mit?«, hörte André eine Stimme in breitestem Sächsisch hinter sich sagen.

Er drehte sich um und erkannte den Erich-Honecker-Verschnitt, der ihn erwartungsvoll anblickte.

André zögerte einen Augenblick. Seine Lust, die Führung

weiter auszudehnen, war gerade auf dem Nullpunkt. Auch die Kopfschmerzen hatten wieder zugenommen. Dennoch verbot es ihm die Höflichkeit, einem Gast seiner Stadt einen Wunsch abzuschlagen.

»Gerne, Sie können uns einfach folgen.«

In der unbestimmten Hoffnung, diese unangenehme Führung so schnell wie möglich beenden zu können, setzte er sich ohne weitere Erklärungen eilig in Marsch.

Bei einem flüchtigen Blick hinter sich erkannte André, dass das »wir« wohl auf den ähnlich altmodisch gekleideten Gefährten Erichs bezogen gewesen war.

Ihr Weg führte sie über den Kulturhof direkt auf Speyers im gleißenden Sonnenlicht liegende Flaniermeile, die Maximilianstraße.

»Andrej, stimmt es, dass der Trauerzug diese Straße nehmen wird?«, fragte Kazimir.

»Das weiß man noch nicht, die Behörden prüfen derzeit verschiedene Alternativen«, log André. Er würde keine Polizeiinterna ausplaudern und schon gar nicht gegenüber ihm.

»Ich gann mir nicht vorstellen, dass man darauf verzichten würd, diese Stroße zu nehmen«, ergänzte Honeckers Gefährte lauernd.

»Wir werden es bestimmt rechtzeitig vor dem nächsten Samstag erfahren«, sagte André und hoffte, damit das Thema zu beenden. Gleichzeitig beschleunigte er die Schritte und blickte stur geradeaus. Er hatte jetzt ganz und gar keine Lust auf Kommunikation mit diesen Käuzen.

Am Tor des Parks prangte bereits ein weißes Hinweisschild mit der Aufschrift »Aufgrund von Baumpflegearbeiten bleibt der Adenauerpark vom 26.6. bis einschließlich 2.7.2017 geschlossen.«

André musste unwillkürlich schmunzeln. Was für eine prosaische Umschreibung für die Vorbereitung und Durchführung einer Beisetzung.

Innen angekommen, sprang ihnen gleich die planierte Fläche zwischen dem Park und dem Kapitelsfriedhof ins Auge. Der kleine Gottesacker, der zur angrenzenden Friedenskirche Sankt Bernhard gehörte, war bisher dem Speyerer Klerus, insbesondere dem Domkapitel als letzte Ruhestätte vorbehalten.

›Was für ein cleverer Schachzug‹, dachte André, der zum ersten Mal vor der geplanten Begräbnisstätte stand. ›Man erfüllt ihm den Wunsch, auf diesem normalerweise für die Öffentlichkeit geschlossenen Friedhof beigesetzt zu werden, leitet aber die Trauernden über den öffentlichen Park ans Grab. So wird man wohl allen Interessen gerecht.‹

André gab Ludmilla und Kazimir noch einige Minuten Zeit sich umzuschauen und trieb sie dann ungeduldig an, den Nachhauseweg anzutreten.

Honecker und sein Gefährte hatten sich bereits ohne ein Wort des Dankes aus dem Staub gemacht und wanderten wohl noch neugierig durch die romantische, mit seltenen Bäumen bestandene Parkanlage.

›Irgendwann werde ich mal eine botanische Stadtführung anbieten‹, dachte André, als er sich stumm umschaute. Dieser stille, verwunschene Park hatte schon immer sein Herz auf eine ganz besondere Art in Schwingung versetzt. Insgeheim beneidete er den Altbundeskanzler für diese besondere Ruhestätte.

12. BAUSCHUTT

Sonntag, 25. Juni 2017, 18.25 Uhr

Aydins Nerven waren bis zum Zerreißen gespannt. Zweimal war er schon auf Fayyadh zugegangen, um ihm zu sagen, dass er noch nicht bereit war – ihm das göttliche Zeichen noch fehlte. Zweimal war er umgekehrt. Nicht nur er, sondern auch sein Bruder, der sich bei Khaled für ihn verbürgt hatte, würde seine Ehre verlieren, wenn er scheiterte.

Am liebsten würde er einfach mit Christina davonlaufen. In eine Welt ohne Blut und Bomben, ohne Gewalt und Glaubensunterschiede. Er würde mit ihr eine Familie gründen, gleich welcher Gott ihnen den Segen gäbe, und sie würden ihr Kind aufwachsen sehen, gleich, welcher Konfession es angehörte.

Die Stimme seines Bruders riss ihn aus den Gedanken. »Wir müssen gehen. Khaled hat mir vorhin unseren Treffpunkt mitgeteilt. Wir treffen uns in einer Stunde, irgendwo auf einer Müllkippe im Wald bei Speyer.«

Aydin spürte, dass dies die letzte Chance war, um auszusteigen. Würde er erst Khaled sehen, wäre er ein Feind und Deserteur. Man würde ihn hinrichten, sobald man ihm habhaft wurde.

»Nimm den großen Rucksack, wir werden viel zu tragen haben!«, befahl ihm sein Bruder.

Aydin gehorchte, so wie er ihm immer gehorchte. Er war zu feige aufzubegehren, zu feige zu fliehen und zu feige für einen Anschlag. Er nahm den Rucksack vom Haken und trottete dem Bruder hinterher. Er verbarg sein Gesicht in der Kapuze des Pullis. Fayyadh durfte nicht sehen, dass die Wut auf die eigene Feigheit seine Augen hatte feucht werden lassen.

Sie waren etwa eine halbe Stunde vor ihrem Termin an der Bauschuttdeponie. Aydin war Fayyadhs Nervosität nicht entgangen. Er spürte, dass sein Bruder sich mit aller Kraft bemühte, der Aufgabe gewachsen zu sein. Er fühlte sich auserwählt und träumte davon, den heldenhaften Tod eines Märtyrers zu sterben. Er würde alles daransetzen, es gut zu machen und keine Schwäche zu zeigen. Mit dem Smartphone hatte er sie hierher dirigiert. Khaled hatte ihm die exakten GPS-Koordinaten gemailt. Zuerst waren sie etwa zehn Minuten um das eingezäunte Gelände geirrt, bis sie eine Stelle gefunden hatten, an der der Zaun niedergetrampelt war. Nun standen sie exakt an dem Ort, auf den die Zielmarke auf dem Handydisplay hinwies. Die erste Hürde war überwunden. Khaled hatte den Platz ihres Treffens mit Bedacht gewählt. Er befand sich in einem von außen nicht einsehbaren kleinen Tal zwischen zwei gewaltigen Bauschutthalden. Vorne und hinten hatten sich üppige Brombeerhecken ausgebreitet, sodass die etwa zehn mal zehn Meter große Fläche dazwischen ein perfektes Versteck war. Heute am Sonntag war hier niemand. Sie würden ungestört sein. Die Stelle war fast 500 Meter von der Zufahrt entfernt. Selbst ein vorbeikommender Radfahrer würde sie weder sehen noch hören können.

»Aydin, sieh dich um. Ich will, dass du sicherstellst, dass sich hier niemand rumtreibt.«

Aydin nickte. Er spürte, dass sich Fayyadh bemühte, professionell zu wirken und ihm seine Überlegenheit zu demonstrieren. Schweigend stieg er auf einen der Bauschuttberge, von dem er das komplette Areal übersehen konnte. Nichts. Das mit Ausnahme der Einfahrt vollständig von dichtem Wald umgebene Gelände war menschenleer. Um seine Nervosität zu verbergen, lief er dennoch in einem weiten Bogen um ihren Treffpunkt. Er ließ sich Zeit. Auf keinen Fall wollte er zu früh zurück sein und Gefahr laufen, dass sein Bruder ihn tadelte. Die Erregung war so groß, dass er sich zweimal zwischen den Müllbergen und mit undurchdringlichen Brombeerhecken bewucherten Brachflächen fast verlaufen hätte.

Fahrig blickte er immer wieder auf die Uhr. Er würde es so einrichten, dass er erst kurz vor der vereinbarten Uhrzeit zu seinem Bruder zurückkäme.

Als er wieder bei Fayyadh ankam, bedeutete ihm dieser zu schweigen. Angestrengt lauschte sein Bruder in die Richtung, aus der sie gekommen waren. Um den Ankommenden besser sehen zu können, stieg er ein paar Schritte auf den Schuttberg. »Er kommt!«, keuchte er schließlich. Trotz des dunklen Teints glühten seine Wangen rosig.

Nur wenige Sekunden später tauchte ein etwa 45-jähriger, bärtiger Mann aus dem Dickicht auf.

Er blieb einige Meter vor ihnen stehen und musterte sie schweigend. Aydin spürte, wie ihm ein Schweißtropfen an der Wirbelsäule herunterrann. Ob Khaled seine Angst und Unsicherheit erkennen konnte? Er glaubte schier, die stechenden Blicke aus dessen tiefschwarzen Augen auf dem Leib zu fühlen. So ernst Khaleds Miene war, so unpassend wirkte seine Aufmachung. Er trug blaue Shorts und ein farbenfrohes ärmelloses Shirt. In der rechten Hand hielt er eine riesenhafte Kühlbox, und über die Schulter hing eine große, längliche Polyestertasche von der Art, wie sie für kleine Zelte oder sonstige Campingartikel verwendet wurden. ›Was für ein Fuchs‹, dachte Aydin, ›jeder würde ihn für einen Ausflügler halten, der hier gleich ein Picknick veranstaltet.‹

»As salamu aleykum«, sagte Khaled langsam und betont.

»Wa aleykum As salam«, antworteten Aydin und Fayyadh im Chor. Mit einem Schlag schienen sich die strengen Züge Khaleds zu lösen. Er ging auf Fayyadh zu, reichte ihm die Hand, umarmte und küsste ihn – erst links, dann rechts und wieder links.

Fayyadh stellte seinen kleinen Bruder vor, und es wiederholte sich das gleiche Begrüßungsritual.

Als sie fertig waren, musterte Khaled Aydin erneut. »Du bist dir nicht sicher, ob du schon reif bist? Sorge dich nicht, Gott wird dir Kraft geben, es zu tun«, sagte Khaled so ausdrucksvoll und warm, dass er Aydin in dieser Minute vollends für sich einnahm.

Aydin nickte stumm. Er war überrascht, dass ausgerechnet ein Fremder sofort seine Zweifel gespürt hatte. Gleichwohl tat ihm diese Geste des Verstehens gut.

»Setzt euch!«, sagte Khaled und machte eine einladende Handbewegung.

Aydin und Fayyadh setzten sich nebeneinander gegenüber von Khaled auf den Boden.

»Ich werde euch nun sagen, was ich von euch erwarte«, leitete Khaled in einem Tonfall, der verriet, dass er es gewohnt war, andere zu führen, ein.

Aydin hatte noch immer ein flaues Gefühl im Magen. Nun war es also so weit. Ab jetzt gab es kein Zurück mehr.

»In der Kühlbox dort sind 40 Kilo TATP. Du weißt, was das ist, Fayyadh?«

»Ja, ich weiß es. Man hat mich gelehrt, damit umzugehen.«

»Das ist gut. Man nennt es nicht umsonst ›Mutter des Teufels‹.«

Fayyadh nickte wissend.

Trotzdem setzte Khaled nach. »Ihr dürft es nicht mit Feuer in Verbindung bringen, nicht hohen Temperaturen oder Erschütterungen aussetzen und nicht zerreiben. Ihr müsst es wie euer kleines Baby behandeln, dann wird es euch so gehorchen, wie es soll. Packt man es zu hart an … *puff*!« Beim letzten seiner Worte machte Khaled eine ausladende Handbewegung.

»Aber richtig eingesetzt, reicht es aus, um mindestens 100 Ungläubige von dieser Welt zu verbannen«, setzte er inbrünstig hinzu.

Aydin spürte, wie der Stein, der sich auf seinen Magen gelegt hatte, schwerer und schwerer wurde. Ihm den Inhalt seines Magens zu verdrängen drohte und seine Eingeweide zerdrückte.

»Ihr werdet es so, wie es jetzt verpackt ist, im Inneren dieses Ölberges neben dem Dom platzieren. Gleich dahinter wird es einen Platz für ein Public Viewing geben. Es werden dort viele sein, man schätzt 3.000, die dem Geschwätz dieser Pfaffen zuhören werden. Es gibt einen kleinen Raum unter dem Ölberg. Er ist nur mit einer Holztür und außen mit einer Gittertür gesichert. Hier sind die Nachschlüssel für die beiden Türen.« Zeitgleich mit den letzten Worten warf er Fayyadh zwei Sicherheitsschlüssel zu.

»Ihr werdet das Zeug in der Nacht zum Samstag dort deponieren. Zieht euch dunkle Overalls an. Ihr werdet zwischen den Fernseh- und Rundfunkleuten, die die Kabel verlegen, kein Aufsehen erregen. Falls nötig, schaltet ihr zwei davon aus und holt euch ihre Zugangskarten. Stellt ein paar Becher und Plastikflaschen um die Kühlbox. So wird sie nicht auffallen. Gegen Morgen werden sie wahrscheinlich mit Sprengstoffhunden durchgehen. Die Viecher werden nichts schnüffeln. TATP ist zu einfach für diese Hightech-Köter.«

Fayyadh nickte anerkennend.

»Ihr verhaltet euch den Vormittag über still, und während der Übertragung zündet ihr das Zeug mit diesem kleinen Schalter.« Er wies auf einen kleinen Druckknopf im Bedienfeld der Kühlbox.

»Und dann *paff*! Ich beneide euch um diese besondere Gelegenheit, den Märtyrertod zu sterben. Im Schatten eines ihrer größten Gotteshäuser entsteigt ihr einem Feld voller aufgerissener Leiber und fehlender Gliedmaßen direkt ins Paradies«, fuhr Khaled mit einem enthusiastischen Glanz in seinen Augen fort.

Nach einer kurzen Gesprächspause stand Aydin vom Boden auf. »Muss pissen!«, sagte er und versuchte dabei, gleichgültig zu klingen.

»Bleib nicht zu lange. Ich habe nicht ewig Zeit«, sagte Khaled, ohne den Blick von Fayyadh zu lösen.

»Ein guter Plan, Khaled. Er wird uns viel Ehre einbringen«, sagte Fayyadh und nickte anerkennend.

»Es gibt aber noch einen Plan B«, sagte Khaled und wies auf den Zeltsack.

Er erhob sich, öffnete den Reißverschluss der Tasche und holte etwas in eine Zeltplane Gewickeltes heraus. Mit ein paar geübten Handgriffen rollte er das Bündel auf dem Boden auf. Im Innern kam eine matt schimmernde lange Waffe mit einem aufgesetzten grünen Geschosskopf zum Vorschein. »Eine Panzerfaust 3 der Bundeswehr«, sagte Khaled triumphierend.

»Von Deutschland ganz offiziell an die kurdischen Peschmerga im Irak geliefert. Unsere Leute haben sie erbeutet. Nun kehrt sie dahin zurück, wo sie herkommt, und tötet Ungläubige«, setzte Khaled seine Erläuterungen fort und lachte dröhnend, so als hätte er einen Scherz gemacht. Dann nahm er die Waffe auf und visierte auf ein imaginäres Ziel. »*Paff*, und wieder fallen 20 Ungläubige.«

Fayyadh fiel etwas unschlüssig in Khaleds Lachen ein.

»Aber nehmt sie nicht mit in diesen Ölberg. Sie würde bei einer Kontrolle auffallen. Sie ist nur für den Notfall, falls mit dem Sprengstoff irgendetwas nicht stimmt«, setzte Khaled nach.

Fayyadh nickte.

»Könnt ihr damit umgehen oder soll ich es euch zeigen?«, fragte Khaled.

»Aydin und ich hatten im Lager russische Ausbilder. Von ihnen haben wir nicht nur Russisch, sondern auch das Schießen mit Panzerfäusten gelernt«, sagte Fayyadh stolz.

Bei den letzten Worten hörten sie ein metallisches Knacken aus dem Brombeergebüsch.

»Endlich kommst du Ay…«

Fayyadh kam nicht mehr dazu, Aydins Namen ganz auszusprechen. Eine wuchtige Maschinengewehrgarbe zerfetzte ihm den Oberkörper. Seinem Mund entrann nur noch ein leises Glucksen gefolgt von einem blutigen Rinnsal.

Auch Khaled erging es wenig besser. Die von unten nach oben über seinen Körper laufende Einschlagslinie der auf ihn gerichteten AK-74 hinterließ einen perforierten Oberkörper und einen Kopf, der nur noch als blutiger Stumpf zwischen den Schultern emporragte.

Aydin hingegen war es besser ergangen. Er hatte sich weit von der Stelle, auf der jetzt die blutigen Reste seiner Gefährten lagen, entfernt. Mit allen Mitteln hatte er versucht, seine missliche Lage vor ihnen zu verbergen. Er wollte auf keinen Fall, dass sie hörten, wie er sich die Seele aus dem Leib kotzte, und hatte eine verborgende Stelle zwischen zwei Abfallcontainern aufgesucht. Er lag flach auf dem Boden unter der schrägen Ladewand eines dieser orangefarbenen Ungetüme.

Der Schütze lächelte zufrieden. Es war reine Routine. Wie immer hatte er noch zwei Kugeln im sichelförmig gebogenen 30er-Magazin der Waffe gelassen. Genug, um noch jedem seiner Opfer falls nötig einen Gnadenschuss zu geben. Doch er hatte ganze Arbeit geleistet. Trotzdem ging er, getrieben von jahrelanger Erfahrung, zu den entstellten Körpern und hieb ihnen seine Schuhspitze in die Seite. Kein letztes Aufbäumen, kein Reflex, kein Zucken. Das Leben war aus ihren Leibern innerhalb von Sekunden gewichen. Mit einem breiten Grinsen spuckte er neben einer der Leichen aus.

Sorgfältig wickelte er die AK-74 aus der hitzebeständigen Folie, in die sie mit Ausnahme der Laufmündung vollständig eingeschlagen gewesen war. Ohne sie direkt zu berühren, warf er sie etwa fünf Meter vor den Toten in den Sand. Einen halben Meter neben dem Punkt, von dem er geschossen hatte, schüttelte er die Patronenhülsen, die sich in der Folienverpackung des Sturmgewehrs gefangen hatten, auf den Boden. Akkurat faltete er die Folie und steckte sie sich in die Schenkeltasche seiner grünen Cargohose.

Als er dies erledigt hatte, machte er sich daran, das mitgebrachte Gepäck und die Kleidung der Opfer zu untersuchen. Mit übergestreiften Latexhandschuhen wühlte er in ihren Hosentaschen. Er suchte ihre Papiere und fotografierte sie ab. Schließlich wollte sein Auftraggeber sicher sein, dass er getan hatte, was ihm aufgetragen worden war. Er ging zur Kühlbox, öffnete den Deckel einen Spalt und schloss ihn alsbald kopfschüttelnd wieder.

Schließlich ging er neben der Panzerfaust in die Hocke. Anerkennend pfiff er durch die Zähne. Gerade noch stoppte er den Reflex, über den matten Stahl der fast fabrikneuen Waffe zu streichen. Er erhob sich und zog die eben verstaute Folie aus der Schenkeltasche. Umständlich bugsierte er das sperrige Kriegswerkzeug in die viel zu kleine Plastikfolie, ohne sie anzufassen und ohne über die Teile, die üblicherweise beim Hantieren mit der Waffe berührt wurden, zu wischen. Eine Tatwaffe mit fremden Fingerabdrücken war unbezahlbar. Als er fertig war, rollte er sie in die Zeltplane und packte die Stoffrolle in den Polyesterbeutel, der sie schon vorhin umhüllt hatte.

Lauernd ließ er noch einmal den Blick über die blutige Szenerie schweifen. Das Blut auf den Leichen hatte sich eingedunkelt. Ein Zeichen dafür, dass die Gerinnung eingesetzt hatte. Alles war, wie es sein sollte. Außer der Mordwaffe und den zugehörigen Patronenhülsen hatte er nichts, was auf ihn schließen ließ, zurückgelassen.

Schmunzelnd blickte er auf die Kühlbox mit dem Sprengstoff, die er stehen gelassen hatte. Die Polizei würde es einen Tag kosten, das Zeug zu entschärfen, wenn es nicht schon vorher durch die Sonneneinstrahlung selbst in die Luft ging. Mit der geschulterten Polyestertasche, in der er seine Beutewaffe trug, schlenderte er Richtung Waldweg zurück. Unterwegs vergaß er nicht, noch einen kleinen Stofffetzen, der aus einer roten Kufiya, dem traditionellen Kopf- oder Halstuch im arabischen Raum, gerissen war, an den Stacheln eines Brombeerzweiges einzuhängen.

Als er nach einem kurzen Fußmarsch am Auto war, entledigte er sich noch der Folienüberzüge, die seine Schuhe verhüllten. Zufrieden lächelnd startete er den Motor und fuhr davon.

13. NACHLESE

Sonntag, 25. Juni 2017, 11.10 Uhr

»Andrej, mein Guter, noch ein Blini?«

»Aber gerne, moy malenky krolik!«

»Ey, jetzt reichts. Ich bin nicht dein kleiner Hase!«, sagte Irina und schüttelte sich vor Lachen.

»Gerade hatte ich mich daran gewöhnt«, sagte André und fiel mit in ihr Gelächter ein.

»Du warst echt tapfer, mein lieber Andrej.«

»Ich kam mir vor wie der künftige Schwiegersohn, der von der Familie der Braut begutachtet wird. Die dachten bestimmt, du hättest einen wohlhabenden alten Deutschen am Haken.«

»Wohlhabend? Das wäre mir bestimmt schon aufgefallen, du alter Geizhals.«

»Trage ich dich nicht täglich auf Händen?«, fragte André gespielt empört.

»Wenn ja, tust du das so geschickt, dass es mir nicht auffällt«, erwiderte Irina lachend. »Aber mal ganz im Ernst.

Ein bisschen fühlte ich mich in die Pubertät zurückversetzt, wo man sich für seine Eltern schämt. Die beiden waren unmöglich.«

»Waren sie nicht. Sie waren stolz auf dich und freuten sich über alle Maßen, dass es dir gut geht. Hätte ich eine Nichte, wäre es mir bestimmt ähnlich ergangen.«

»Trotzdem finde ich es riesig von dir, dass du sie ganze zwei Tage ertragen hast.«

Irina sprang vom Küchenstuhl, umarmte André und gab ihm einen von einem lauten Schmatzgeräusch begleiteten dicken Kuss auf die Wange.

»Ich tat es für Deutschland«, sagte André staatstragend.

»Für Deutschland?«

»Klar, du hast doch an der Krim gesehen, was Putin tut, wenn er irgendwo für die Interessen russischer Staatsbürger eintreten muss.«

»Ha, ha«, sagte Irina schief lächelnd. »Du weißt, dass ich ihn gar nicht mal so übel finde.«

André schwieg auf diese letzte Bemerkung einen Augenblick. Aus zahllosen vorangegangenen Gesprächen zu diesem Thema hatte er gelernt, dass Diskussionen über die russische Politik stets zu Kontroversen zwischen ihnen führten.

»Aber freu dich nicht zu früh. Hast du auch überprüft, ob sie wirklich abgefahren sind?«, wechselte er lachend das Thema.

»Das sind sie, ich habe doch noch ordentlich gewunken.«

»Sollen sich doch die Münchener und danach die Wiener noch etwas mit ihnen rumärgern, bevor sie in ihre Heimat zurückfahren, Hauptsache, wir haben wieder unsere Ruhe«, sagte Irina. »Ich muss jedenfalls erst mal drei Tage fasten. Tante Ludmilla hätte mich in einem Monat zur Schlachtreife hochgemästet.«

»Wir werden wohl eine Woche lüften müssen. Irgendwie rieche ich überall Kazimirs Zigarettenrauch«, sagte André und riss das Küchenfenster auf.

Irina lachte. »Ja, von Putins Nichtraucherkampagnen hat er jedenfalls noch nichts mitgekriegt. Er war insgesamt ziemlich retro.«

»Passende Umschreibung«, bestätigte André lächelnd.

»Irgendwie kam er mir mit seinen altmodischen Anzügen und seinem großen Goldkettchen vor wie ein Schlagerstar aus den 70ern.«

»Du meinst seinen Sankt Georg, den er um den Hals trägt?«

»Sankt Georg, der Drachentöter?«, fragte André.

»Ja, genau der.«

»Ich hoffe, den Drachentöter trägt er nicht wegen Ludmilla?«

»Fiesling. Ist das dein Dank für ihre Blini?«

»Ich kann ja nicht wissen, warum er einen Heiligen auf der Brust trägt, besonders religiös kam er mir nicht vor. Für den Dom hat er sich jedenfalls nur oberflächlich interessiert.«

Irina lachte. »Da kannst du recht haben. In der Kirche habe ich ihn selten gesehen, und wenn, dann nicht freiwillig. Den Anhänger trägt er schon, seit ich denken kann. Tante Ludmilla hat mir als Kind einmal erzählt, er hätte was mit seiner Militärzeit zu tun.«

»Sein Wehrdienst muss aber schon ein Weilchen zurückliegen?«

Irinas Züge wurden ernst und nachdenklich.

»Habe ich etwas Falsches gesagt?«, fragte André erstaunt nach.

»Nein, wie kommst du darauf?«

»Na ja, du sahst aus, als sei dir meine Frage irgendwie unangenehm.«

»Ja, nein. Ich weiß selbst nicht. Es ist nur, dass ich auch nicht recht weiß, was Onkel Kazimir so in seinem Berufsleben getrieben hat. An Stellen wie dieser schwiegen immer alle in der Familie.«

14. PLANUNGEN

Montag, 26. Juni 2017, 7.55 Uhr

Komarows Stirn glänzte schweißig. Er war aufgeregt wie immer, wenn ein Kontakt mit dem Major bevorstand.

Er hatte schon vor einer Stunde dem Mädchen, das er sich für die letzte Nacht auserkoren hatte, unmissverständlich klargemacht, dass sie zu gehen hatte. Nun wartete er. Obwohl er sich sicher war, dass der Major Punkt 8.00 Uhr anrufen würde, starrte er auf sein Handy, so als könnte er sich den Rückruf herbeistarren. »Verdammte Scheiße«, fluchte er vor sich hin und gab dem Stuhl, der neben ihm stand, einen Tritt, dass er umkippte. Komarow, der stets das Heft des Handelns in den Händen hielt, hasste es, einem Dritten ausgeliefert zu sein. Doch der Major weigerte sich beharrlich, ihm eine Telefonnummer zu hinterlassen, auf der er ihn erreichen konnte. Für Fälle wie diesen hatte ihm der Major eine indirekte Methode der Kontaktaufnahme befohlen.

»Tolstoi, ›Krieg und Frieden‹, gebraucht, Einband stark beschädigt, Seite acht fehlt, 9,99 Euro«, war der abgesprochene Text der Kleinanzeige, die er gestern in Ebay platziert hatte. Die Acht stand dabei für die Rückrufzeit. Die Aufgabe des Majors oder wahrscheinlich eher einer seiner Untergebenen bestand darin, jeden Tag um 7.00 Uhr Ebay nach diesem Buchangebot zu durchsuchen. Komarow hatte bisher nur einmal von dieser umständlichen Prozedur Gebrauch machen müssen. Es hatte funktioniert. Meistens lag die Initiative beim Major. Er rief an und Komarow hatte zu gehorchen.

So wie vorgestern, als er ihm unerwartet den Auftrag erteilt hatte, die Islamisten auszuschalten.

Komarow erschrak, als sich das Mobiltelefon tatsächlich schlag 8.00 Uhr regte. Er nahm das Gespräch an. Am anderen Ende der Leitung war nur ein knarziges »Privjet«, was so viel wie »Hallo« bedeutete, zu hören.

»Ich habe den Auftrag von gestern ausgeführt«, sagte Komarow trocken.

»Ich weiß«, antwortete der Major, fast so, als langweile es ihn, Dinge zu erfahren, die sowieso jeder wusste.

»Auch wenn es dich wundert, es hat sich schon bis zu mir herumgesprochen, und schließlich war es ja auch nicht schwierig. Für Routine gibt es keine Orden!«

Komarow schluckte betroffen. Insgeheim hätte er sich mehr erwartet als diese gelangweilte Reaktion.

»Wir müssen uns dringend sprechen, Major«, hauchte Komarow atemlos ins Telefon. »Die Sache hat mich in der Zeitplanung einen Tag zurückgeworfen.«

Er spürte, wie ihm eine Schweißperle ins Gesicht rann. Er hasste es, dass er sich immer, wenn er mit dem Major telefonierte, wie ein Pennäler, der vor der Klasse ein Gedicht aufzusagen hat, fühlte.

»Heute Abend um sechs. Wir besuchen Tante Olga im Krankenhaus.«

Wieder ein Knarzen, und das Telefonat brach unvermittelt ab.

Wenngleich ihn derartige Gespräche auch nach Jahren noch verunsicherten, wusste Komarow nun, was zu tun war. Sie würden sich im Parkhaus des Speyerer Diakonissenkrankenhauses treffen.

Obwohl mittlerweile der Schweiß sein Hemd unter den Achseln einen Ton dunkler gefärbt hatte, fröstelte es Komarow. Der Major war wie immer höchst effizient. »Kein Wort zu viel. Jede Sekunde länger am Telefon erhöhte das Risiko, ausgehorcht zu werden«, war eine seiner stehenden Orders.

Komarow pulte mit den grobschlächtigen Händen die Nano-Sim-Karte aus dem Mobiltelefon. Sie wirkte in seinen Pranken noch viel kleiner, als sie wirklich war. Er wankte ins Badezimmer. Der winzige Plastikchip verursachte kein Geräusch, als er im Wasser der Toilette landete. Komarow zögerte kurz, riss sich dann die Hose auf, zog sie herunter und setzte sich auf die Klobrille. Mit einem lauten Rattern untermalt, setzte er einen großen braunen Kothaufen auf der SIM-Karte ab und lächelte kindlich zufrieden.

*

Es war 17.55 Uhr, als sich Komarow aus Richtung des Krankenhauses dem Parkhaus näherte. Er hatte sich bewusst dort ein paar Minuten herumgedrückt und das Gebäude wie ein Besucher nach absolviertem Krankenbesuch verlassen.

Er selbst war es gewesen, der dem Major die Parkgarage vor Jahren als Treffpunkt vorgeschlagen hatte. Es gab nur eine Videokamera, die den Kassenautomaten im Fokus hatte, die Ein- und Ausfahrt war unüberwacht. Kein Wächter, keine weitere Kamera, keine neugierigen Blicke eines Anwohners – alles war perfekt. Schaute man beim Bezahlen strikt nach links unten auf den Boden, blieb man unerkannt. Obwohl das Parkhaus tagsüber gut belegt war, bot es immer noch einen freien Platz auf einem der oberen Decks. Es gab wenig Publikumsverkehr. Und die meisten, die sich hier aufhielten, waren mit ihren eigenen oder den Problemen ihrer Angehörigen beschäftigt und nahmen keine Notiz von anderen Besuchern.

Der Major war stets mit wechselnden Autos hier. Es gab allerdings einige Konstanten, die es Komarow leicht machten, ihn zu finden. Der Major parkte immer in einer der oberen Etagen, genau dort, wo sich die Belegung lichtete und man einen Parkplatz mit Abstand zum Nachbarfahrzeug ergattern konnte. Er mied leere oder fast leere Decks. Er bevorzugte SUVs oder Kleintransporter, an denen die hinteren Scheiben dunkel abgetönt waren, sodass man von außen keinen Einblick ins Innere hatte.

Auf Deck sechs wurde Komarow schließlich fündig. Hier war nur etwa die Hälfte der Plätze belegt. Vor ihm stand ein dunkler VW-Bus mit undurchsichtigen Seitenscheiben und Frankfurter Kennzeichen. Zunächst blieb er stehen und nahm sich die Zeit, den geübten Blick über die Szenerie gleiten zu lassen. Weit und breit war niemand zu hören oder zu sehen. Lediglich das Quietschen von Autoreifen auf dem glatten Lacküberzug, den man auf den Betonboden des Parkhauses aufgebracht hatte, war von einem der unteren Stockwerke zu hören. Durch die ähnlich einer Jalousie angebrachten Metallpaneele, mit denen das Stahlgerippe des Gebäudes verkleidet war, nahm man gedämpft das Geräusch eines die Auffahrt zum Krankenhaus emporfahrenden Taxis wahr. Lauernd schlenderte er dem Zielobjekt entgegen. Als er nur noch wenige Schritte vom Fahrzeug entfernt war, hörte er ein Klacken und die Beifahrertür sprang einen Spalt weit auf.

Komarow öffnete die Tür und setzte sich auf den freien Sitz. Der vordere Teil des Wagens war leer.

»Privjet Sputnik«, hörte er die kalte, raunzige Stimme des Majors aus dem hinteren Teil des Transporters.

»Privjet Major«, war seine verschreckt wirkende Antwort.

Wie immer war der Major für ihn unsichtbar. Obwohl er es strikt vermied, sich umzudrehen, wusste er aus Erfahrung, dass der Fond des Wagens stets durch eine leichte Wand vom vorderen Teil abgetrennt war. Selbst die Spiegel waren so eingestellt, dass er keinen Blick nach hinten erhaschen konnte.

»Ich hatte gesagt, drei Tage!«, fuhr ihn der Major unvermittelt an. »Wir haben wenig Zeit, wir können uns keine Versager wie dich leisten, die sich lieber mit Weibern in Betten rumtreiben, als ihre Aufträge zu erfüllen!«

Seine Stimme war bedrohlich. Komarow spürte, dass er den Major verärgert hatte.

»Da Major, da, da«, stotterte Komarow unterwürfig.

»Da, da, da, Major«, äffte ihn der Major nach.

»Immer nur ja, ja, ja. Du weißt, dass ich Jasager und Feiglinge hasse!«

»Da«, sagte Komarow und biss sich auf die Lippe.

»Ich hoffe für dich, dass mich wenigstens dein Plan überzeugt.«

»Da, Major.« Komarow schluckte hörbar und war für einen Augenblick unfähig zu sprechen.

»Los, erzähl, was du Spatzenhirn dir ausgedacht hast!«

Komarow zögerte. Er betete innerlich. Hoffentlich würde sein Plan die Zustimmung des Majors finden. Stockend begann er: »Ich habe mir überlegt, ich werde den Sarg, während er aus diesem Schiff geladen wird, in die Luft jagen«, platzte es schließlich aus ihm heraus.

»Kollateralschäden?«, fragte der Major, militärisch ernst.

»Sechs Bundeswehrgenerale und ihre Adjutanten.«

Der Major lachte dröhnend. »Das gefällt mir. Nicht nur den Sarg, sondern das halbe Bundeswehroberkommando. Das ist ein Handstreich ganz nach meinem Geschmack.«

»Da«, erwiderte Komarow devot. Erleichtert, dass sein vorgesetzter Offizier an seinem Plan Gefallen fand.

»Was brauchst du dafür?«

»Ich brauche 20 Kilo C4, die nötigen Zünder, Funkauslöser und einen funkgesteuerten, elektromagnetischen Haftsockel. Das Ganze in einer wasserfesten Ausführung.«

Der Major schwieg einige Sekunden. Komarow spürte ein flaues Gefühl im Magen. Ob er zu viel gefordert hatte und ihn der Major gleich auslachen würde?

»Man merkt, dass du zuletzt auf der Krim bei der Schwarzmeerflotte gedient hast. Eine nette Unterwasserhaftmine will der Herr also.«

Komarow erschrak. Er spürte einen gefährlichen Zynismus in der Stimme des Majors. Als Antwort brachte er nur ein dürres »Da« über die Lippen. Ängstlich schob er: »Ich habe aber noch einen Plan B«, nach.

»Das hoffe ich sehr für dich. Wenn du versagst, bist du es, dem man eine Mine in den Arsch schiebt«, sagte der Major und lachte diabolisch.

Wieder rang sich Komarow nur zu einem heiseren »Da« durch.

»Übermorgen zur selben Zeit an dieser Stelle wirst du alles bekommen, was du brauchst. Ich werde dir einen Sprengstoffspezialisten mitschicken, damit du keinen Mist baust.«

»Spasibo«, sagte Komarow und verbeugte sich leicht.

»Du brauchst dich nicht zu bedanken. Es genügt, wenn du deinen Auftrag erfüllst. So und jetzt geh«, sagte der Major und ließ die Beifahrertür mit einem Klacken aufspringen.

Komarow entstieg erleichtert dem parkenden Fahrzeug. Er hatte es geschafft, den Major für seine Idee zu gewinnen. Die Ausführung würde allerdings alles, was er zu leisten im Stande war, von ihm abverlangen. Tief in Gedanken versunken, wäre er beinahe mit einem jungen Mann zusammengestoßen, der ein paar Parkplätze weiter seinen roten Polo geparkt hatte. Komarow spuckte geräuschvoll aus. Ein schwacher Windhauch durchströmte das seitlich offene Parkhaus. Er spürte, wie sich ihm, trotz der 29 Grad Außentemperatur, ein kalter Schauer über den Rücken legte.

Es war die Angst. Die Angst zu versagen.

15. POLIZEIBESUCH

Dienstag, 27. Juni 2017, 19.50 Uhr

»Kann ich zu dir kommen? Ich will hier endlich raus«, hörte er Frank Achill am anderen Ende der Leitung ohne jedwede Begrüßung genervt ins Telefon zischen.

André lachte. »Oh, da hat jemand aber gewaltig schlechte Laune.«

»Aber so was von schlechter Laune. Da bereitest du alles perfekt vor und dann kommen irgendwelche Idioten und funken dir dazwischen.«

»Von was redest du?«, fragte André verwirrt.

»Mach einen deiner guten Roten auf, ich bin in zehn Minuten bei dir.«

»Gerne, aber ich habe nichts Passendes zu Hause, um dich mit einem anständigen Abendessen zu verwöhnen.«

»Dann bringe ich eben was mit. Lass das mit dem Rotwein. Ich buche um auf Bier. Es gibt ein echtes Polizistendinner.«

André lachte erneut. »Da ist einer aber schnell entschlossen. Geht klar, Biere sind im Kühlschrank.«

Alles, was er von Achill noch hörte, war ein fahriges »Bis dann« und ein Knacken in der Leitung.

›Was war das für ein Auftritt?‹, wunderte sich André und legte den Hörer des Funktelefons ab.

Von dieser Seite hatte er den Freund bisher noch nie kennengelernt. Achill war immer sehr kontrolliert und schien jede Situation mit Gleichmut und Gelassenheit zu ertragen. Was mochte ihm widerfahren sein, das ihn dermaßen aus seiner sonst so stoischen Ruhe brachte?

In Gedanken über Achills ungewöhnlichen Auftritt lief André zum Getränkekühlschrank im Vorratsraum hinter der Küche und inspizierte die Bestände. Als passionierter Weintrinker war er zu jeder Zeit selbst einem Überfall durch eine durstige Fußballmannschaft gewappnet. Mindestens sechs gekühlte Rosés und ebenso viele Weißweinflaschen standen im Kühlschrank und warteten auf trockene Kehlen.

Aber Bier war eher ein Ausnahmegetränk in seinem Haus. Befriedigt stellte er fest, dass das untere Fach seines Eisschranks doch noch etwa ein halbes Dutzend Weizenbierflaschen beherbergte. Irina hatte sie angeschleppt und behauptet, für die kurz bevorstehende Brezelfestzeit wäre das unabdingbar.

André schmunzelte. Er war sich sicher, so wie Frank Achill heute aufgelegt war, würde das Bier das Brezelfest nicht mehr erleben.

Kaum hatte André den Tisch auf der kleinen Wiese unter dem Nussbaum abgewischt und die Biere in einem Eiskübel dort aufgestellt, hörte er schon Franks Auto vorfahren.

Frank war wie immer in Zivil. Heute wirkte er aber, als käme er frisch von einer Baustelle. Er trug grobe Trekkingschuhe, die eine helle Staubschicht wie Puderzucker überzogen hatte, dazu Jeans, deren Knie aussahen, als hätte er damit auf einem staubigen Untergrund gekniet.

Sie begrüßten sich mit einem soliden Handschlag, in den Achill immer ein Quäntchen mehr Kraft als nötig legte. Vielleicht brauchte er das, um das Image des kernigen Polizeibeamten zu pflegen.

»Warst du Fliesen legen, Frank?«

Achill lächelte schief. »Das wäre mir lieber gewesen, als auf einer Müllkippe rumzukriechen.«

André wollte gerade zu einer Frage ansetzen. Doch Achill winkte ab. »Später mehr. Jetzt muss ich erst mal was essen.

Komm, hilf mir tragen.« Dabei wies er auf das Auto, dessen Kofferraum noch immer offen stand.

Gemeinsam luden sie die Tüten und Plastikschalen, die darin kreuz und quer verstreut lagen, aus. »War wohl etwas zu schnell in die Kurven gefahren«, sagte Achill entschuldigend, als er Andrés gerunzelte Stirn bemerkte.

»Sieht mir eher nach einer Verfolgungsjagd aus«, erwiderte André lachend.

Als sie an Andrés Gartentisch angekommen waren, packte Achill stolz seine Beute aus. »Heute gibt's mal kein mediterranes Essen. Heute verwöhne ich dich mit einem typischen Bullenmenü direkt von der weltweit besten Imbissbude, der ›Currysau‹.«

»Da bin ich aber gespannt«, sagte André skeptisch auf die Berge von Tüten und Einweggeschirr blickend. Er hatte schon viel von der »Currysau« gehört, hatte es aber bisher bewusst vermieden, sich dort etwas zu kaufen. Für einen Gourmet, Freund der mediterranen Küche und obendrein Vegetarier, war es geradezu ein Sakrileg, Fast Food oder sonstige Imbissbudenkost einzunehmen.

»Ein Crunchy- und einen Halloumi-Burger, dazu die besten Süßkartoffelpommes, die Speyer zu bieten hat. Natürlich alles veggieproof für den Herrn«, sagte Achill lächelnd und schob André drei Papiertüten zu.

André musterte ihn aufmerksam. Sein Freund schien auffällig blass, die Augen wirkten müde. Seine Geschäftigkeit und sein Lächeln lagen wie eine dünne Folie über dem darunter liegenden Schlechtelaunekern, ohne ihn allerdings zu verbergen. Frank hatte Sorgen, dessen war sich André sicher.

»Und was isst du?«, fragte André in der Hoffnung, eine belanglose Plauderei würde ihn wenigstens etwas aufmuntern.

»Natürlich auch Süßkartoffelpommes, eine Currywurst und einen Palzki-Burger.«

»Palzki-Burger?«, fragte André neugierig.

»Ja, benannt nach dem Ermittler in diesen Regionalkrimiromanen.«

»Pah«, schnaubte André verächtlich. »Als wenn in unserer braven Stadt etwas passieren würde, das nach Krimi riecht.«

»Hast du eine Ahnung«, sagte Achill. »Verbrechen und Terror sind auch hier angekommen.«

»Trink erst mal was«, sagte André und schenkte Achill routiniert eines der Weizenbiere ins Glas.

»Du hättest Kellner werden können«, lobte ihn Achill und ließ geräuschvoll den Bodenrand seines Weizenbierglases an das Glas von André scheppern.

Sie schwiegen, während sie ihr Essen auspackten und auf die von André bereitgestellten Teller luden – Achill vor Hunger und André gespannt vor Neugier.

»So und jetzt erzähle mir, was du auf der Müllkippe getrieben hast«, machte André seinem Wissensdurst Luft.

Achill zögerte einen Augenblick. »Ach was, du wirst es sowieso morgen oder übermorgen in der Zeitung lesen. Lange können wir das eh nicht mehr geheim halten.«

»Du machst es aber spannend.«

»Das ist es auch. Oder findest du zwei völlig von Kugeln zerfetzte Körper etwa langweilig?«

»Upps!«, sagte André und hob den Blick von den Süßkartoffelpommes. »Und wer waren die Opfer?«

»Ein Marokkaner und ein Libyer. Letzterer stammte aus Speyer.«

»Und wo habt ihr sie gefunden?«

»Auf der Bauschuttrecycling-Anlage hier im Stadtwald.

Sie wurden regelrecht hingerichtet. Jeder mit einem Feuerstoß aus einer automatischen Waffe. Aus höchstens fünf Metern Entfernung. Entweder wurden sie überrascht oder kannten den Täter.«

André pfiff leise durch die Zähne. »So was ist in der Tat nicht alltäglich für Speyer. Wisst ihr etwas über den Hintergrund?«

»Wir wissen, dass es vermutlich *ein* Täter war, der die drei überrascht hat.«

»Drei?«, unterbrach ihn André verwirrt.

»Entschuldige. Ich vergaß zu erwähnen, dass den Fußspuren nach zu urteilen ein potenzielles drittes Opfer entkommen konnte. Wir denken, dass er es war, der uns anonym gestern Abend über die Tat informiert hat. Er rief den Umgebungsgeräuschen nach von einem Münzfernsprecher an und hatte einen arabischen Akzent. Mehr wissen wir nicht von ihm.«

»Hat er was zum Täter gesagt?«

»Nein, hat er nicht. Beim Täter handelt es sich wohl um Abu Bakr Akkasin.«

André lachte kurz auf und schüttelte ungläubig den Kopf. »Und woher wisst ihr das? Er hat doch wohl nicht seine Visitenkarte liegen lassen?«

»Doch, so ähnlich. Er ließ die Tatwaffe liegen. Eine alte AK-74.«

»Eine was?«, fragte André nach.

»Eine Kalaschnikow, wenn dir das mehr sagt«, sagte Achill gönnerhaft. »Das ›A‹ steht für Automatik, das ›K‹ für Kalaschnikow und die ›74‹ für das Jahr 1974, in dem sie erstmals auf den Markt kam. Von den verschiedenen Baureihen der Kalaschnikow wurden mehr als 100 Millionen Stück gebaut. Und wenn du dich in Mannheim in den richtigen Ecken rumtreibst, kriegst du eine schmutzige Waffe für ein paar 100 Euro.«

»Schmutzige Waffe?«, wiederholte André fragend.

»Im Polizeijargon sagen wir das zu Waffen, die bereits aktenkundig sind.«

»Und diese Waffe ist demnach aktenkundig.«

»Nein, ist sie nicht, aber ihr Besitzer ist es. An ihr fanden wir Fingerabdrücke von Abu Bakr Akkasin. Er ist ein international gesuchter tschetschenischer Terrorist, der bis vor drei Jahren sehr aktiv in Russland war. Mindestens bei fünf islamistisch motivierten Terroranschlägen war er der Strippenzieher und maßgeblich beteiligt. Er ist einer der zehn meistgesuchten Terroristen Russlands.«

André schluckte. »Und der gibt uns die Ehre? Ich nehme das mit der ›braven Stadt‹ zurück.«

Achill grinste schräg.

»Hat er weitere Spuren hinterlassen?«

»Nur einen kleinen Fetzen seines Halstuches, mit dem er bei der Flucht an einem Brombeerstrauch hängen blieb. Auch der passt zu Abu Bakr Akkasin. Auf nahezu jedem Foto, das man von ihm kennt, trägt er so ein Palästinensertuch, ähnlich wie damals der alte Arafat, nur dass es rot gemustert ist.«

»Gibt es sonst noch Hinterlassenschaften von ihm?«

»Nein. Sonst nichts, selbst verwertbare Fußabdrücke fehlen. Die Kollegen von der Kriminaltechnik meinen, er trug Plastiktüten um die Schuhe gewickelt.«

André schüttelte ungläubig den Kopf. »Konntet ihr noch irgendetwas über ihn herausbringen?«

»Nein. Es ist wie verhext. Er ist wie ein Phantom. Zuletzt war er jahrelang völlig von der Bildfläche verschwunden. Die russischen Kollegen, die übrigens sehr kooperativ waren, gingen davon aus, er sei untergetaucht und hätte sich zur Ruhe gesetzt oder sei gar tot. Und nun das. Ausgerechnet jetzt taucht er in Speyer auf und metzelt zwei seiner Glaubensbrüder nieder.«

»Glaubensbrüder?«, fragte André.

»Na ja, wir gehen jedenfalls nach ihrem Outfit davon aus, dass es sich bei den Opfern um gläubige Muslime handelte.«

»Also eine Abrechnung unter rivalisierenden Moslemgruppen«, stellte André fest.

»Wenn es das nur wäre, wäre alles einfacher.«

»Wie meinst du das? Gibt es noch etwas?«

»Ja, leider. Eines der Opfer hatte eine zusammengefaltete Skizze der Domumgebung bei sich. Gleich neben dem Dom, da wo der Ölberg steht, war ein großes Kreuz aufgemalt«, sagte Achill mit ernster Miene.

André schauderte es. Er sog laut Luft durch die Zähne. »Also genau dort, wo das Public Viewing am Samstag geplant ist.«

Achill nickte und kniff angestrengt die Augen zusammen.

»Na ja, da kann man ja fast froh sein, dass die beiden Burschen tot sind. Dann ist wenigstens diese Gefahr gebannt.«

»Nicht ganz. Oft sind es nicht nur die Sachen, die man am Tatort findet, die für einen Fall bedeutungsvoll sind. Ich denke, hier sind die fehlenden Gegenstände das Problem.«

André schaute Achill verwirrt an. »Wie meinst du das?«

»Auf dem lockeren Sandboden haben zwei Gegenstände Abdrücke hinterlassen, die wir nicht am Tatort gefunden haben. Einmal so etwas wie ein Sack aus Polyester, von dem man auch kleinste Faserspuren sicherstellen konnte, und dann noch eine Kühlbox.«

»Eine Kühlbox?«, fragte André irritiert. »Wie kommt ihr darauf?«

»Durch den klar zu erkennenden Umriss und das im Sandboden abgeformte Logo des Herstellers, einem renommierten Produzenten von tragbaren Elektrokühlgeräten.«

»Willst du damit sagen, die haben dort ein Picknick veranstaltet?«, fragte André grinsend.

»Schön wär's. Da wir keinerlei weggeworfene Trinkbecher oder sonstige Utensilien gefunden haben, befürchten wir etwas ganz anderes. Wir denken, dass die Box mit TATP gefüllt war.«

»TATP? Was ist das denn schon wieder?«

»TATP, ausgeschrieben Triacetontriperoxid, ist der Sprengstoff, der zur Zeit bei vielen Terroranschlägen verwendet wird. Zum Beispiel auch 2015 am Stade de France in Paris. Er ist billig, und man kann ihn einfach aus ein paar in jedem Baumarkt erhältlichen Haushaltschemikalien wie Aceton und Wasserstoffperoxid herstellen. Er hat nur einen Nachteil, er ist extrem instabil. Daher muss man ihn möglichst kühl lagern.«

»Verstehe«, sagte André mit sorgenvollem Gesicht. »Aber wieso seid ihr euch so sicher?«

»Es gab davon feine, kaum nachweisbare Kondensatspuren im Sand. Offensichtlich wurde die Box geöffnet und es konnte eine geringfügige Menge verdunsten. Da die Verdunstungsprodukte von TATP schwerer als Luft sind, sind sie sogleich auf dem Boden kondensiert. Und so tief, wie sie sich dort ins Erdreich drückte, war sie voll davon.«

»Das heißt, irgendwo da draußen treibt sich dieser Abu Bakr Akkasin mit einer Menge Sprengstoff und einem Anschlagsplan für die Beerdigung am Samstag herum.«

»Ich hätte es nicht besser zusammenfassen können«, sagte Achill und lächelte schief.

»Oh Mann und was nun?«, fragte André mit einem Gesichtsausdruck, als hätte er gerade einer Kopfschmerzattacke zu widerstehen.

»Ganz einfach, wir haben den Täter, den geflohenen potenziellen Attentäter und das TATP noch vor Samstag zu finden.«

»Na, dann ist es ja alles kein Problem«, sagte André zynisch grinsend.

»So sieht es jedenfalls das Bundeskriminalamt, das formal den Fall übernommen hat, sich aber auf unsere Ortskenntnis verlässt.«

»Das heißt, in diesem Kochtopf rühren gleich zwei Köche?«, fragte André.

Achill lachte. »Das wäre ja noch überschaubar. Ich denke, es sind eher vier. Das BKA, das LKA, wir in Ludwigshafen und der Bundesnachrichtendienst gibt auch noch seinen Senf dazu.«

André schüttelte stumm den Kopf.

»Und das Rezept von solchen Kooperationen ist immer das Gleiche. Wir machen die Arbeit, und die anderen scheißern klug. Geht es gut, streicht das BKA den Erfolg für sich ein. Geht es schief, dann müssen wir den Kopf hinhalten. Und die Sache ist so groß, dass dabei sehr schnell der Kopf des Ermittlers rollt.«

»Und das ist deiner, wenn ich das richtig verstehe.«

»So ist es, mein Freund. Wenn ich nicht achtgebe, lande ich als Polizeiausbilder in Mali. Alternativ kannst du ja schon mal schauen, ob noch eine Stelle als Stadtführer für mich frei ist.«

André legte seinem Freund mitfühlend die Hand auf die Schulter. »Zugegeben, tauschen möchte ich nicht mit dir. Dicker könnte es kaum kommen.«

Wieder lachte Achill laut auf. »Doch – schlimmer geht immer!«

»Wie jetzt, was ist noch?«, fragte André erstaunt.

»Vom BND gibt es den Hinweis, dass eine von Veteranen des russischen Regiments Rastov zusammengesetzte Zelle einen Anschlag in Speyer plant. Zusätzlich wurde bekannt, dass aus einem Marinedepot in Warnemünde Plastiksprengstoff und eine Unterwasserzündausrüstung verschwunden sind. Es gibt geheimdienstliche Erkenntnisse, dass das Material auf dem Weg nach Speyer ist. Beim BND sieht man zwischen den beiden Informationen einen Zusammenhang.«

»Langsam, langsam. Ich verliere gerade den Faden. Du willst damit behaupten, dass noch eine Gruppierung im Spiel ist?«

»So ist es. Neben den Islamisten mischen auch russische Nationalisten in diesem Spiel mit.«

André schüttelte ungläubig den Kopf. »Gut, dass wenigstens die Nordkoreaner noch stillhalten«, sagte André mit dünnem Grinsen.

»Witzbold. Mir ist gerade der Humor abhandengekommen. Und das mit der ›braven Stadt Speyer‹ kannst du dir übers Bett nageln. Lass uns aufhören damit. Ich will endlich was essen. Ich muss gleich noch mal ins Präsidium.«

André nickte und biss mit spürbar gedämpftem Appetit in seinen Crunchy-Burger, während Achill gierig seinen Palzki-Burger malträtierte.

*

›Deshalb nennt man das wohl *Fast Food*‹, dachte André, als er nur 15 Minuten später die Reste ihres kurzen Essens vom

Tisch räumte. Während Achill hungrig seine Currywurst und den Burger in sich geschlungen hatte, war sein Weizenbier fast unberührt geblieben. Sein Freund war eben viel zu pflichtbewusst, um sich in dieser Situation dem Alkohol hinzugeben.

André hingegen hatten die verwirrenden und höchst alarmierenden Neuigkeiten so auf den Magen geschlagen, dass er, obwohl ihm der Burger gut geschmeckt hatte, nicht über drei Bissen hinausgekommen war. Auch sein Bierglas war noch halb voll.

Achill hatte ihm, bevor er gegangen war, noch das Versprechen abgerungen, über alles, was er ihm erzählt hatte, striktes Stillschweigen zu bewahren. Daher bevorzugte es André heute, Irina aus dem Weg zu gehen. All das bewegte ihn zu sehr, sodass er Gefahr laufen würde, ihr unbewusst irgendwelche Details preiszugeben. Er zog sich in sein Arbeitszimmer zurück und schloss die Tür. Für Irina, die nach den zwei Jahren, seit denen sie nun bei André wohnte, all seine Schrullen kannte, war dies das klare Signal, dass sie ihn in Ruhe zu lassen hatte. Wenn Andrés Tür geschlossen war, wollte er grübeln. Sich nahezu in Autismus verfallend einem Problem widmen und auf keinen Fall gestört werden.

André tat das, was er in solchen Konstellationen der Reizüberflutung immer tat. Er brachte Ordnung in seine Gedanken. Er wollte erfassen und verstehen, was ihm Frank berichtet hatte. Dazu nahm er sich einen Bogen Papier und malte eine jener an Spinnen erinnernden Mindmaps darauf.

Da waren zunächst die Opfer, zwei gläubige Muslime, und das geflüchtete dritte Mitglied der angeblichen Terrorzelle. Die Informationen, die ihm Frank dazu preisgegeben hatte, waren spärlich, außer den Nationalitäten der beiden Toten, wusste er nichts. Interessanter war hingegen dieser Abu Bakr Akkasin. Ein Name, über den man bestimmt etwas googeln konnte. André warf seinen Desktop-Computer an und gab den Namen in die Suchmaschine ein.

Tatsächlich, es mangelte nicht an Einträgen zu diesem Namen. Zum ersten Mal war Abu Bakr am Anfang des ersten Tschetschenienkrieges von 1994 bis 1996 in Erscheinung getreten. Als Führer einer aus Muslimen zusammengesetzten Partisanengruppe hatte er im Untergrund verbittert gegen die russischen Truppen gekämpft. Schon auf einem der ersten Fotos von ihm war er tatsächlich mit einem rot karierten Halstuch zu sehen, ganz so, wie es Achill beschrieben hatte. Zunächst war von Überfällen auf russische Truppenteile und Nachschubwege die Rede, später folgten Bombenanschläge auf Eisenbahnlinien und Verwaltungsstrukturen. Im zweiten Tschetschenienkrieg, der 1999 begann, setzte er diese Aktionen unverändert fort.

Als jedoch gegen Ende des Krieges abzusehen war, dass der Partisanenkampf nicht aussichtsreich sein würde, tauchte er unter. Es folgte eine rund zweijährige Pause, in der keine Einträge über Aktivitäten von ihm zu finden waren. Ab 2008 folgten Berichte über Terroranschläge in Inguschetien, Moskau und Sankt Petersburg. Wie Achill schon berichtet hatte, wurde es ab 2013 still um Abu Bakr.

Eigenartig, was hier geschehen war. Irgendwie passte alles nicht recht zusammen. Warum trat ein untergetauchter Terrorist, der sich den russischen Staat als Gegner auserkoren hatte und der bisher außerhalb Russlands nie besonders aufgefallen war, ausgerechnet in Speyer in Erscheinung? Und wieso tötete er dann auch noch seine muslimischen Glaubensbrüder und nicht etwa einen Repräsentanten Russlands? André rieb sich nachdenklich das Kinn. Auch der Tathergang gab ihm Rätsel auf. Warum machte sich Abu Bakr die Mühe, seine Füße mit Plastiktüten zu umhüllen, um Spuren zu vermeiden, und ließ dann die Tatwaffe mit seinen Fingerabdrücken zurück? Entweder musste er Hals über Kopf vor dem Dritten der Gruppe fliehen oder konnte sie, nachdem er die Kühlbox und den Polyestersack mitzunehmen hatte, schlicht und ergreifend nicht mehr tragen. Aber warum ließ er, wenn er mit Verfolgung rechnen musste, just die Waffe, die er vielleicht noch zu seiner Verteidigung brauchte, liegen?

Achill war nicht zu beneiden. Die Anforderung, einen Fall mit dieser Komplexität in wenigen Tagen aufzuklären, erschien ihm geradezu grotesk. Alles roch nach einem Himmelfahrtskommando, für das man ihn schon jetzt als Bauernopfer auserkoren hatte.

André zeichnete ein weiteres Bein zu der zunehmend Gestalt annehmenden Spinne aufs Blatt und schrieb »russische Nationalisten« in einen kleinen Kreis am Ende des Spinnenbeins. Hatte ihm nicht schon Irina etwas dazu erzählt? Wieder bemühte er die Suchmaschine. In der näheren Vergangenheit hatten sich bereits einige große deutsche Zeitungen und Zeitschriften mit diesem Phänomen auseinandergesetzt. Im Tenor war dort zu lesen, dass sich dieses heterogene politische Spektrum aus allen möglichen rechten Gruppierungen und ultrakonservativen militärischen Kreisen zusammensetzte. Eines war ihnen allen gemein. Sie haderten mit dem Zerfall der Sowjetunion und setzten sich entweder auf politischem Wege oder auch gewaltsam für deren Wiederherstellung ein. Im Umkehrschluss lehnten sie jeden, der aus ihrer Sicht mit dem Zusammenbruch der Sowjetunion in Verbindung stand, ab. Das waren im

Wesentlichen die russischen Reformer, allen voran Gorbatschow, aber auch die westlichen Spitzenpolitiker der damaligen Zeit. Insofern war klar, dass wohl auch der Altbundeskanzler in deren Feindbild passte.

Ein weiterer Strich, und neben dem Kringel, in dem »russische Nationalisten« stand, prangte ein neuer Kreis. Wie hieß doch gleich dieses Regiment, von dem Achill gesprochen hatte? »Regiment Rastoff oder Rastov«, sagte er leise vor sich hin. Nacheinander gab er beide Schreibweisen in die Suchmaschine ein. Unter der Bezeichnung Regiment Rastov wurde er fündig. Nach einer Stunde wusste er mehr. Hinter diesem mysteriösen Regiment verbarg sich ein skurriles Sammelbecken russischer Kämpfer. Die Truppe bot ehemaligen Tschetschenienkriegern genauso wie russischen Nationalisten eine Heimat. Teilweise mutmaßten die Medien, dass diese Einheit direkt dem tschetschenischen Machthaber Kadyrow unterstand. Andere wiederum behaupteten, dass Teile des Regiments aktuell die russlandfreundlichen Separatisten in der Ostukraine unterstützten. Aber alles in allem waren sich alle einig, dass es ein wilder Haufen war, der unter westlichen Maßstäben nicht unbedingt dem entsprach, was man hierzulande unter einer regulären Militäreinheit verstand. André klickte sich von Seite zu Seite und studierte die schillernde Geschichte dieser Einheit, bis er auf einer russischen Internetseite auf deren Regimentsabzeichen stieß – ein Abbild des Heiligen Sankt Georg.

16. ERKUNDUNG

Mittwoch, 28. Juni 2017, 8.05 Uhr

Komarow war früher aufgestanden als sonst. Mit dem kleinen Mops, der ihm zwischen den Beinen herumtollte, kam er sich seltsam entmannt vor. Er hatte ihn sich kurzerhand von einem der Mädchen ausgeliehen. Er hoffte nur, dass ihn jetzt keine der anderen sehen würde. In seiner Branche waren Autorität und Härte der einzige Weg, um zu verhindern, dass sich diese kleinen Schlampen nicht zu viel von ihrem Hurenlohn in die eigene Tasche abzweigten. Zum Glück erholten sie sich um diese Zeit von ihren nächtlichen Freiern und schliefen oft bis zum Mittag.

So lächerlich der Hund, der kaum größer als ein ausgewachsenes Kaninchen war, auch wirkte, er war eine gute Tarnung.

Jetzt, wo er an seinem Ziel, dem großen Anleger am Speyerer Flaggenmast, angekommen war, musste er nichts weiter tun, als dem Drang des Köters, sein Revier zu markieren, zu folgen. Der Morgen war noch kühl. Die Morgensonne, die auf der gegenüberliegenden, badischen Rheinseite aufgegangen war, mühte sich noch, die milchigen Wolken zu durchstoßen. Trotzdem schien sich der Köter wohlzufühlen. Jetzt, wo sein Vertretungsherrchen die im Handgriff verbaute Bremse der Rollleine gelockert hatte, nutzte er die Möglichkeit, die unmittelbare Gegend zu erkunden. Er hob an jeder der beiden Seiten der Anlegebrücke am blauen Metallgeländer das Bein und schnüffelte daran. Sein Herrchen hingegen widmete seine Aufmerksamkeit der Brücke selbst. Die Konstruktion war denkbar einfach. Die stählerne Gangway ruhte zum Ufer hin auf der Rheinpromenade und zum Rhein hin auf einem großen, mindestens fünf Meter vom Ufer entfernt im Fluss verankerten schwimmendem Ponton. Der schwarze Koloss maß gut und gerne zehn Meter in der Länge und zwei in der Breite. Vorne und hinten lief er wie ein Schiffsrumpf spitz zu. Mit insgesamt vier rostigen Ketten, die ins Wasser durchhingen, war er fest mit der durch riesige Basaltbrocken befestigten Uferböschung verbunden. Mit geübtem Blick versuchte Komarow, den Tiefgang des Schwimmkörpers abzuschätzen. Der waagerecht verlaufende Boden des Stahlrumpfes reichte kaum mehr als einen Meter unter die Wasseroberfläche. Er grübelte darüber nach, wo genau er das *Paket* platzieren sollte, als ihn ein heiser-keuchendes Bellen aus den Gedanken riss. Gerade konnte er noch die erste zornige Reaktion unterdrücken. Zu gerne hätte er den runden kleinen Köterarsch seine Schuhspitze spüren lassen.

›Jetzt nur nicht auffallen‹, sagte er sich. Er setzte ein gezwungenes Lächeln auf und ließ den anderen Hundehalter, dessen neugierige Yorkshiredame Auslöser des Gekläffes war, passieren und nickte ihm freundlich zu. Wollte er kein Aufsehen erregen, war es nun nötig weiterzugehen. Er hatte sich hier viel zu lange rumgetrieben. Man musste immer damit rechnen, dass die Bullen hier schon verdeckt umherpatrouillierten. Linkisch blickte er sich um. Außer dem Hundebesitzer, der schnell Abstand zu ihm gewann, und einem jungen Araber, der auf der Rheinallee joggte, war sonst niemand wahrzunehmen. Im Gehen befasste er sich weiter mit seinem Plan.

Auf der dem Ufer zugewandten Seite des Pontons würde man den Sprengsatz sehen. Im Übrigen hatte er beobachtet, dass sich dort Treibholz in den Befestigungsketten verfangen hatte. Es wäre risikoreich, in der Nacht durch den schmalen Wasserstreifen zwischen Schwimmkörper und Uferböschung hindurchzutauchen. Es war vorprogrammiert, mit der Pressluftflasche an den Ketten hängen zu bleiben. Auf der Flussseite war es ebenso unmöglich. Auch hier konnte man die Bombe von oben erkennen. Zudem würde der Rumpf des anlegenden Schiffes sie unweigerlich zermalmen oder was auch immer mit ihr anstellen. Er war sich sicher, nur am Boden des Pontons war sein *Paket* gut untergebracht: vom Land und Wasser unsichtbar, geschützt vom Schiffsrumpf der »MS Mainz« und vor lästigem Treibholz.

Zufrieden mit sich und den Ergebnissen seiner Überlegungen wendete er und passierte nochmals im typischen Schlendergang des Gassigehers sein Studienobjekt. Seine letzten Gedanken galten der Zerstörung, die er anrichten würde. Er stellte sich vor, wie die Explosion den Schwimmkörper zunächst in die Luft riss. Einen Sekundenbruchteil später würde darin ein zackiges Loch klaffen, das wie das Maul eines gierigen Hais den Sarg samt dessen im Hagel unzähliger Metallsplitter zerfetzten Träger in sich verschluckte. Grinsend spuckte er aus. Er würde diesen Lackaffen von Generälen, die im Gegensatz zu ihm die grausame Fratze des Krieges nur aus Büchern kannten, eine Lektion erteilen. Mit diesem Handstreich würde er in die Militärgeschichte eingehen.

*

Zur gleichen Zeit schlurfte André die Treppe zum Erdgeschoss hinunter. Sein Gesicht war bleich, die rechte Wange zierte ein faltiger Abdruck des Kopfkissens. Er hatte kaum geschlafen. Zu stark waren die Eindrücke aus dem Gespräch mit Achill und den anschließenden Recherchen. Wie ein Traumwandler sinnierte er im Treppensteigen, warum wohl der BND einen Zusammenhang zwischen den Anschlagsplänen der russischen Nationalisten und dem Sprengstoffdiebstahl aus dem Militärdepot in Warnemünde hergestellt hatte. Waren da etwa Seilschaften unter alten DDR-Militärs zu ihren ex-sowjetischen Bruderstreitkräften im Spiel?

Ein Scheppern und ein jäher Schmerz an seiner Hüfte rissen ihn aus den Gedanken. »Verdammt, warum musst du immer dein Gerümpel auf den Stufen abstellen!«, schrie er, als er nach einer ungelenken Verrenkung, bei der er sich am Treppengeländer gestoßen hatte, gerade noch die auf der Stiege kullernde Colaflasche zu fassen bekam.

Aus der Küche hörte er Gelächter. Irina spähte um die Ecke zum Treppenhaus. »Augen auf beim Treppenlaufen! Treppe bitte nur in wachem Zustand benutzen!«

»Eben. Das ist eine Treppe und kein Hindernis-Parcours!«, brummte er genervt.

»Welche Bettfeder hat dir denn ins Hirn gepikt?«

André hatte keine Lust zu antworten, knurrte ein knappes »Morgen«, setzte sich auf den erstbesten Küchenstuhl und starrte vor sich hin. Er realisierte, wie ihm unterschwelliges Kopfweh in den Schädel tropfte. Wenn er jetzt kein Aspirin einwarf, würden ihm die Schmerzen in spätestens einer halben Stunde den Kopf völlig ausfüllen und ihn den ganzen Tag nicht mehr loslassen. Er stand auf und schlich mit leidender Miene zur Küchenschublade, die immer ein paar Tabletten in sich barg.

»Aha, der Herr leidet unter den Spätfolgen eines Herrenabends mit Frank. Ich diagnostiziere: Zustand nach Alkoholabusus.«

»So kann man es nennen«, sagte André und hoffte, dass ihm das falsche Geständnis etwas Ruhe vor ihrer lästigen Fragerei verschaffen würde.

»Ich habe vorhin mit meinen Homies telefoniert.«

»Mit deinen was?«, fragte André genervt.

»Homies – im Sinne von Daheimgebliebenen – kurz, meinen Eltern. Du Retro.«

André schüttelte schnaubend den Kopf und ersparte sich einen Kommentar.

»Mein Vater hat vorhin angerufen und mir erzählt, dass Onkel Kazimir ganz angetan von dir gewesen sei.«

»Wie schön«, sagte André gelangweilt.

»Und, darfst du mich jetzt heiraten?«

»Ey, sehe ich so aus, als dass ich das nötig hätte, einen alten Grantler wie dich zu heiraten?«

»Ich habe ihn übrigens gefragt, was Kazimir früher beruflich gemacht hat.«

»Du musst nicht extra erwähnen, dass du neugierig bist wie ein KGB-Agent. Aber beruhigend, dass das dein Vater genauso aushalten muss wie ich.«

»Pah, du wolltest es doch wissen.«

»Wenn schon, ich wollte dir nur demonstrieren, dass ich mich für deine Familie interessiere.«

»Coole Ausrede«, brummte Irina, sichtlich enttäuscht über Andrés Desinteresse.

»Sag schon, du gibst eh nicht eher Ruhe, bis du auch dieses Familiengeheimnis ausgeplaudert hast.«

»Blödmann!«

»Wenn du meinst, gerne doch.«

»Onkel Kazimir war ein Held.«

»Aha, behauptet das nicht jeder russische Mann von sich?«

»Er kämpfte in zwei Kriegen an vorderster Front, und man hat ihm zahlreiche Auszeichnungen verliehen.«

»Wahrscheinlich mussten sie ihm den Stoff im Brustbereich seiner Uniformjacke verstärken, damit die vielen Orden kein Loch reinreißen«, entgegnete André gelangweilt.

»Onkel Kazimir hat im ersten und zweiten Tschetschenienkrieg im berühmten Regiment Rastov gekämpft.«

»Daher der Sankt-Georg-Anhänger auf seiner Brust«, stieß André plötzlich hellwach hervor.

»Was ist jetzt los? Seit wann interessierst du dich für russische Militärgeschichte?«, fragte Irina überrascht.

»Warum nicht? Gebildete Menschen wie ich sind vielseitig interessiert«, sagte André und ärgerte sich, dass er so auffällig reagiert hatte. Er wusste, dass Irina, hatte sie erst einmal Lunte gerochen, nicht nachgab, bis er preisgeben würde, warum er dieses Detail kannte.

»Angeber!«, sagte Irina und setzte zu einer Frage an.

»Ich gehe hoch, mich fertigmachen. Ich will heute in der Stadt frühstücken«, kam er ihr zuvor und eilte nach oben.

*

›Was für eine eigenartige Situation‹, dachte André und rieb sich das Kinn, während er mit Cappuccino und Cornetto vor sich im »Mediterraneo«, einem gemütlichen italienischen Bistro, saß. Er hatte sich absichtlich für einen Tisch im Hintergrund entschieden. Er musste ungestört nachdenken. Und das konnte er hier am besten. Immer, wenn er alleine frühstücken wollte und etwas Abstand von Irinas quirligem Wesen brauchte, zog es ihn hierher. Erst am Abend vorher hatte ihm Achill von der Bedrohung durch diese Typen vom Regiment Rastov berichtet. Und jetzt, nur zwölf Stunden später, wusste er, dass er einen davon in seinem Haus beherbergt hatte. War Kazimir ein Attentäter, der mit seiner Hilfe die Speyerer Innenstadt ausspioniert hatte? Und was war mit dem grobschlächtigen Schlägertyp, mit dem sich Kazimir so intensiv unterhalten hatte? Hatte er ihm nicht zu Anfang des Gespräches den Anhänger wie ein Erkennungszeichen präsentiert?

André grübelte. War er Zeuge eines geplanten Rendezvous zweier Terroristen geworden?

17. UNGLAUBEN

Mittwoch, 28. Juni 2017, 10.00 Uhr

André war den ganzen Vormittag mit dem Gedanken schwanger gegangen, ob er seine Erkenntnisse über Kazimir und dem Fremden vom Stadtspaziergang mit Achill teilen sollte.

Frank würde ihn bestimmt für einen naiven Hobbyschnüffler halten. Was aber, wenn er wirklich einen Schlüssel zur Verhinderung eines Attentats in Händen hielt? Er würde es sich nie verzeihen, wenn er Menschen in Gefahr brachte, nur um dem Risiko belächelt zu werden, aus dem Weg zu gehen.

»Ja, Achill«, meldete sich sein Freund knapp.

»Entschuldige, wenn ich störe, aber ich wollte dir noch etwas zu unserem gestrigen Gespräch sagen.«

»Sei nicht böse, aber ich habe gerade überhaupt keine Zeit. Hier tobt das Chaos. Ich habe eben einen Anruf aus dem Kanzleramt erhalten.«

»Wie schmeichelhaft«, witzelte André.

»Aus dem Umfeld der Kanzlerin verlautete, dass es einer nationalen Schande gleichkäme, nur wegen eines unklaren Hinweises die Bestattungszeremonie in Speyer abzusagen. Und wenn wir wirklich Bedenken hätten, sollten wir die Sache eben rasch aufklären. Schließlich habe man über 1.600 Polizisten für diesen Anlass abgestellt.«

»Das nenne ich eine klare Ansage.«

»Das ist nicht witzig. Der Polizeipräsident tobt und die Jungs vom BKA spielen verrückt.«

»Okay, höre mir bitte trotzdem eine Minute zu. Bitte. Vielleicht hilft es dir ja.«

»Mach schon. Ich höre!«

»Ich habe in den letzten Tagen zwei Mitglieder dieses Regiments Rastov kennengelernt.«

»Wo, im Fernsehen?«, entgegnete Achill ungeduldig.

»Nein, hier in Speyer bei einer Stadtführung.«

»Mach dich nicht lustig über mich. Haben sie dir ihren Wehrpass gezeigt oder trugen sie etwa Uniform?«

»So ähnlich, sie trugen ihr Regimentsabzeichen um den Hals«, antwortete André geduldig.

»Oh, Mann, ich bereue, dass ich dir das erzählt habe. Ich will dich da nicht hineinziehen. Du sollst nicht auf eigene Faust ermitteln. Lass es! Und lass mich in Ruhe meine Arbeit machen.«

André schluckte. Mit so einer harschen Abfuhr hatte er

nicht gerechnet. Aber er sah es Frank nach. Er war übernächtigt und völlig überspannt.

»Ich will dich ja nicht stören. Ich habe mir gedacht, wenn du mich vor deinen Polizeicomputer setzt und mir die Bilder von den bösen Jungs aus Russland zeigst, dann erkenne ich sie vielleicht. Wenn nicht, gebe ich Ruhe.«

»Nervensäge! Ich weiß, dass du nie Ruhe geben wirst. Du bist in der Beziehung stur wie ein Esel.«

»Nicht nur in der, sondern immer. Ich kann nicht anders. Den Kampf gegen die eigenen Gene gewinnt man nicht.«

»Komm um 16.00 Uhr in die Dienststelle hier in Speyer. Meine Mitarbeiterin Frau Bertling wird alles Weitere veranlassen.«

Es folgte noch ein Knacken, und das Gespräch war zu Ende.

*

Nur drei Stunden später stand André vor der grünlich schimmernden Panzerglastür der Speyerer Polizeidirektion.

»Guten Tag, mein Name ist André Sartorius, ich …«

»Wenn es sich um etwas Aufschiebbares handelt, würde ich Sie bitten, am Montag wiederzukommen«, unterbrach ihn sein Gesprächspartner am anderen Ende der Gegensprechanlage.

»Ich habe ein Termin mit Ihrer Kollegin Frau Bertling.«

Mit einem Surren wurde der elektrische Türöffner betätigt und André trat ein.

In der Eingangsschleuse, einem kleinen Raum zwischen der Außentür und einer aus Panzerglas bestehenden Innentür, hatte sich ein schwer bewaffneter Polizist aufgebaut

»Ihren Personalausweis bitte!«, begrüßte er André mit todernster Miene.

»Hier bitteschön«, sagte André und reichte ihm den Ausweis.

»Sie möchten zu Frau Bertling?«, vergewisserte sich der Mann, den man wahrscheinlich über den kleinen Knopf im Ohr instruiert hatte.

»Ja. Ich habe einen Termin um 16.00 Uhr.«

»Zimmer 104, die Treppe hoch und dann gleich rechts. Aber vorher muss ich Sie noch überprüfen«, sagte der Uniformierte und hob ein kleines schwarzes Gerät, das entfernt an einen Tennisschläger erinnerte und das André von der Personenkontrolle am Flughafen kannte.

Nachdem er Andrés Körper damit gescannt hatte, nickte er einem Kollegen hinter der Glasscheibe des Portiersschalters, der entfernt an die Kassenbox einer Bank erinnerte, zu.

Mit einem weiteren Surren öffnete sich auch die Innentür und André konnte in den nach hinten führenden Flur eintreten.

Im Polizeigebäude, das seit seiner Degradierung zur Außenstelle des Polizeipräsidiums Ludwigshafens sonst den morbiden Charme der Bedeutungslosigkeit ausstrahlte, wuselten heute gleich mehrere Polizisten eilig durchs Treppenhaus.

Als er schließlich durch die Tür zu Zimmer 104 trat, kam er sich vor, als hätte er einen Bienenstock geöffnet.

In dem mit sechs Schreibtischen möblierten Raum saßen und standen gleich zehn Beamtinnen und Beamte. Am hinteren Arbeitsplatz schälte sich Bertling aus dem Durcheinander und kam lächelnd auf ihn zu.

»Guten Tag, Sie wollen uns helfen, einen möglichen Attentäter zu finden, hat mir Herr Achill gesagt.«

André zögerte. Er versuchte, hinter das Lächeln der jungen Polizistin zu blicken. Lächelte sie ihn nur höflich an oder lag da so etwas wie Häme oder Zynismus in ihrer Freundlichkeit? Nahm man ihn und seinen Verdacht ernst oder wurde er hier gerade gehörig auf die Schippe genommen?

Bevor er antwortete, ließ er unmerklich seinen Blick über ihre Kollegen, die sich in seinem Gesichtskreis aufhielten, schweifen. Hörten sie ihm zu? Belauerten sie das Gespräch, um nachher, wenn er aus dem Raum war, loszuprusten und sich über ihn, den dämlichen Zivilisten, der glaubte, einen Terroristen beobachtet zu haben, lustig zu machen?

»Guten Tag, Frau Bertling, ich, ähm, ich, ich weiß nicht, ob ich Ihnen wirklich helfen kann.«

»Sie müssen sich keine Gedanken machen. Es liegt in der Natur der Sache, dass Hinweise immer mit der Unsicherheit behaftet sind, letztlich zu nichts zu führen. Von 100 Anhaltspunkten, denen wir nachgehen, führt oft nur einer zum Ziel.«

»Ja, das leuchtet ein, aber gerade zurzeit …«

Bertling unterbrach ihn und führte seinen Satz weiter fort »… zurzeit haben wir ein Riesenproblem und Ihr Hinweis ist einer der wenigen Spuren, die wir haben. Frank, also ich meine Herr Achill, schätzt Sie sehr. Er sagte, Sie hätten so etwas wie einen siebten Sinn und den Dusel, dass die einzige Spur ausgerechnet Ihnen vor die Füße fällt.«

André musste unwillkürlich schmunzeln. »Ich denke, der letzte Teil Ihrer Botschaft war wohl nicht für mich bestimmt.«

Bertling errötete. »Entschuldigen Sie, ich bin wohl etwas durch den Wind. Ich habe die letzten Tage kaum geschlafen.«

André lächelte sie weich an. »Dann lassen Sie uns beginnen und versuchen, unser Bestes zu geben.«

»Okay«, sagte die junge Beamtin und führte ihn zu ihrem hoffnungslos mit Papieren überhäuften Arbeitsplatz.

»Es tut mir leid, aber wir haben bedauerlicherweise noch nicht mal eine Besenkammer frei, um Ihnen etwas Ruhe zu bieten. Wir müssen es leider hier, mitten in diesem Chaos probieren.« Dabei blickte sie mit gerunzelter Stirn durch den Raum. Da man sein Kommen schon wieder verdrängt hatte, war das Stimmengewirr aus Gesprächen und Telefonaten zu einer Lautstärke angeschwollen, als stünde er inmitten eines belebten Bahnhofsbistros.

»Es wird schon gehen«, sagte André, dem bewusst war, dass er, wenn er sich erst in eine Sache vertieft hatte, sowieso alles ausblendete, was um ihn herum vor sich ging.

Sie zog einen freien Stuhl an den Schreibtisch und bot ihn André an.

»Setzen Sie sich am besten neben mich, ich möchte Ihnen ein paar Fotos auf meinem Bildschirm zeigen.«

André folgte ihrer Einladung und starrte auf den Monitor, auf dem ein Bildschirmschoner mit dem Wappen von Rheinland-Pfalz prangte.

»Ich werde Ihnen nun Aufnahmen von gewaltbereiten russischen Nationalisten zeigen. Es sind nicht viele. Die wenigsten Typen aus diesem Milieu sind bislang in Deutschland oder befreundeten Nachbarstaaten auffällig geworden. Bisher liegt der Wirkungskreis dieser Szene weitgehend in Russland oder den Staaten der Exsowjetunion.«

André nickte stumm.

Nach ein paar Klicks folgte eine Art Diashow. Bei den Gezeigten handelte es sich nur in Ausnahmefällen um in der Bundesrepublik aufgegriffene Personen. Daher ließ sie vor seinen Augen eine Melange aus klassischen Polizeiaufnahmen und zum überwiegenden Teil aus Gelegenheitsfotos, Zeitungsbildern sowie Schnappschüssen von Überwachungskameras ablaufen. Die darauf Abgebildeten waren genauso unterschiedlich wie die Qualität der Fotos. Da waren neben grimmig dreinblickenden Rockern, beanzugte Schreibtischtypen, die wohl eher im Hintergrund die Strippen zogen. Auch irgendwelche Gangstervisagen, die jeder Krimiproduzent direkt bereitwillig als Täterdarsteller einkaufen würde, waren zu sehen. Bei den ersten Fotografien machte sich Bertling noch die Mühe, sie kurz zu kommentieren. Als André ihr immer zügiger durch ein Kopfschütteln zu verstehen gab, dass es sich bei dem jeweiligen Kandidaten weder um Kazimir, noch um den Typen von der Stadtführung handelte, legte sie im Tempo zu. Mit jedem weiteren Klick spürte André, wie die Unsicherheit in ihm wuchs. Was für eine Schnapsidee war es gewesen, überhaupt hierherzukommen und zu denken, dass gerade *er* einen Terroristen identifizieren könnte. Am liebsten hätte er das alles ungeschehen gemacht und sich diese Peinlichkeit erspart. Jetzt, da sein Ermittlungsehrgeiz drohte, in einem Fiasko zu enden, wurde ihm schlagartig bewusst, dass es eine ungeheuerliche Unverschämtheit von ihm war, Irinas Onkel mit einem Verbrechen in Verbindung zu bringen. Wie sollte er das erklären und je wiedergutmachen? Er spürte, wie ihm die Wangen glühten und ihm das Hemd auf dem schweißnassen Rücken zu kleben begann. Er wollte nur noch weg.

Nach etwa 40 Fotos waren sie am Ende. »So, das waren alle unsere bösen Jungs«, verkündete sie.

André war sich unschlüssig, ob in ihrer Stimme ein Hauch Resignation oder vielmehr die Gewissheit lag, dass ihr mal wieder ein Wichtigtuer durch seine dämlichen Verbrecherfantasien ihre wertvolle Zeit gestohlen hatte.

Er wollte nur noch raus – weg von diesem Ort der Blamage und des Versagens.

»Es tut mir leid, ich, ich habe das wohl falsch eingeschätzt«, stammelte er etwas unsicher.

»Wie meinen Sie das?«, forschte sie nach.

›Auch das noch‹, dachte André. ›Jetzt muss ich auch noch begründen, warum ich falschlag.‹

»Ich denke, das mit dem Terroristen. Die Leute, die ich bei der Führung sah, waren eher so … na ja, so normal.«

»Was meinen Sie mit *normal?*«, hakte sie weiter.

André spürte, wie Hitze im Gesicht aufstieg. Er war gerade dabei, sich um Kopf und Kragen zu reden. Mit jedem Wort würde er sich nur mehr blamieren. So war es eben mit Polizisten. Mit jeder Antwort, die man gab, provozierte man eine weitere Frage.

»Halt eben normal. Der eine war ein Verwandter meiner Mieterin, der aus Russland zu Besuch war, und der andere einfach nur jemand aus Speyer, der Russisch sprach.«

»Aus Speyer?«, fragte Bertling erstaunt. »Wie kommen Sie darauf?«

André merkte, wie Ärger in ihm aufzog. Was war er nur für ein Idiot, sich vor dieser Frau dermaßen eine Blöße zu geben. Was redete er nur für einen Unsinn.

»Er verhielt sich ebenso.«

»Sagte er etwas in diese Richtung?«, hakte sie nach.

»Nein, natürlich nicht.«

»Woran machen Sie es dann fest, dass er von hier war?«, setzte sie unnachgiebig ihr kleines Verhör fort.

»Als Stadtführer spürt man das eben.«

»Aha, und an was spürten Sie das?«

Spätestens jetzt wurde André klar, dass er wohl mit seinem Verhalten dazu beitrug, die Anekdotensammlung von Achills Truppe um eine weitere zu ergänzen. Wahrscheinlich würde man ihn – den Mann, der den Speyerer Einwohner rein am Gespür erkennt – zum Gespött der nächsten Betriebsfeier machen.

»Keine Angst, ich nehme das durchaus ernst und traue es Ihnen zu, dass Sie so etwas erkennen.«

›Sei's drum‹, dachte André. Aus *der* Nummer kam er sowieso nicht mehr raus.

»Leute, die mit der Stadt vertraut sind, bewegen sich anders. Irgendwie sicherer, sie stolpern nicht über Bordsteinkanten und schauen nicht auf den Boden.«

Was für einen Unsinn redete er da gerade? Diese spontane Erkenntnis war ihm noch nie bewusst geworden. Bildete er sich das etwa nur ein oder wollte er damit von seiner Blöße ablenken.

»Sie betrachten die Sehenswürdigkeiten, die man ihnen präsentiert – irgendwie fokussierter. Nicht mit wild umherfliegenden Blicken, sondern zielgerichteter. Sie wissen, wo sie hinschauen müssen und wo es was zu sehen gibt.«

Was schwätzte er nur für einen Blödsinn. Ging etwa gerade die Fantasie mit ihm durch?

»Das ist interessant. Dann war er also ein Speyerer Russe?«, fragte sie in Gedanken versunken.

»Ja, ich habe ein paar russische Wortfetzen aufgefangen.«

Die junge Polizistin schaute konzentriert auf ihre Tischplatte und wischte sich mit den Händen die Erschöpfung aus dem Gesicht.

»Wenn er hier wohnt, wo müssten wir ihn suchen?«, fragte sie und rieb sich mit dem Zeigefinger an ihrem Nasenflügel.

André fühlte, wie sich in ihm, neben der Angst sich unsterblich zu blamieren, ein weiteres Gefühl breitmachte. Es war so etwas, wie wenn man plötzlich einen alten Bekannten trifft. Keinen Freund im eigentlichen Sinne, sondern einen Geistesverwandten. Diese junge Frau hatte offensichtlich das Wesen, so wie er selbst zu denken: minimale Details, Eindrücke und Empfindungen zu verknüpfen und daraus Millimeter um Millimeter einen Weg zu bauen und darauf weiterzuschreiten.

Allmählich verflüchtigte sich die Unsicherheit. Sie verstand ihn, sie würde ihn nicht auslachen.

»Wenn er hier lebt, wird er auch einer Arbeit nachgehen und hier den Lebensmittelpunkt haben«, ergänzte er grübelnd.

»Ja, wir nennen so etwas Schläfer«, setzte sie hinzu. »Sie arbeiten und leben hier, und wenn sie gebraucht werden, weckt man sie und sie sind zur Stelle. Diese Typen sind besonders gefährlich, weil sie sich hier auskennen und man sie kaum finden kann.«

André nickte und fuhr fort laut zu denken. »Aber der Typ arbeitet nicht beim Finanzamt, der Stadtverwaltung oder auf dem Bau. So sah der nicht aus.«

»Aber ohne Arbeit fällt er auf. Schläfer fügen sich ein. Sie brauchen ihre Arbeit und ihr Umfeld zu ihrer Tarnung«, führte sie seine Überlegungen fort.

»Ja, aber dann macht er etwas, was ihm Freiheiten gibt. Nichts, was ihn von acht bis fünf an einen Arbeitgeber fesselt. Er muss ein Gewerbetreibender sein«, machte André weiter.

»Aber nicht jede selbstständige Tätigkeit gibt ihm den Bewegungsspielraum, bei Bedarf zu jeder Tages- oder Nachtzeit autonom zu agieren. Es ist viel zu auffällig, wenn er sich erst umständlich freimachen muss«, gab sie zu bedenken.

»Am wahrscheinlichsten ist ein Gewerbe, in dem man

vor allem tagsüber flexibel ist oder Mitarbeiter hat, die das ermöglichen. Vielleicht hat er eine Kneipe oder Bar? Dann hätte er das Ohr am Geschehen, könnte aufnehmen, was ihm die Gäste erzählen. Und ein paar Bedienungen und Aushilfen, die ihn kaum kennen, sind da, wenn er einen Auftrag zu erledigen hat.«

»Sie machen das gut. Frank hat mir nicht zu viel versprochen«, munterte sie ihn auf.

»Ich denke, das alles nützt nichts. Auch wenn wir den Suchkreis einengen, werden wir ihn so wohl kaum finden«, sagte er resigniert.

Die junge Frau schwieg und starrte auf einen handschriftlichen Zettel vor ihr auf dem Schreibtisch.

»Frank sagte mir, Sie hätten ihn als groß, grobschlächtig und feindselig beschrieben.«

»Ja, er wirkte brutal. Ein Mensch, dem man nicht allein im Dunkeln begegnen will, wenn Sie verstehen, was ich meine.«

»Liegt nicht darin die Chance?«

André stutzte. »Ich erfasse gerade nicht, worauf Sie hinauswollen.«

»Na ja, auf Vorurteile eben.«

»Entschuldigen Sie, wenn ich despektierlich gegenüber einem Fremden war, den ich gar nicht kenne.«

Jetzt war sie es, die lachte. »Ich meinte genau das Gegenteil. Vorurteile sind zwar eine schlimme Sache, weil sie die, denen gegenüber sie nicht zutreffen, diskriminieren. Aber dennoch treffen sie nicht selten zu.«

André schaute sie fragend an. »Und bei was hilft uns diese Erkenntnis?«

»Ganz einfach, wenn er wirklich so ist, wie Sie ihn beschreiben, dann war er irgendwann auch mal gewalttätig oder bedrohte jemanden. Und wenn das zutrifft, ist er hier drin.« Dabei tätschelte sie den vor ihr stehenden Computer liebevoll.

André nickte anerkennend. »Nicht schlecht kombiniert.«

Sie entblößte ihr makelloses Gebiss und lachte herzlich. »Vielleicht ist ja doch was bei meiner Berufsausbildung hängen geblieben.« Dabei flogen ihre Finger blitzschnell über die Tastatur.

»Also, Russe, wohnhaft in Speyer mit Radius 15 Kilometer, Alter größer 40 und verurteilt wegen eines Gewaltverbrechens. Der Onkel Ihrer Mieterin ist hier aber auf jeden Fall raus. Er wird wohl kaum nur wenige Kilometer von seiner Nichte entfernt wohnen und sie und ihre Familie wissen nichts davon. Ich denke, was ihn angeht, können wir die Suche aufstecken.«

André nickte stumm. Es beruhigte ihn etwas, nicht mehr befürchten zu müssen, dass ihm Kazimirs faltiges Gesicht gleich aus dem Bildschirm entgegenschaute. Irina hätte ihm das nie verziehen. Konzentriert wartete er auf das, was nun bald auf dem Monitor, auf dem noch eine kleine elektronische Sanduhr zu sehen war, erscheinen würde.

»138 Treffer!«, verkündete sie.

»Ich fürchte, jetzt bin ich wieder am Zug«, sagte André mit bangem Gesichtsausdruck.

»So ist es, Waidmanns Heil! Viel Spaß beim Jagen!«

Im nächsten Augenblick flimmerte das erste Konterfei über den Monitor.

Nach 20 Minuten war das Lächeln aus ihren beiden Gesichtern deutlichen Erschöpfungsspuren gewichen. André brannten die Augen und er hatte das Gefühl, nicht mal seinen eigenen Großvater zu erkennen, wenn er ihm gleich entgegenschauen würde. 136 Mal hatte er sie gebeten weiterzublättern. Wieder zog in ihm das schlechte Gewissen auf. Im Ergebnis hatte er durch dieses Zwischenspiel die Blamage nur vergrößert. Er hatte sie, die unendlich viel Arbeit auf dem Tisch liegen hatte, nun gut eine Stunde in Beschlag genommen. Mehr als einmal hatten sie die Kollegen rings um sie herum mit strafenden Blicken durchbohrt. Wahrscheinlich würden sie ihr nachher Vorwürfe machen, weil sie so viel Zeit für einen Einfaltspinsel wie ihn aufgewendet hatte.

»Können wir weitermachen?«, fragte sie und riss ihn aus seinen dunklen Gedanken.

André betete inständig, dass wenigstens das letzte Bild Erkenntnisse bringen würde. Klick und André starrte ins Gesicht eines Menschen, dessen linke Gesichtshälfte wohl durch eine Schussverletzung oder einen Unfall fast vollständig fehlte.

»Ich schätze, das war er auch nicht. Ich gehe davon aus, dass Ihnen das aufgefallen wäre«, sagte sie grinsend.

André wäre am liebsten im Erdboden versunken. Alles hatte sich gegen ihn verschworen. Er hatte gar das Gefühl, dass das verbliebene rechte Auge des letzten Kandidaten ihn grinsend anstarrte.

»Das war's wohl«, sagte er seufzend mit einem Gesichtsausdruck, als hätte ihn gerade sein Arbeitgeber an die frische Luft gesetzt.

Die junge Polizistin neben ihm blieb zunächst stumm und schien zu grübeln. Nach einer Weile sagte sie zögerlich: »Ich bin mir sicher, wir finden ihn. Irgendetwas haben wir falsch gemacht.«

»Sie sind aber optimistisch«, erwiderte er lakonisch.

»Ja, das bin ich immer. Es ist eine Wesensart von mir. Bei

der Polizei lernt man schnell, nach einer Niederlage wieder aufzustehen und weiterzumachen.«

»Und was haben wir falsch gemacht?«

»Lassen Sie uns kurz darüber nachdenken.« Wieder rieb sie sich den Nasenflügel mit dem Zeigefinger und starrte auf den Zettel vor ihr.

»Gemäß Ihrer Recherche war er doch Angehöriger dieses Regiments Rastov?«

»Ja, so ist es«, antwortete er mit fragendem Blick.

»Wenn er lange in der russischen Armee gedient hat, ist er zwar möglicherweise ein harter Bursche, mit dem nicht gut Kirschen essen ist, aber er hat auch Disziplin gelernt.«

»Und Sie meinen, ein Kerl wie er schlägt nicht einfach jemanden zusammen und lässt sich dann erwischen«, vollendete er ihren Gedanken.

»So ist es. Oder wenn er erwischt wird, lässt er es nicht dazu kommen verurteilt zu werden und zu riskieren, dass seine Tarnung auffliegt«, setzte sie ihre Überlegung fort.

»Und was nützt uns diese Erkenntnis?«

»Ganz einfach, wir hätten nicht bei den Verurteilten, sondern bei den Verdächtigen suchen sollen.«

»Wie, die haben Sie auch in Ihrem Computer?«

»Ganz recht. Die Kehrseite ist nur, das werden wesentlich mehr sein.«

André seufzte. Nicht, weil er sich vor dem erneuten Aufwand scheute, sondern weil ihn ein weiterer Fehlschlag einer Lynchjustiz durch die anderen Beamten noch näher bringen würde, als er es schon war.

Wieder ließ sie ihre Finger über die Tastatur fliegen. Ein paar Klicks und es war soweit: 286 Treffer.

»Das sind alle Russen mit den von Ihnen angegebenen Merkmalen, die in den letzten zehn Jahren wegen Gewaltverbrechen verdächtigt, aber nicht verurteilt wurden.«

André nickte vorsichtig. Es war ihm nicht wohl in seiner Haut. Gerade wurde die Fallhöhe, die bei einem weiteren Misserfolg zu überwinden war, noch einmal um ein ganzes Stück erhöht. »Und wenn es wieder nicht klappt?«, fragte er zaghaft.

»Dann bleibt uns nur noch die Suche mittels eines Phantombilds?«

André schluckte. Ihr Angebot verursachte bei ihm Bauchgrummeln. Seine Fähigkeit, eine vor Tagen gesehene Person in ein Bild zu verwandeln, hielt er für wenig ausgeprägt.

Sie ließ ihm keine Zeit, den Gedanken zu Ende zu führen. Klick, und die gewohnte Prozedur startete von Neuem. André fühlte ein Brennen in den Augen. Er fragte sich, ob er nach so vielen Fotos überhaupt noch in der Lage war, jemanden zu identifizieren.

»Das ist er!«, platzte es aus ihm heraus, als die zehnte der neuerlichen Aufnahmen auf dem Bildschirm erschien. Vor Erleichterung spürte er die Blicke der sich um ihn herum aufhaltenden Beamten nicht, die er mit dem Schrei alarmiert hatte.

»Sind Sie sich sicher?«, erkundigte sich Bertling vorsichtig.

»Absolut!«, antwortete er so erleichtert, als hätte man ihn aus mehrjähriger Haft entlassen.

Die Beamtin neben ihm schmunzelte stumm über seinen plötzlichen Euphorieausbruch.

»Igor Komarow, geboren in Sankt Petersburg, Alter: 48, Größe: 201 Zentimeter, bei uns angezeigt vor rund drei Jahren wegen Misshandlung einer Prostituierten«, las sie aus der elektronischen Akte vor.

»Und wieso wurde er damals nicht verurteilt?«, forschte André nach.

»Ganz einfach, weil sie ihre Anzeige zurückgezogen hat. Sie sagte, es sei ein Irrtum gewesen.«

André schüttelte ungläubig den Kopf.

Die Polizistin klickte weiter und gelangte schließlich zum Foto einer jungen Frau. Ihr Gesicht war völlig entstellt, die Augen zugeschwollen, mit einer frisch genähten Platzwunde über der Lippe.

»Irrtum!«, zischte Bertling feindselig. »Immer das Gleiche. Wenn sich dann einmal eine traut, eine Strafanzeige zu erstatten, wird sie entweder aus dem Verkehr gezogen und in ihre Heimat zurückverfrachtet oder so eingeschüchtert, dass sie die Anzeige zurücknimmt.«

André nickte abwesend.

Sie klickte sich weiter durch die Polizeiakte des Russen. »Es gibt zwei weitere, gleich gelagerte Fälle. Immer junge Frauen aus dem Prostituiertenmilieu. Einer brach er den Kiefer und drei Rippen, der anderen den Arm und das Schlüsselbein. Und nie konnte man das Arschloch drankriegen«, sagte sie sichtlich bewegt.

»Und wie können wir ihn jetzt erwischen?«, fragte André.

»Zunächst gar nicht, wir müssen erst seinen Hintergrund durchleuchten und die Verbindung zur russischen Nationalistenszene beweisen. Das gibt ein hartes Stück Arbeit. Frank muss dazu seine Beziehungen zum BKA spielen lassen. Wir brauchen Zugang zu den russischen Quellen.«

»Ja, aber läuft uns nicht die Zeit davon?«

Die Polizistin lächelte. »So ist Polizeiarbeit eben. Man glaubt, einen Täter zu kennen. Solange man aber keinen einigermaßen begründbaren Anfangsverdacht hat, sind einem die Hände gebunden. Schließlich ist es noch kein Verbrechen, an einer Stadtführung mit Ihnen teilzunehmen«, sagte sie und tätschelte ihm lachend die Schulter.

18. TREFFEN

Mittwoch, 28. Juni 2017, 19.30 Uhr

»Tante Olga hat wieder nach dir gefragt. Du sollst sie um acht im Krankenhaus besuchen. Und schau zu, dass du nicht zu spät kommst.«

Mehr als ein dürres »Da, Major« hatte er nicht herausgebracht, schon war ein Knacken am anderen Ende der Leitung zu hören.

Komarow war wie vom Blitz getroffen. Gerade hatte er sich im Satellitenfernsehen ein Spiel von Zenit Sankt Petersburg angeschaut, da schreckte ihn sein Mobiltelefon auf.

Er schaute auf die Uhr. Verdammt, was trieb dieser Kerl mit ihm. Es war 19.30 Uhr. Es reichte gerade noch, sich aus dem Jogginganzug zu schälen und sich anständig anzuziehen. Er wusste, wie wütend der Major werden konnte, wenn man ihm allzu nachlässig gekleidet gegenübertrat. In seinen Augen war er, auch wenn er längst offiziell aus der Armee ausgeschieden war, ein Soldat. Und Soldaten hatten auf ihr Erscheinungsbild zu achten.

Fast hätte er in der Hektik vergessen, die SIM-Karte in der Kloschüssel zu entsorgen und eine neue einzulegen.

20 Minuten später war er im Krankenhaus. Jetzt noch zum Schein in den Aufzug und die Treppe wieder herunter. Dann ins Parkhaus und sich die Hektik nicht anmerken lassen.

Er ging die Treppe bis zum vierten Parkdeck empor. Von da an lief er über die Zufahrtsrampen weiter. Wie immer, bis er in der Etage stand, wo sich die Fahrzeugreihen lichteten. Auf Deck fünf auf der Straßenseite glaubte er, ein Auto zu erkennen, das ins Profil des Majors passte – einen großen schwarzen Transporter.

Er blickte sich hastig um. »Niemand«, flüsterte er vor sich hin.

In der Eile merkte er nicht, dass er fünf Minuten vor der vereinbarten Zeit hier war. Er lief zur Beifahrertür, die ebenfalls getönte Scheiben hatte. Wartete nicht, ob sie aufspringen würde, nahm den Türgriff in die Pranke und öffnete sie.

Aus dem Innern schaute ein breites, wuchtiges Gesicht überrascht auf.

»Opravdanje Major, Entschuldigung«, flehte er völlig verdutzt den Mann an.

Er wusste, dass dies der Major nicht durchgehen lassen konnte. Einer der ehernen Grundsätze seiner Arbeit war: »Du wirst nur einmal deinen Kontaktoffizier sehen. Danach wirst du niemandem mehr davon erzählen können.«

Würde ihn der Major gleich hier ausschalten, oder würde er es irgendwo zelebrieren. Einem ersten Impuls folgend, wollte er sich umdrehen und so schnell er konnte davonlaufen.

Der Typ auf dem Fahrersitz hatte sich von seiner Überraschung erholt und grinste ihn breit an. Er hob die Hand, streckte ihm den Zeigefinger entgegen, so als hielte er eine Pistole. »Peng«, sagte er trocken und grinste.

»Pjotr«, stellte er sich grimmig vor. »Der Major schickt mich. Setz dich rein, oder willst du hier Wurzeln schlagen?« Dabei wies er auf den Beifahrersitz.

Noch etwas zaghaft ging Komarow ums Auto. Allmählich wich seine Angst und Zorn ergriff ihn. Wie konnte ihn dieser Idiot nur so aus der Fassung bringen?

Klack, die Tür wurde von innen geöffnet und Komarow setzte sich.

Pjotr griente triumphierend vor sich hin. »Sind alle, die hier rumhängen so schreckhaft wie du?«

Komarow konnte gerade noch den Impuls unterdrücken, den Kopf des Kerls zu erfassen und hart gegen die Seitenscheibe zu stoßen.

Stattdessen bemühte er sich um Kontrolle. »Hast du das Zeug, Arschloch?«

Pjotr blieb ruhig und grinste frech. Er wusste genau, dass Komarow ihn brauchte. Würde ihm etwas zustoßen, wäre Komarow innerhalb von 24 Stunden tot. »Du bekommst dein Spielzeug nur, wenn du brav darum bittest.«

Blitzschnell legte Komarow seine Pranke auf Pjotrs Kehle und drückte erbarmungslos und eisenhart zu.

»Den Fehler, sich zu sicher zu fühlen, haben schon viele bei mir bereut«, zischte er ihm hasserfüllt entgegen.

Pjotrs Antwort war nur ein unverständliches schnarrendes Gurgeln. Das Vorhaben, mit den Händen die Umklammerung seiner Kehle zu lockern, wirkte wie der klägliche

Versuch, mit bloßen Fingern gegen einen Schraubstock anzukommen.

Komarow kostete die körperliche Überlegenheit aus und erhöhte noch einmal den Druck. »Wenn ich meinen Auftrag nicht hätte, würde ich dich gleich hier erledigen – Arschloch.«

Pjotr japste nach Luft, als Komarow den Griff nach quälenden Sekunden lockerte.

»Es ist alles hinten im Wagen.«

»Dann lass uns zu mir fahren.«

Pjotr rührte sich nicht und blickte ihm fest in die Augen. Nach kurzem Zögern rang er sich zu einer Erwiderung durch. »Der Major gab den Befehl, alles hier im Auto vorzubereiten. Falls sie dich hopsnehmen, darf man nichts finden.«

Komarows Augen funkelten. Wieder schoss seine Pranke vor und legte sich, diesmal aber nur locker, um Pjotrs Hals.

»Wenn du mich verarschen willst, bist du dran!«

Pjotr nickte wie ein Schuljunge, der gerade eine Abreibung von seinem Lehrer kassiert hatte.

»Fahr los! Wir fahren irgendwohin, wo ich überprüfen kann, dass du mir keinen Mist erzählst – Arschloch!«

Pjotr nickte und ließ den Motor an. Komarow saß lauernd neben ihm und beobachtete ihn argwöhnisch.

Im trüben Licht der Parkhausbeleuchtung konnte Komarow mit Genugtuung beobachten, wie Schweißperlen am Gesicht seines Chauffeurs hinunterliefen. Der stieß mit dem Transporter unsicher aus der Parklücke und lenkte ihn den Rundpfad abwärts zur Ausfahrt.

»Du fährst wie ein Weib!«, schrie ihn Komarow an und lachte zynisch.

Pjotr blieb stumm und blickte konzentriert aus der Windschutzscheibe.

»Hast du eine Ausfahrtkarte?«, fuhr ihn Komarow an, als sie sich der Schranke näherten.

Pjotr brummelte einen Fluch vor sich hin und setzte den Wagen zurück. Beinahe hätte er den schrottreifen roten Polo hinter ihnen gerammt.

»Pass auf du Idiot!«, schrie Komarow und klatschte ihm spöttisch grinsend auf die Wange.

Pjotr, dessen hohe Wangen im fahlen Neonlicht des Parkhauses fast bläulich wirkten, griff nach der Parkkarte und öffnete die Wagentür.

Komarow legte seine Linke um Pjotrs Arm und hielt ihn im Wagen zurück.

»Da ist eine Kamera am Kassenautomaten. Schau nach links unten.« Mit der Rechten drückte er ihm eine Zwei-Euro-Münze in die Hand.

»Nicht, dass du noch Geld zählen musst. Und dreh dich nicht nach dem Wechselgeld rum. Lass es liegen! Nicht, dass die ein Passbild von dir schießen – Idiot.«

Pjotr nickte nur und verließ das Fahrzeug in Richtung zum Automaten.

Komarow grinste zufrieden. Wie leicht es doch war, Menschen einzuschüchtern und gefügig zu machen.

Um seine Autorität gegenüber Pjotr nicht zu verlieren, musste ihm jetzt schnell etwas einfallen. Der Major hatte weitsichtig gehandelt, als er den Befehl gegeben hatte, das Material im Transporter zu lassen. Es wäre viel zu auffällig, das alles in sein Haus zu tragen. Man könnte sie beim Entladen beobachten, und sollten bei ihm die Bullen auftauchen, wäre er geliefert. Und so unwahrscheinlich war das in seiner Branche nicht.

Das gleiche Risiko hätte er morgen Abend wieder, wenn er die fertig vorbereitete Bombe verladen musste. Nein, alles hatte im Auto zu bleiben, bis es gebraucht wurde.

Zunächst galt es, eine ruhige Stelle zu finden, wo er ausreichend Zeit und Ruhe haben würde, alles sorgfältig zu überprüfen. Danach brauchten sie einen sicheren Ort, wo man den Wagen die Nacht über parken konnte.

»Hier nach links!«, herrschte er Pjotr an, als sie das Parkhaus verlassen hatten. Ohne seine Überlegungen mit Pjotr zu teilen, lotste er ihn mit knappen Anweisungen in das Gewerbegebiet um die Industriestraße. Hier parkten zahllose Transporter und Kleinlaster auf den Seitenstreifen der Straße. Sie würden darunter nicht auffallen. Zusätzlich gab es hier um diese Uhrzeit so gut wie keine Passanten. Niemand würde ihnen in die Quere kommen.

Als Pjotr eingeparkt hatte, schaute er erwartungsvoll auf Komarow.

»Los, zeig mir das Zeug, oder brauchst du eine Extraeinladung?«

Pjotr nickte und wies mit der Hand auf den Durchgang, der zwischen den beiden vorderen Sitzen in den Laderaum führte.

»Geh vor!«, wies ihn Komarow an. Er hatte es sich zur Gewohnheit gemacht, niemanden ohne Not in seinem Rücken zu dulden.

Pjotr tastete einen Augenblick nach dem Lichtschalter, bis schließlich der Laderaum hell erleuchtet wurde. Komarow staunte. In dem Fahrzeug hatte man eine Art Werkstatt eingerichtet. Gegenüber einem Arbeitstisch, der sich entlang der Fahrerseite durch den Wagen zog, waren zahlreiche Schränke mit Schubladen und Klappen untergebracht.

»Moment«, sagte Pjotr und öffnete ein großes Staufach in Bodennähe.

Komarow, der neben ihn getreten war, nutzte die Zeit ihn zu mustern. Pjotr war wesentlich kleiner, schmächtiger und dabei fünf Jahre jünger als er. Im Sitzen hatte sein breites, wuchtiges Gesicht darüber hinweggetäuscht. »Du bist kein Soldat?«

»Nein, ich bin Ingenieur. Ich habe in Moskau Elektrotechnik studiert«, antwortete Pjotr.

Komarow glaubte, in seiner Antwort so etwas wie Hochmut zu erkennen. Er hasste diese Typen von der Uni, die glaubten, ihm, der nur mit Mühe einen Schulabschluss geschafft hatte, etwas vorauszuhaben.

»Aha, also ein Weichei und ein Klugscheißer.«

Pjotr reagierte nicht darauf und stellte ein längliches Paket, das die Größe zweier hintereinander gestellter großer Schuhkartons aufwies, auf die Werkbank.

»Mein Baby«, sagte er stolz.

»Auspacken!«, fuhr ihn Komarow an.

Pjotr hob ein fest in dicke durchsichtige Folie verpacktes Paket heraus.

Er schwieg einen Augenblick und gab Komarow stolz die Gelegenheit, sein Werk zu besichtigen. Langsam begann er, wie ein Verkäufer, der seine Ware anpreist, die Funktionsweise *seiner* Bombe zu erklären. Mit dem Finger deutete er auf ein, in eine transparente Folie verschweißtes Bauteil. »Das ist der Zünder. Ein Funkzünder, den man mit einer speziell präparierten Fernbedienung auslösen kann. Er ist stark und lässt sich selbst tief unter Wasser auf Entfernungen bis zu einem Kilometer sicher zünden.«

Dann wies er auf eine Komponente, die Komarow entfernt an die Kupferwicklung eines Transformators erinnerte.

»Das ist der Magnetfuß. Er ist stark genug, dass er fest am Rumpf haftet. Trotzdem schafft es ein erwachsener Mann ihn abzunehmen, um bei Bedarf die Haftstelle zu korrigieren.«

»Und warum ist das Ding mit Drähten umwickelt?«, sagte Komarow und wies auf die Kupferwicklung und ein dünnes Kabelbündel, das vom Magneten wegführte.

»Das ist eine Sicherungsvorkehrung für Notfälle. Man kann den Elektromagneten mit der Fernbedienung deaktivieren. Die Bombe fällt dann ab. Ich habe ihr Gewicht mit diesen aufblasbaren Schwimmern so austariert, dass sie nicht wie ein Stein absinkt und auf dem Grund liegen bleibt. Umgekehrt wird sie auch nicht an die Wasseroberfläche aufschwimmen. Ihr spezifisches Gewicht ist etwa ein Prozent höher als das von Wasser. Sie sinkt auf den Flussgrund, wird aber durch die Strömung rasch weitergetrieben. Zwei Minuten und kein Taucher findet sie mehr. Nichts ist mehr nachzuweisen.«

Komarow nickte. Offensichtlich verstand Pjotr etwas von dem, was er da tat.

»Und damit kann man sie inaktiv schalten. Wir wollen doch nicht aus Versehen 100 Kilometer flussabwärts einen Frachter versenken.« Pjotr zeigte stolz auf einen gelben Knopf auf dem kleinen schwarzen Fernauslöser, den er neben der Bombe auf dem Tisch abgelegt hatte.

Komarow verbiss sich ein anerkennendes Nicken.

»Sie verfügt noch über einen GPS-Peilsender. Mit diesem Gerät kannst du sie jederzeit wiederfinden, wenn du sie hast wegschwimmen lassen.« Pjotr hielt ihm stolz ein Smartphone unter die Nase, auf dessen Display in einer geöffneten App eine Landkarte zu sehen war.

»Ich hoffe, du hast bei dem ganzen Schnickschnack nicht vergessen, dass das Ding vor allem eines können soll – nämlich ein riesiges Loch in den Ponton reißen. Sonst …« Komarow fuhr sich langsam und genüsslich mit der Handkante an der Kehle vorbei. Dabei glaubte er für einen Moment, ein kurzes Flattern in Pjotrs Augen zu erkennen.

›Er hat Angst‹, dachte er und grinste verschlagen. So waren sie, diese Klugscheißer von der Uni. Den Kopf voller Scheiße und keine Eier in der Hose.

Pjotr drehte sich herum und öffnete einen weiteren Stauraum, der bis zur Wagendecke reichte. »Und hier eine Taucherausrüstung und ein Tauchscooter.«

Komarow pfiff leise durch die Zähne. Das war genau das, was er noch brauchte. Er hatte schon befürchtet, das unhandliche Paket die große Strecke durch den Fluss alleine mit seiner Muskelkraft befördern zu müssen. Da er aus Sicherheitsgründen gut einen Kilometer oberhalb der Landungsbrücke in den Rhein eintauchen und erst wieder ein paar Flusskilometer unterhalb aus dem Wasser steigen konnte, war die zu überwindende Distanz beachtlich. Auch wenn er mit der Strömung schwamm, musste er das Paket halten und gleichzeitig gegen Strudel und sonstige Turbulenzen ankämpfen.

»Ich habe hier eine Halterung angeschweißt, in der man die Bombe bequem transportieren kann«, sagte Pjotr servil.

Im Folgenden inspizierte Komarow den Taucheranzug und das weitere Equipment. Alles passte. Sogar seine enorme Körpergröße hatte Pjotr bei der Auswahl des Neoprenanzugs zutreffend berücksichtigt. Die Ausrüstung war vollständig und erweckte den Eindruck, auch zuverlässig zu funktionieren. Auch ein intensiver Check der Bombe selbst stellte Komarow zufrieden. Die sie umhüllende Folie war wasserdicht verschweißt und wirkte ausgesprochen strapazierfähig. Sie würde es auch verkraften, mit den Flusssteinen Bekanntschaft zu machen. Pjotr schien gute Arbeit geleistet zu haben und Spaß daran zu finden, auf jede Frage die richtige Antwort parat zu haben.

»Wir werden unser kleines Paket in der Nacht von Donnerstag auf Freitag abliefern. Ich werde dich um 1.00 Uhr hier abholen«, sagte Komarow.

Pjotr nickte stumm.

»Du bleibst bis dahin hier im Wagen und bewachst alles. Ich habe keine Lust, dass uns noch ein kleiner Autodieb in die Quere kommt.«

»Aber ich kann doch nicht eine Nacht und einen Tag hier in diesem engen Laderaum …«

Komarow unterbrach ihn jäh. »Wenn du es verpatzt …« Wieder führte er die Handkante an seiner Kehle vorbei und schaute dabei Pjotr eindringlich in die Augen.

19. RAZZIA

Donnerstag, 29. Juni 2017, 10.05 Uhr

»André, mach dich fertig. Ich bin in zehn Minuten bei dir und hole dich ab«, trieb ihn Achill via Telefon an.

»Äh, wohin fahren wir?«

»Wir wissen, wo dein Russe wohnt. Er betreibt in Speyer eine Bar. Du musst mit, weil nur du sofort bestätigen kannst, ob es der Typ von der Stadtführung ist.«

»Ja, aber macht man das nicht bei einer Gegenüberstellung auf der Polizeiwache mit einer ganzen Gruppe von beigemischten unschuldigen Komparsen? So machen die das jedenfalls im Krimi immer.«

Achill lachte laut auf. »Die haben ja auch Zeit. Wenn man in drei Tagen einen Terroristen fangen will, hat man *keine Zeit* für solche Quizspiele. Für heute gilt: hinfahren, identifizieren, mitnehmen. Alles andere können wir nächste Woche noch erledigen. Hauptsache, er ist aus dem Verkehr gezogen.«

»Okay, geht klar. Ich bin gleich fertig.«

Hektisch stand André vom Frühstückstisch auf und zog sich seine Jacke über.

»Warum so hastig? Gibt's bei Aldi was im Sonderangebot?«, witzelte Irina, die ihm gegenüber saß.

»Es war Frank. Er braucht mich.«

Sie lachte. »Ui, James Bond in geheimer Mission.«

»So ist es«, sagte er genervt. Er hatte jetzt gar keine Lust, irgendwelche Geheimnisse auszuplaudern.

Nur eine Minute später hörten sie das Martinshorn eines Streifenwagens vor dem Haus. Das dazugehörige Blaulicht projizierte zuckende bläuliche Schatten auf die weiße Küchenwand.

»Wow«, sagte Irina mit offenem Mund.

»Verzeiht, Miss Moneypenny, ein eiliger Einsatz«, sagte André mit gespielter Arroganz und stürzte aus dem Haus.

Draußen wartete Bertling mit heruntergekurbelter Seitenscheibe auf ihn. »Hallo, Herr Sartorius, bitte entschuldigen Sie den Aufzug hier, aber Frank hatte es sehr eilig. Er ist schon mit den Leuten vom SEK vorausgefahren. Wir müssen uns beeilen.«

»Kein Problem, die Nachbarn halten mich sowieso für einen Verbrecher«, erwiderte André grinsend.

Er setzte sich auf den Beifahrersitz und die Polizistin fuhr hastig los.

»Ich denke, Sie lagen richtig mit diesem Komarow. Wir haben ein umfassendes Bild von ihm. Die russische Seite hat uns bei den Hintergrundinformationen zu ihm unterstützt. Er gehörte über zehn Jahre dem Regiment Rastov an und hat auf der Krim eine Ausbildung zum Kampftaucher absolviert. Das passt zu der Sache mit diesem verschwundenen Plastiksprengstoff und den Unterwasserzündern.«

André nickte und atmete hörbar aus. ›Doch nicht blamiert!‹, dachte er zufrieden.

Als sie wenige Minuten später vor der heruntergekommenen Bar Komarows ankamen, war dort der Teufel los. Zwei Mannschaftsbusse, drei Streifenwagen und, so wie es aussah, eine Reihe ziviler Fahrzeuge der Polizei hatten sich um das Gebäude gruppiert. Ein älterer Uniformierter ging auf ihren Polizeiwagen zu und erstattete kurz Bericht: »Mist. Der Vogel ist wohl ausgeflogen. Wir haben lediglich seine Freundin, oder was auch immer sie ist, angetroffen.«

Bertling schüttelte enttäuscht den Kopf. »Hat man einen Anhaltspunkt, wo er sein könnte?«

»Nein, leider nicht. Die Tussi tut so, als würde sie uns nicht verstehen.«

»Und wie ist der Chef so drauf?«, fragte sie weiter.

»Geh lieber nicht rein. Er kocht vor Wut.«

In diesem Augenblick stapfte Achill aus der Tür. Seine Gesichtsfarbe war unnatürlich rot.

»... und machen Sie den Jungs von der Spusi Dampf. Ich will, dass die mir jedes Staubkorn untersuchen. Und vergessen Sie nicht, genetisches Material von diesem Komarow sicherzustellen«, rief er über die Schulter dem Beamten hinter ihm zu.

Als er sie bemerkte, lief er eilig zu ihrem Wagen.

»Kompliment, André! Du lagst goldrichtig mit ihm. Ich bin überzeugt, er ist unser Mann.«

»Und ich bin beruhigt, nicht ganz danebengelegen zu haben.«

»Es ist nur übel, dass wir ihn nicht erwischt haben. Ohne ihn oder den Sprengstoff wird Berlin die Veranstaltung kurzfristig absagen und die Verantwortung dafür wird man mir zuschieben.«

André blickte ihn mitleidig an. Leider fiel ihm keine passende Antwort ein, um seinen Freund aufzumuntern.

»Verena, bitte fang an, die Nachbarschaft zu befragen. Vielleicht hat ja jemand was beobachtet. Wann ging Komarow aus dem Haus? Mit welchem Wagen fuhr er? Gab es außergewöhnliche Besuche et cetera, et cetera?«

Sie nickte stumm und verließ das Auto in Richtung des Nachbarhauses.

»Dabei hat alles so schön gepasst: Kampftaucherausbildung, Plastiksprengstoff mit Unterwasserzündern. Bestimmt will er die ›Mainz‹ in die Luft jagen.«

»Ist das jetzt, wo du weißt, was er vorhat, nicht ein sehr überschaubares Risiko? Ihr müsst nur das Schiff im Auge behalten.«

»Das stimmt. Ich denke, wir können ausschließen, dass mit dem Boot etwas passiert. Aber vergiss nicht, es gibt da noch die verschwundene Kühlbox mit dem TATP. Das Zeug kann überall sein.«

André nickte etwas hilflos. Er hatte ganz vergessen, dass ihnen ja von zwei Seiten Ungemach drohte.

In diesem Augenblick stieß ein in einen weißen, dünnen Overall Gekleideter zu ihnen.

»Ich will Ihnen ein erstes Zwischenergebnis geben. Die Wohnung hier wirkt klinisch rein. Keine Waffen, kein Sprengstoff, keine falschen Pässe. Alles sauber, nur das hier.« Dabei zeigte er Achill einen durchsichtigen Asservatenbeutel mit etwa zehn originalverpackten SIM-Karten.

»Das ist zwar bemerkenswert, aber nicht verboten. Es reicht nicht, um ihm irgendwas anzuhängen.«

Wortlos griff Achill nach dem Mobiltelefon und tippte eine Nummer ein.

»Macht bitte die Augen auf. Wir haben hier Grund zur Annahme, dass jemand einen Sprengstoffanschlag auf die ›MS Mainz‹ plant. Sucht auf jeden Fall den Rumpf des Schiffes, bevor es den Sarg an Bord nimmt, gründlich ab und lasst die Taucher im Wasser Wache schieben, dass auch niemand mehr etwas anbringen kann. Ich schicke euch gleich ein Foto des Verdächtigen.«

»Die Kollegen von der Wasserschutzpolizei«, erläuterte Achill. »Und nun komm bitte mit. Ich habe drinnen ein paar Fotos gesehen, die deiner Beschreibung von Komarow entsprechen. Du solltest mal einen Blick drauf werfen und mir sagen, welches am besten zu deiner Erinnerung an ihn passt.«

André nickte stumm und trottete Frank hinterher ins Haus.

Offensichtlich hatte die Polizei jeden Kriminaltechniker aufgeboten, den sie in der kurzen Zeit auftreiben konnte. Überall wuselten die uniformen Gestalten in ihren weißen Overalls. Das Gebäude glich einem Tierkadaver, über den sich unzählige Maden hermachten. Beim Vorbeigehen warf André einen Blick in die im Erdgeschoss liegende Bar. Sie wirkte wie ein billiges Animierlokal. An jedem freien Platz auf der roten samtigen Tapete prangten Spiegel und einfache Drucke von nackten Schönheiten. André mutmaßte, dass die roten, ledernen Barhocker nachts auch leichten Mädchen die Möglichkeit zum Kontakt mit zahlungsfähigen, sexhungrigen Männern boten.

Die darüberliegende Wohnung war das krasse Gegenteil. Sie war, wenn auch in einem geschmacklosen Stil, luxuriös eingerichtet. Als er hereinkam, führte man gerade eine knapp bekleidete junge Frau in Handschellen heraus.

»Komarows Muse, die angeblich kein Deutsch versteht«, soufflierte ihm Achill, der direkt vor ihm ging.

Als sie im weitläufigen offenen Wohnbereich eingetreten waren, blieb André stehen. Sein Blick glitt aufmerksam durch den Raum. Er war für einen Moment fasziniert von der Normalität, die alles hier ausstrahlte. Eine Obstschale mit frischen Äpfeln, ein unausgepackter Einkaufskorb, aus dem je ein Bund Frühlingszwiebeln und Möhren sowie zwei Rollen Bratfolie ragten, eine über den Stuhl geworfene Strickjacke. Alles so, wie es auch bei ihm zu Hause hätte angetroffen werden können. Kaum denkbar, dass hier ein Attentäter wohnen sollte.

Achill beobachtete ihn wortlos. Als es André bewusst wurde, zuckte er zusammen wie ein beim Schummeln ertappter Schuljunge. »Ich frage mich gerade, ob Terroristen eigentlich ein ganz normales Leben führen?«

Achill grinste. »Ich denke schon. Sie essen, trinken, haben Sex und schenken ihrer Freundin etwas zu Weihnachten. Genau das macht sie ja so gefährlich. Man erkennt sie nicht. Wie der sprichwörtliche Wolf im Schafspelz.«

André schaute abwesend. Seine Gedanken kreisten um das, was er hier sah. Für einen Augenblick fühlte er sich überfordert und abgelenkt. Gerne hätte er sich jetzt auf einen freien Stuhl gesetzt und alles in Ruhe auf sich wirken lassen.

»Hier, diese Fotos meine ich«, unterbrach Achill seine Überlegungen und wies auf ein weißes Lackregal über dem riesigen Flachbildfernseher.

André kam näher und betrachtete intensiv die dort in Reih und Glied stehenden Aufnahmen. Wieder erschütterte ihn die Normalität. Komarow mit zwei sportlichen Männern beim Segeln, Komarow mit einer bildhübschen jungen Frau und Komarow Arm in Arm mit einem älteren Ehepaar, aufgenommen in einer bescheiden möblierten Wohnung.

»Auch Attentäter haben liebende Eltern«, kommentierte Achill.

Ein weiteres Foto zeigte Komarow mit einem riesigen Fisch, den er stolz präsentierte.

»Hier, ich denke, das dürfte aktuell sein. Das trifft am besten meine Erinnerung von der Stadtführung an ihn.«

»Bitte nehmen Sie dieses Foto mit und schreiben Sie ihn damit zur Fahndung aus. Schicken Sie gleich einen Scan davon an die Kollegen von der Tauchstaffel und von der Wasserschutzpolizei«, wies Achill einen jungen Uniformierten, der ihnen gefolgt war, an.

20. MITTAGESSEN

Donnerstag, 29. Juni 2017, 12.30 Uhr

André hatte noch gut anderthalb Stunden im Polizeiwagen ausgeharrt und das hektische Treiben um Komarows Haus beobachtet.

Weder die Befragung der Nachbarn, noch die weitere Durchsuchung von Bar und Wohnung hatten Erkenntnisse gebracht, die für den Fall von Nutzen waren. Gegen 12.30 Uhr war Achill mit Bertling im Schlepptau mit rotem Kopf und niedergeschlagenem Gesichtsausdruck zum Auto gekommen und hatte angeregt, gemeinsam im »Aran« ein eiliges Mittagessen einzunehmen.

»Die Brote hier sind echt lecker«, sagte die junge Polizistin, die offenbar zum ersten Mal in dem Selbstbedienungsbistro mit seinen ausgefallenen Brotspezialitäten eingekehrte.

Achill nickte hektisch kauend. »Trotzdem kann ich es heute nicht genießen. Um 17.00 Uhr ist Krisensitzung. So wie es aussieht, wird die Beisetzung am Samstag gecancelt. Ich sehe schon die Schlagzeile morgen in der Zeitung: ›Kanzlerbeisetzung wegen Terrorgefahr abgesagt – Polizei tappt im Dunkeln‹.«

André und die Beamtin nickten betreten. Keiner hatte den Mut, irgendetwas zu entgegnen. Es gab nichts, was sie hätten zu Achills Beruhigung einwenden können. Ihre Mission war gefloppt, und wahrscheinlich hatte Achill einen Großteil der Suppe auszulöffeln, die ihnen Komarow und diese Islamisten eingebrockt hatten.

»Wenn wir wenigstens diesen Typen gefasst hätten und nicht mit leeren Händen dastehen würden«, seufzte Achill.

»Nach allem, was mir die Nachbarn so erzählten, können wir ihn zumindest wegen Begünstigung der Prostitution drankriegen. So wie es ausschaut, hat er ein paar Mädchen laufen und bietet sie unten in der Bar potenziellen Freiern an«, entgegnete Bertling.

Achill schnaubte und schüttelte den Kopf. »Was für ein gewaltiger Ermittlungserfolg.«

»Irgendwie war die Wohnung eigenartig«, setzte André hinzu.

»Wie meinst du das?«, fragte Achill nach.

»Na ja, bieder, aufgeräumt, irgendwie unpassend. So, als wäre sie speziell für die Polizei eingerichtet.«

Achill stöhnte leise und klopfte mit den Fingerkuppen auf die Tischplatte.

André ließ sich dadurch nicht beirren. Wenn er in einem Denkprozess war, entgingen ihm solche kleinen Signale der Ungeduld. »Ein Typ wie der hat doch eine Waffe, wenigstens einen Schlagring oder ein Messer. Vielleicht raucht er auch ab und zu etwas Unerlaubtes. All das fehlt. Dafür haben wir nur einen Korb voll Gemüse und diese dämliche Bratfolie gefunden.«

»Glaubst du ernsthaft, das hätten wir uns nicht auch überlegt, du Hobbykommissar?«, entgegnete Achill angefressen.

»Entschuldige, Frank, ich wollte eure Arbeit nicht kommentieren.«

»Falls es dich beruhigt, natürlich haben wir überprüft, ob er so was wie eine Zweitwohnung hat. Wir haben aber weder Wohnungsschlüssel noch irgendwelche Mietabrechnungen oder Grundsteuerbelege gefunden. Nichts, einfach nur nichts, was darauf hindeuten könnte, dass er noch einen Unterschlupf hat.«

»Und seine Freundin, die ihr mitgenommen habt?«

»Die schweigt wie ein Grab. Mädchen wie sie haben einen ausgeprägten Überlebensinstinkt. Sie weiß genau, was sie preisgibt und was nicht. Wenn Komarow wirklich das ist, wofür wir ihn halten, dann hat er Verbindungen nach Russland. Wenn das Mädchen überleben will und vermeiden möchte, dass ihrer Familie zu Hause etwas zustößt, dann wird sie schweigen.«

»Hatte sie eigentlich ein Smartphone bei sich?«, hakte Bertling, die die ganze Zeit schweigend dem Gespräch gefolgt war, ein.

»Ja, sie hatte eines. Die Kollegen von der Spusi haben sie überrascht, als sie damit herumhantierte. Das heißt, es ist uns sogar entsperrt in die Hände gefallen«, antwortete Achill.

»Und?«, setzte sie nach.

»Nichts. Sie hat den Anrufspeicher und die Kontakte gelöscht«, sagte Achill grimmig dreinblickend.

André schüttelte betroffen den Kopf.

»Merkst du was, André? Wenn es scheiße läuft, läuft es auf der ganzen Linie scheiße.«

Die Polizistin schwieg und rieb sich versonnen mit dem Zeigefinger am Nasenflügel.

»Ich glaube, die Kontakte und der Anrufspeicher hätten uns eh nichts gebracht. Wahrscheinlich wären die eher für die Kollegen der Sitte interessant gewesen. War das Gerät einigermaßen modern?«, fragte sie schließlich.

»Ja, ich glaube, es war ein iPhone 6«, antwortete Achill.

»Vielleicht erzählt es uns ja, wo seine Besitzerin mit ihm häufig hinfährt.«

»Das verstehe ich gerade nicht. Solange es bei uns in der Kriminaltechnik liegt, bringt es uns nichts, seinen Standort zu ermitteln. Und um den Provider zu zwingen, uns die historischen Bewegungsprofile rauszurücken, brauchen wir einen richterlichen Beschluss. Und dafür wiederum muss ein konkreter Verdacht vorliegen. Welchen Verdacht könnten wir wohl gegen diese junge Frau vorbringen? Schon die Hausdurchsuchung bei Komarow steht im Nachhinein nicht gerade auf starken Füßen. Und dann haben wir bei den Standortdaten noch Ungenauigkeiten von bis zu ein paar 100 Metern, was im Stadtgebiet eine ganze Menge ist. Wir müssten ein halbes Stadtviertel durchkämmen. Also vergiss es. Uns helfen nur noch schnelle Lösungen. Ich darf daran erinnern, dass wir gerade mal noch dreieinhalb Stunden Zeit haben, bis Berlin die Entscheidung trifft.«

Bei den letzten Worten war Achill bereits aufgestanden. »So, ich denke, wir sollten unseren Plausch beenden und weitermachen.«

»Ich möchte mir trotzdem das Smartphone kurz anschauen. Wie komme ich schnellstmöglich an das Gerät?«, unterbrach sie ihn.

»Die Leute von der Spusi nehmen in Komarows Wohnung Fingerabdrücke. Das kann noch etwas dauern. Das Mobiltelefon ist sicherlich noch dort im Laborwagen.«

»Okay, ich fahre da hin und komme in einer halben Stunde aufs Präsidium.«

»Tu, was du nicht lassen kannst«, sagte Achill und verabschiedete sich.

»Möchten Sie mitkommen, ich fahre Sie danach gleich nach Hause?«, fragte die junge Polizistin André, der dem Wortwechsel stumm gelauscht hatte.

»Kein Problem, ich möchte Ihnen so wenig Umstände machen wie möglich. Ich kann auch gerne laufen.«

»Es macht mir keine Umstände, wir kommen ohnehin nachher bei Ihnen vorbei.«

Wenig später standen sie vor dem grauen Laborwagen der Spurensicherung auf der Straße. Nach kurzer Diskussion gab der Chef der Truppe Bertling das in einer durchsichtigen Plastiktüte verpackte Mobiltelefon.

»Aber bitte nur für ein paar Minuten. Ich habe den Auftrag zu versuchen, die gelöschten Daten wiederherzustellen. Und ziehen Sie bitte die vorher an«, sagte der Mann und drückte ihr ein paar Latexhandschuhe in die Hand.

Sie zog sich die Handschuhe eilig über und packte das Gerät aus der Tüte.

»Sie können alles damit anstellen, nur nichts verändern. Nachdem die junge Dame so freundlich war, uns das Gerätepasswort zu überlassen, habe ich die Gerätesperre herausgenommen.«

Während sie ihm noch ein flüchtiges »Danke« zurückgab, flogen ihre behandschuhten Finger schon über das Display.

Fast stimmlos zischte sie Begriffe wie »Ortungsdienste«, »Systemdienste«, »häufige Orte«. Mit einem Mal grinste sie breit. »Voilà, hier ist unsere Grazie also häufig.« Dabei wies sie mit dem Finger auf eine kleine Liste mit Adressen. »Und hier war sie die letzten Tage regelmäßig.« Ein Wischen und auf dem Display öffnete sich eine weitere Tabelle, in der minutiös Datum und Uhrzeit ihrer Aufenthalte aufgelistet war. »Sie ist tagsüber oft so bis 8.45 Uhr dort, dann kommt sie hierher und bleibt meist bis zum Morgengrauen«, sagte sie.

»Sie wohnt also hier *und* dort.«

Noch ein weiteres Wischen, und eine kleine Landkarte erschien auf dem Display. »Oha, das ist gar nicht weit von hier«, kommentierte sie den kleinen blauen Kreis auf dem Kartenausschnitt.

»Nicht schlecht!«, sagte André und nickte ihr anerkennend zu. »Mir war nicht klar, was diese Smartphones alles so im Hintergrund aufzeichnen.«

»Zum Glück für uns ist dies den wenigsten bewusst. Deshalb stellt es auch kaum einer ab.«

»Und was machen wir mit dieser Erkenntnis?«

Die junge Beamtin zögerte, schaute auf ihre Armbanduhr und rieb sich den Nasenflügel, bis sich ein spöttisches Grinsen einstellte.

»Na ja, es gibt zwei Möglichkeiten. Variante eins ist: Ich rufe meinen Chef an. Er alarmiert die Kavallerie, wir suchen die Adresse, und wenn wir fündig werden, versuchen wir, beim Staatsanwalt einen Durchsuchungsbefehl zu erwirken. Was schwierig wird, weil wir gegen dieses Mädchen rein gar nichts in der Hand haben. Bis wir den Wisch haben, hat mittlerweile Berlin die Bestattung abgesagt.«

»Klingt wenig zielführend. Und wie geht Variante zwei?«

Bertling lachte und zeigte ihr makelloses Gebiss. »Variante zwei beginnt mit einer Dummheit. Wir beide fahren hin, sondieren zunächst die Lage und entscheiden dann, wie wir weiter vorgehen.«

»Ich denke, ich bin noch lange nicht zu alt für Dummheiten. Lassen Sie es uns versuchen«, sagte André und spürte, wie in ihm der Jagdtrieb nun vollends erwachte.

Nur wenige Minuten später waren sie in ihrem Zielgebiet angekommen. Vorsorglich hatten sie den auffälligen Streifenwagen schon zwei Straßen vorher geparkt. Der blaue

Kreis auf dem Handydisplay schwebte über einem kleinen ruhigen Wohnviertel, das nur wenige 100 Meter vom Industriegebiet, in dem sich Komarows Bar befand, entfernt war. Die Häuser waren allesamt Relikte aus den 70ern des letzten Jahrhunderts. Zwischen ein paar Straßenzügen mit Einfamilienhäusern erhob sich, städtebaulich unpassend, ein grauer achtstöckiger Wohnblock. Genau über diesem Gebäude hatte der kleine blaue Kreis sein Zentrum. »Ich denke, hier sind wir richtig«, sagte Bertling und steckte das Mobiltelefon in die Tasche.

Gemeinsam wandten sie sich den Klingelschildern zu.

»Acht Reihen übereinander, fünf Spalten in der Breite. Das bedeutet bestimmt, dass jede der waagrechten Reihen ein Stockwerk abdeckt«, sagte sie leise vor sich hin.

»Schauen Sie«, sagte André und wies auf die beiden oberen Stockwerke. Während die Klingelschilder in den sechs unteren Reihen auf unterschiedlichste Art mit allen möglichen Namen beschriftet waren, waren die oberen einheitlich gestaltet und statt mit Namen lediglich mit den Ziffern von eins bis zehn versehen.

»Hier steigen also seine Mädchen mit ihren Freiern ab«, sagte sie und runzelte die Stirn. »Ich fürchte, wir kommen hier nicht weiter. Wir kriegen weder einen Durchsuchungsbefehl für zehn Wohnungen von uns unbekannten Personen, noch können wir einfach irgendwo klingeln und fragen, ob Komarow da ist. So wie wir aussehen, würde man uns keine Auskunft geben«, sagte sie und ließ den Blick über ihn und sich schweifen.

»Sie gehen nicht als Freier und ich nicht als leichtes Mädchen durch. Und dass uns der osteuropäische Hintergrund fehlt, ist auch nicht gerade hilfreich.«

»Das mit dem Freier nehme ich mal als Kompliment auf.

Aber Spaß beiseite, ich glaube, ich habe da eine Idee, wie wir es schnell und unkompliziert anstellen könnten. Lassen Sie uns mal vorerst den Rückzug antreten. Es könnte auffallen, wenn wir hier noch länger rumstehen.«

Sie nickte und sie schlenderten davon.

Als sie außer Sicht waren, blieben sie stehen.

»Und, wie sieht Ihr Plan aus?«, fragte sie neugierig.

»Na ja, Sie hatten zu Recht gesagt, dass wir weder das richtige Auftreten noch den osteuropäischen Background haben.«

»Ja, so ist es. Und wie könnten wir das ändern?«

»Ganz einfach, wir brauchen jemand, der beides mitbringt.«

»Und an wen dachten Sie?«

»Wir brauchen eine junge Russin, die uns die Eintrittskarte besorgt.«

»Glauben Sie nun bloß nicht, wir haben im Präsidium Vertreterinnen aller Nationalitäten, die wir nach Bedarf einsetzen können.«

»Nein, das glaube ich nicht. Die Eintrittskarte besorge schon ich. Aber Sie müssen uns die Rückendeckung organisieren.«

»Das stellen Sie sich etwas zu einfach vor. Selbst wenn wir wissen, wo unsere Grazie mit diesem Komarow hier absteigt, wird es zu lange dauern, einen Durchsuchungsbefehl nebst SEK herbeizuschaffen.«

André schluckte.

Sie grübelte einen Augenblick und setzte erneut an. »Egal, darüber können wir später noch nachdenken. Ich werde Frank anrufen, und Sie kümmern sich um Ihre Eintrittskarte.«

André imponierte die zupackende unerschrockene Art der Polizistin. »Okay, dann mal zu«, sagte er und griff zum Mobiltelefon.

Nur eine halbe Stunde – und ihr Trupp war auf vier Personen angewachsen. Kurz skizzierte André den anderen seinen Plan.

»Kommt überhaupt nicht in Frage, dass du Irina hier mit reinziehst. Du kannst dich gerne zum Kanonenfutter machen, aber Irina lässt du aus dem Spiel«, herrschte ihn Achill an.

»Aha, und welche Alternative hast du auf Lager?«, fragte André ruhig zurück.

»Das spielt keine Rolle. Sie wird sofort nach Hause gehen und basta!«

»Aber sie wird doch nur eine Sprechrolle haben, so wie ich es eben erklärt habe. Den Rest machen wir.«

»Ich glaube, du spinnst. Wenn hier einer was macht, sind es Frau Bertling und ich. Ihr zwei verduftet jetzt sofort! Ihr dürftet gar nicht hier sein.«

»Okay«, sagte Irina und schlenderte davon.

»Das ist die falsche Richtung!«, rief ihr Achill aufgebracht hinterher.

»Ja und«, erwiderte sie schnippisch.

Achill setzte an, sie zurückzuholen, doch die junge Polizistin griff nach seinem Arm.

»Lass sie, wenn wir es so machen, wie Herr Sartorius vorgeschlagen hat, besteht kein Risiko. Sie beide werden längst von der Bildfläche sein, wenn es gefährlich werden könnte. Sie gibt uns die Eintrittskarte, verschwindet, und wir beiden gehen dann da rein – egal wie. Wir sind in dieser Sache auf uns allein gestellt.«

Achill schnaubte. »Aber er bleibt zurück«, sagte er auf André weisend. »Komarow kennt ihn und würde sofort Verdacht schöpfen.«

André wusste, dass jeder Widerspruch das Unternehmen nur gefährden würde, und blieb in Deckung.

Irina steuerte zielstrebig auf den Eingang des Hauses zu. Achill und Bertling überprüften ihre Waffen und entsicherten sie. Sie hakten sich ein und flanierten wie ein Liebespaar in Hörweite zu Irina über den Bürgersteig.

Irina war an der Klingeltafel angekommen und drückte wahllos die Klingel von Wohnung Nummer fünf.

Nichts, weder eine Stimme in der Gegensprechanlage noch das Surren des Türöffners.

Nach einem weiteren Versuch gab sie auf. Nun wiederholte sie das Ganze mit dem Taster daneben. Wieder geschah nichts. Achill und seine Begleiterin verlangsamten ihr Tempo. Wollten sie in Hörweite zu Irina bleiben, ohne aufzufallen, mussten sie vorsichtig vorgehen. Bertling reagierte spontan, ging zwei Schritte auf einen Fliederbusch im Vorgarten des Wohnblocks zu, der in voller Blüte stand, und gab vor, an einer der Blütendolden zu riechen. Irinas sonst so bleicher Teint hatte mittlerweile einen zarten Rotton angenommen. Wieder drückte sie einen Klingelknopf.

»Challo, Ivanka hier«, meldete sich eine laszive Stimme am anderen Ende der Leitung.

»Privjet, mein Name ist Irina, man hat mir gesagt, Komarow sucht noch Mädchen. Wo soll ich klingeln?«, flötete sie in astreinem Russisch.

»Ich weiß nicht, ob er da ist. Versuchs mal bei der Zehn«, antwortete Ivanka ebenfalls auf Russisch.

»Spassibo, danke«, erwiderte Irina und entfernte sich wie abgesprochen vom Eingang wieder in Richtung der Fahrzeuge.

Bertling, die das Gespräch hatte verfolgen können, nickte ihr anerkennend zu und bedeutete ihr, sich schnell vom Haus zu entfernen.

Achill und sie drehten noch eine kleine Runde und kehrten unauffällig zu ihrem Ausgangspunkt zurück.

»Nicht schlecht, Irina. Falls du mal einen Job suchst, bei mir hast du einen Stein im Brett«, lobte Achill.

Irina strahlte übers ganze Gesicht. Trotzdem war ihr die Anspannung deutlich anzumerken.

André schluckte. Die Vorstellung, wie Achill und Bertling es ohne Verstärkung mit diesem russischen Kampfstier Komarow aufnehmen sollten, beunruhigte ihn. »Wollt ihr wirklich alleine …«, begann er.

Achill lachte. »Keine Sorge, wir machen so was beruflich.«

André verdrehte die Augen und schwieg.

Achill öffnete den Kofferraum seines Autos und holte zwei kugelsichere Westen heraus. Eine reichte er seiner Kollegin, und eine zog er sich hektisch über. »Du nimmst das hier und gibst mir Rückendeckung.« Dabei übergab er ihr eine Maschinenpistole.

»Wir werden mit meinem Zivilfahrzeug vorfahren, damit wir die Anwohner nicht unnötig irritieren. Ihr bleibt hier im Streifenwagen von Frau Bertling und rührt euch nicht von der Stelle. Wenn ihr nach 15 Minuten nichts von uns hört oder Schüsse fallen, ruft ihr im Präsidium diese Nummer an. Es ist das Mobiltelefon eines Kollegen. Er ist informiert und steht bereit, uns sofort zu unterstützen. Aber keine Sorge, Typen wie dieser Komarow sind unsere Stammkunden.«

André nickte stumm.

Irinas Wangen leuchteten ungewohnt rosig. »Passt auf euch auf«, sagte sie gequält.

Achill schaute gehetzt auf die Armbanduhr. »Mist, schon Viertel vor drei. Wir müssen uns beeilen, hoffentlich erwischen wir ihn jetzt. Bis gleich!«

Eilig gingen Bertling und Achill zum Auto und fuhren los. Irina und André blieben verunsichert im Polizeiwagen hocken.

»Hätten wir sie daran hindern müssen?«, fragte Irina.

»Keine Ahnung. Wie hätten wir das anstellen sollen?«

Irina nickte, aber ihr Blick verriet, dass sie seine Antwort nicht zufriedenstellte.

»Aber hier tatenlos rumsitzen und warten, ob was passiert, ist auch nicht meins. Ich werde ihnen ein paar Schritte folgen. So, dass ich aus einer Deckung heraus das Haus einsehen kann. Wir kriegen dann besser mit, wenn die Lage eskaliert, und können schneller Hilfe holen.«

»Aha und Miss Moneypenny bleibt schön in ihrer Limousine sitzen, während Mister Bond die Lage peilt«, sagte Irina und grinste schief.

»Du hattest schon deinen Einsatz, jetzt bin ich dran«, sagte André und stieg aus dem Wagen.

Eilig hastete er zur Straßenecke, von wo er, durch eine Hecke geschützt, den Eingang des Wohnblocks überblicken konnte.

Achill und seine Kollegin hatten gerade ihr Zivilfahrzeug vor dem Gebäude in eine Parklücke manövriert und stapften zum Hauseingang. Kurz sahen sie sich um, bevor sie sich den Klingeln zuwandten.

André beobachtete, wie sein Freund wahllos etwa zehn nebeneinanderliegende Klingelknöpfe der mittleren Stockwerke drückte.

Er wagte sich etwas aus der Deckung und spitzte die Ohren.

Er glaubte zu hören, wie die Beamtin »ich bin's« rief. Schon ertönte das Surren des Türöffners.

Sie drängte die Tür auf, und Achill schaute sich noch mal um.

›Verdammt!‹, dachte André, der es nicht geschafft hatte, sich schnell genug hinter den Busch außer Sicht zu bringen.

Achill hatte ihn registriert und schüttelte missbilligend den Kopf. Doch offenbar hatte er keine Lust, sich durch seinen unverbesserlichen Freund aufhalten zu lassen, und betrat mit Bertling zusammen den Hausflur.

Wenn es so war, wie sie annahmen und die Anordnung der Klingelschilder die Lage der Wohneinheiten im Haus verriet, mussten die beiden via Aufzug in die achte Etage gelangen. Dort musste sich die Wohnung Nummer Zehn befinden.

Für André begannen nun quälende Minuten des Wartens. Für einen ungeduldigen Menschen wie ihn wirkte es wie eine Ewigkeit, bis er so etwas wie einen gedämpften Knall vernahm. ›Mist‹, dachte er. Hatte Komarow sie bemerkt und sich zur Wehr gesetzt? Sollte er handeln und zu Irina laufen und Unterstützung anfordern? War es wirklich ein Schuss oder war es dafür zu leise? Es blieb still. Kein weiteres Geräusch. Das sprach gegen eine Schießerei. Hätte Komarow geschossen, hätte Achill oder seine Begleiterin mit Sicherheit das Feuer erwidert. Im umgekehrten Fall konnte es nur bedeuten, dass sie Komarow überwältigt hatten. André beschloss, noch etwas abzuwarten.

Nach etwa fünf Minuten stürzte Bertling schwer atmend mit roten Wangen aus dem Haus auf André zu.

»Was ist passiert?«, fragte er erregt.

»Nichts, es ist Komarows Unterschlupf. Wir brauchen hier dringend die Spurensicherung.«

»Und der Knall?«

»Welcher Knall? Ach so, Sie meinen die Tür. Na ja, der Chef war wohl etwas zu zielstrebig und hat beim Hereingehen vergessen aufzuschließen«, sagte sie grinsend und öffnete die Tür von Achills Wagen.

Noch etwas atemlos gab sie ihren Standort durch und orderte Verstärkung und ihre Kollegen von der Kriminaltechnik.

»Und was haben Sie oben gefunden?«, fragte André, als sie wieder ausgestiegen war.

»Es ist wahrscheinlich die Wohnung seiner Flamme. Aber eines der vier Zimmer war verschlossen. Er hat es wohl für sich reserviert. Darin befindet sich eine Mischung aus kleiner Werkstatt und Büro. Wir haben, ohne groß zu suchen, schon mehrere Waffen und Munition entdeckt. Dazu ein paar gefälschte Pässe und einen größeren Geldbetrag. Nur der komische Vogel selbst war nicht in seinem Nest.«

»Ob ich wohl mal hochgehen darf?«, fragte André vorsichtig.

»Das würde ich nicht empfehlen. Frank kocht vor Wut, weil wir ihn wieder nicht gekriegt haben. Jetzt ist es wohl besiegelt, dass die Bestattung abgesagt werden muss. In den verbleibenden zwei Stunden werden wir ihn wohl kaum noch dingfest machen können, und der Sprengstoff war definitiv nicht in diesem Raum.«

André nickte. Er sah ein, dass er wohl den Bogen überspannen würde, wenn er nach oben ginge.

»Sie sollten sich wieder zu ihrer Mieterin in den Streifenwagen setzen. Bis die Verstärkung kommt, ist das hier nicht ungefährlich. Wenn Komarow zurückkehren sollte, wird es ungemütlich. Ich werde hier im Auto aufpassen und dem Kollegen den Rücken freihalten.«

André sah ein, dass er fehl am Platz war, und trottete zum Polizeiwagen.

»Ist etwas passiert?«, fragte Irina mit bangem Blick, als André in den Wagen eingestiegen war.

»Nein, zum Glück nicht. Aber den Typen haben wir wieder nicht erwischt.«

Er war gerade fertig, sie ins Bild zu setzen, als ein ganzer Konvoi von zivilen Polizeifahrzeugen eintraf. Gleich mehrere Personenwagen, jeweils mit zwei oder drei Polizisten in Zivilkleidung in ihrem Inneren, parkten in einigem Abstand zum Haus. Offensichtlich hatten sie die Aufgabe, Komarow schon frühzeitig abzufangen, sollte er zurückkommen. Nur ein mit vier Mann besetzter PKW und zwei graue Kleintransporter wagten sich bis direkt vor den Wohnblock.

André setzte die eigene Tatenlosigkeit schwer zu. Achill hatte ihn mit seiner Hektik und Eile angesteckt, und nun saß er nutzlos mit Irina in diesem Polizeiauto.

Irina beobachtete ihn belustigt, wie er unruhig mit dem Fuß wippte.

»Aha, Mister Bond sitzt fest«, sagte sie grinsend.

André wollte gerade zu einer Antwort ansetzen, als sein Handy sich meldete.

»Komm schon, die Luft ist rein. Ich kenne dich lange genug, um zu wissen, dass du gleich vor Neugierde platzt«, sagte Achill am anderen Ende.

André zögerte nicht lange und war in wenigen Minuten an den Hauseingang geeilt.

Ein halbes Dutzend weiß gekleideter Kriminaltechniker war gerade damit beschäftigt, ihre Ausrüstung, bestehend aus Metallkoffern und mobilen Scheinwerfen, ins Gebäude zu schleppen.

Als er nach oben kam, stand sein Freund an der Tür und gab dem Leiter der Kriminaltechnik Anweisungen. »Ich kann dich leider nicht hereinlassen, der Kollege hier würde mich steinigen, wenn ich ihm noch mehr Spuren verwische.«

André nickte. Ihm war klar, dass man an einem Ort, wo Beweismaterial gefunden worden war, nicht einfach herumspazierte, ehe die Spurensicherung ihre Arbeit verrichtet hatte.

»Na ja, der große Coup war das wieder nicht. Wir können zwar beweisen, dass Komarow nicht so harmlos ist, wie er tut, aber den Terrorverdacht können wir mit dem, was wir sichergestellt haben, nicht erhärten. Ein paar Handfeuerwaffen, ein Gewehr und einen Totschläger. Eher die Ausstattung eines gut ausgerüsteten Zuhälters als die eines Terroristen. Kein Sprengstoff und kein Zubehör zum Bombenbau. Offensichtlich wird er damit von außen beliefert und verwahrt es in einem anderen sicheren Versteck.«

André nickte.

»Auffällig sind nur zwei Dinge, weil sie nicht zum Rest in diesem Zuhälternest passen. Nämlich gleich drei Ausgaben von »Krieg und Frieden« und drei Packungen Bratfolie. Die Küche hier sieht jedenfalls nicht so aus, als wäre hier jemand über Spiegeleier und Fertigpizza hinausgekommen. Und dass er den Bratenschlauch in sein Büro räumt, anstatt ihn in der Küche zu verstauen, ist auch merkwürdig.«

André strich sich übers Kinn und hörte seinem Freund aufmerksam zu.

»Aber letztlich ist das nun auch egal. Fakt ist, ich habe ihn nicht gekriegt. Die Veranstaltung wird in anderthalb Stunden abgesagt und dann bin ich den Fall sowieso los und kann gucken, wo ich bleibe. Man wird mir Versagen vorwerfen, und die anderen werden alle Zeit der Welt haben, mir meine Fehler nachzuweisen und um ausgiebig klugzuscheißern. Ein typisches Ende einer Polizistenkarriere.«

André nickte betroffen. Irgendwie wollte ihm nichts Tröstliches einfallen.

»Komm, lass uns gehen, ich muss mich noch kurz mit meinem Vorgesetzten treffen, bevor wir in die Höhle der Löwen mit den uns übergeordneten Stellen steigen. Er soll wenigstens auf dem aktuellen Stand sein, wenn er zusammen mit mir zerfleischt wird.«

21. TATP

Donnerstag, 29. Juni 2017, 15.30 Uhr

Gemeinsam stiegen sie in den Aufzug und fuhren nach unten. Wie schon unzählige Male an diesem Tag meldete sich unterwegs Achills Mobiltelefon.

»Ja. Ich höre dich, wenn auch sehr schlecht. Und nein, ich bin nicht unter Wasser, sondern in einem Fahrstuhl. Moment, es wird gleich besser, wenn ich aussteige. Was, wo? Eine Kühlbox. Ich verstehe dich nicht. Wie? Ein anonymer Anruf? Wo soll ich hinkommen? Zur alten Ziegelei am Hockenheimer Rheinbogen direkt neben der A 61? Ich bin in zehn Minuten da.«

Achill starrte nach diesem merkwürdig abgehackten Telefonat noch ein paar Augenblicke vor sich auf den Boden. Er grübelte, schaute auf die Armbanduhr. Erst als sich die Fahrstuhltür öffnete, brach er in wilden Aktionismus aus.

»Wo ist Bertling?«, sprach er unwirsch den nächstbesten Kollegen an. Ohne eine Antwort abzuwarten, herrschte er ihn erneut an. »Ich brauche sie sofort hier an meinem Wagen.«

»Aber, aber … sie verhört gerade die Nachbarn«, stammelte der junge Polizist.

»Egal, suchen Sie sie. Es geht um Leben und Tod.«

»Sie haben die Kühlbox«, sagte er zu André gewandt.

Achill riss die Fahrzeugtür auf. »Wo bleibt sie nur?«

Nervös wippte er von einem Bein aufs andere.

Als Bertling ihm endlich völlig atemlos entgegenkam, rief er ohne weitere Erklärung: »Los, ins Auto. Du fährst, ich muss telefonieren.«

Die junge Polizistin nickte nur stumm. Offensichtlich wusste sie aus Erfahrung, dass Achill im Alarmmodus und jetzt nicht in der Laune war, Fragen zu beantworten.

Auch André dachte, dass jedes Insistieren nur eine unbeherrschte Reaktion auslösen würde, und nahm schweigend auf der Rückbank Platz.

»Los, über den Rhein zum ›Luxhof‹ und dann Richtung Ketsch bis zur alten Ziegelei gleich hinter der Autobahnbrücke. Und das so schnell du kannst.«

Während sie den Motor startete, öffnete er das Seitenfenster und stellte ein Blaulicht mit Magnetfuß aufs Dach.

Schon als sie die, wie die Speyerer sie nannten, *alte* Rheinbrücke überquerten, die in Wirklichkeit Salierbrücke hieß, sahen sie erste Vorboten dessen, was ganz in der Nähe gerade ablief. Etwa drei Kilometer rheinabwärts kreuzte ein Boot der Wasserschutzpolizei und hielt die Fahrrinne von Rheinkähnen frei.

Die Kreisstraße, an der die alte Ziegelei lag, verlief oben auf der Krone des Rheinhauptdeichs, der hier in einer sanften Rechtskurve dem Verlauf des Rheinbogens folgte.

»Die fahren ja das ganz große Geschütz auf«, kommentierte Achill das schon von Weitem zu erkennende riesige Polizeiaufgebot, das sich entlang der schmalen Straße auf der Deichkrone drängte. Ein Polizeiwagen hatte schon etwa 400 Meter vor dem Werksgebäude die Fahrbahn verstellt und wies alle ankommenden Fahrzeuge an umzukehren. Etwas weiter dahinter stand mindestens ein Dutzend Streifenwagen und Zivilfahrzeuge der Polizei auf dem Seitenstreifen und sandte ihre blau zuckenden Lichtreflexe aus.

An der Straßensperre erhob ein junger Uniformierter eine Kelle und stoppte sie, trotz ihres ebenfalls blinkenden Blaulichts.

»Sie können hier nicht durch, es ist gerade ein Einsatz im Zusammenhang mit einem nicht näher identifizierten Explosivstoff im Gange.«

»Das wissen wir, der Hinweis darauf ging bei uns im Präsidium ein«, konterte Bertling.

Der junge Mann wirkte etwas verunsichert, ließ ihren Wagen aber schließlich passieren.

»Das hat er aber schön auswendig gelernt«, merkte Achill genervt an.

Mühsam quetschten sie sich an den abgestellten Einsatzfahrzeugen vorbei. Als sie auf gleicher Höhe mit der riesigen Freifläche der Industrieruine waren, erschloss sich ihnen mit einem Blick das ganze Problem.

Auf einer der großen Betonplatten, aus der die frühere Lagerfläche der Ziegelei bestanden hatte, stand einsam eine blaue Kühlbox.

»Da ist sie ja schon«, sagte Achill zufrieden und reckte den Kopf so weit in Richtung der Fahrerseite, dass Bertling Mühe hatte, nicht mit ihm zusammenzustoßen.

»Schnell, fahr weiter!«, spornte er sie an.

Bertling fiel es schwer, unten an der Zufahrt zu dem seit vielen Jahren stillgelegten Werksgelände noch einen Platz zu finden, um das Auto abzustellen.

Ein Uniformierter baute sich vor ihnen auf und erhob mahnend die Hand. »Sie können hier nicht parken, bitte halten Sie die Einfahrt frei. Das ist ein Einsatz der Polizei Baden-Württemberg. Wir haben die Lage unter Kontrolle.«

Achill schnaubte vor Wut, hatte sich aber einigermaßen im Griff.

»Ich bin der Vorgesetzte von Kommissar Schubert vom Polizeipräsidium Ludwigshafen. Er hat mich informiert, dass es hier um einen Fall aus meinem Zuständigkeitsbereich geht.«

Während der junge Polizist noch um eine Antwort rang, stieg Achill einfach aus und lief mit Bertling und André im Schlepptau an den ehemaligen Werkshallen vorbei Richtung Lagerplatz. Rechts von ihnen klaffte eine riesige rußverschmierte Bresche in der Fassade der Halle, die vor ein paar Jahren einem Brand zum Opfer gefallen war.

Wieder stellte sich ihnen ein Uniformierter in den Weg. »Sie können hier nicht durch, wir gehen davon aus, dass die Kühlbox gefährliche Explosivstoffe enthält.«

Achill knurrte ihm ein gelangweiltes »was Sie nicht sagen« entgegen, schlug einen Haken und marschierte geradewegs an dem Mann vorbei auf einen Beamten in Zivil zu.

»Was geht hier vor?«, sprach er ihn ohne weitere Begrüßung an. »Was soll das, Schubert? Muss das sein, dass die hier alle im Weg rumstehen?«, fragte er mit einem vorwurfsvollen Blick auf die Autos der Polizeikollegen aus Baden-Württemberg.

»Na ja, wir sind hier auf badischem Gebiet. Und nach dem anonymen Anruf, in dem bereits von TATP die Rede war, war es unabdingbar, die Stelle so schnell wie möglich zu sichern.«

Achill schnaubte. »War es derselbe anonyme Anrufer, wie der, der uns über die Schießerei auf der Müllkippe informierte?«

»Wir denken schon. Einen professionellen Stimmabgleich konnten wir in der Kürze der Zeit jedoch nicht vornehmen, aber nach unserem ersten Eindruck ist es der gleiche arabische Akzent.«

»Okay, und was haben die jetzt vor?«

»Man hat den baden-württembergischen Kampfmittelräumdienst aus Stuttgart angefordert.«

»Das ist wohl ein Scherz!«, fuhr Achill auf. »Wissen Sie, wie lange die um diese Uhrzeit brauchen, bis sie hier sind?«

»Mindestens zwei Stunden?«, gab Schubert zurück.

»Die haben wir aber nicht. Berlin will Antworten und das in einer Stunde.«

Der Beamte nickte zustimmend. »Aber wie sollen wir …?«

»Wie sollen wir? Wie sollen wir?«, tobte Achill.

»Ganz einfach, wir schauen nach!«

Ohne eine Antwort abzuwarten, stapfte Achill mit sturer Miene in Richtung der rund 100 Meter entfernt stehenden Kühlbox.

Bertling ging ihm hinterher und fasste ihn am Arm. »Mann, das ist gefährlich, woher wissen Sie, dass die es nicht auf uns abgesehen haben und wenn wir in der Nähe sind – *puff* und das Zeug wird gezündet.«

»Weil ich es weiß«, sagte Achill und schüttelte ihren Griff ab.

Er beschleunigte seinen Schritt und trabte nun auf die Kühlbox zu.

Von der Seite löste sich ein junger schlaksiger Polizist aus einer Gruppe wartender Beamten und wollte Achill den Weg abschneiden. »Sie, Sie können doch nicht, sind, sind Sie verrückt?«

»Sie sehen, doch, dass ich kann. Ich tue es auf eigenes Risiko«, sagte Achill und ließ ihn nach einem kleinen Ausweichmanöver einfach stehen.

»Das wird ein Nachspiel haben!«, zeterte der Mann unbeholfen hinterher.

»Wenn ich nicht gehe, hat es ganz bestimmt eines«, schrie Achill und stapfte weiter durch den herumliegenden Bauschutt auf die Box zu.

Als er etwa einen Meter vor der blauen Box angekommen war, blieb er stehen. Mit beiden Händen rieb er sich übers Gesicht, sammelte sich einen Moment und ging langsam um das Zielobjekt herum. Offensichtlich hatte er sich wieder in seine übliche, professionelle Ruhe gezwungen. André konnte auf die Ferne wahrnehmen, wie Achill erneut auf die Armbanduhr schaute. Neben André verzog sich ein blasser Jungpolizist hinter einen Mauervorsprung in Deckung. André selbst war viel zu neugierig, um sich zu bewegen. Im Übrigen vertraute er der Urteilsfähigkeit seines Freundes.

Bedächtig ging Achill neben der Box in die Hocke. André registrierte von den Beamten um sich herum ein empörtes Murmeln. »Was für ein Spinner«, hörte er einen badischen Beamten sagen.

Doch all das konnte Achill nicht hören. André beobachtete, wie noch weitere Polizisten irgendwo Deckung suchten. Offensichtlich hatte keiner der Anwesenden Lust darauf, gemeinsam mit Achill in die Luft zu fliegen.

Achill kniete nieder. Sorgfältig inspizierte er die Fuge zwischen dem Deckel und den Seitenwänden des Behältnisses. Einmal erschien es André, als würde er sogar versuchen, daran zu riechen.

Er umfasste ruhig und besonnen die beiden Schmalseiten der Abdeckung. Bange Sekunden verflossen. Warum hob er ihn nicht hoch? Oder tat er es dermaßen vorsichtig, dass man nur auf die Distanz keine Bewegung seiner Hände realisieren konnte? Irgendwann vermochte André einen schmalen Spalt zwischen Deckel und Unterteil zu erkennen. Achill hatte die Abdeckung etwa zwei Zentimeter angehoben und nahm sie zur Seite, um einen Blick in die Box zu werfen. Er senkte den Kopf. Man erkannte selbst aus der Entfernung, dass er am Inhalt roch. Langsam begann er den Deckel zu senken und legte ihn zurück auf die Box.

Bedachtsam erhob er sich und spähte erneut auf die Armbanduhr. Einen Augenblick wirkte er wie festgefroren. Dann sah er auf zum Himmel. Abermals stockte er.

»Was hat er vor?«, fragte André Bertling, die neben ihm stand.

»Das weiß man bei ihm nie«, antwortete sie, ohne die Augen von ihrem Chef abzuwenden.

Nun ging Achill hastig auf einen Stapel Bauschutt zu und riss an einem Stück Wellblech.

Als er es endlich hervorgezogen hatte, bog er es sich in V-Form zurecht und kehrte damit zurück zur Kühlbox. Sorgfältig stellte er es wie ein schützendes Hausdach darüber und lief auf die Wartenden zu, die sich etwas schamvoll aus ihrer jeweiligen Deckung schälten.

»Das Ding ist in der Tat voll mit TATP!«, warf er keuchend in die Runde.«

Die Polizisten rundherum schauten ihn hilflos an.

»In der Box ist es noch einigermaßen kühl. Sie sollte so schnell wie möglich wieder an den Strom. Die Sonne tut ihr nicht gut. Organisieren Sie schnellstmöglich ein Verlängerungskabel und einen Generator, oder wenigstens ein paar Eiswürfel von der nächsten Tanke.«

Die jungen Polizisten starrten ihn an und wirkten wie versteinert.

Wieder spähte Achill auf seine Armbanduhr. »Verdammt, das wird knapp. Nur noch 18 Minuten«, stöhnte er vor sich hin.

Plötzlich kam der Einsatzleiter der badischen Polizei wutschnaubend auf ihn zu. »Was sollte das? Das wird ein Nachspiel haben«, schrie er ihn fassungslos an.

»Wenn schon! Kümmern Sie sich um den Rest und vergessen Sie nicht, die Brücke zu sperren, bevor jemand an der Kühlbox herumspielt. So viel, wie da drin ist, könnte es gefährlich für die Autos da oben werden«, sagte Achill und wies mit der Hand in Richtung der Autobahnbrücke, die nur wenige 100 Meter entfernt den Rhein überspannte. Dann ließ er den nach Luft schnappenden Mann einfach stehen und ging zum Wagen.

»Du weißt aber schon, dass der sich zu Recht aufgeregt hat. Das hätte schwer ins Auge gehen können«, sagte seine Kollegin mit einem schiefen Lächeln.

»Ach was. Es war klar, dass der Typ, der sich auf der Bauschuttdeponie die Box unter den Nagel gerissen hat, froh war, sie wieder loszuwerden. Hätte er damit Schaden anrichten wollen, hätte er sich nicht so eine abseits gelegene Stelle wie die hier ausgesucht.«

»Und ich dachte immer, ich sei der Ungeduldige von uns beiden«, sagte André lächelnd.

»Man lernt eben nie aus«, erwiderte Achill schmunzelnd.

Alle schlüpften wieder auf ihre Plätze und Bertling startete eilig den Motor. »Wohin soll's jetzt gehen?«, fragte sie.

»Direkt zur provisorischen Einsatzzentrale des Bundesinnenministeriums ins Hotel ›Löwengarten‹«, erwiderte Achill. »Und geben Sie Gas. Wir haben nur noch eine Viertelstunde.«

»Kein Problem, mit dem hier schaffe ich das«, sagte Bertling und schaltete das Blaulicht ein.

»Wenn ich dein Verhalten richtig interpretiere, wirst du dafür plädieren, die Bestattungsfeierlichkeiten durchzuziehen?«, fragte André.

»So ist es. Wir haben den Sprengstoff, wir haben einen geläuterten Islamisten und wir wissen, was Komarow vorhat oder vorhatte. Und das können wir mit den Kräften der Polizei beherrschen. Insofern ist das keine schlechte Ausgangsbasis.«

»Der Schönheitsfehler ist nur, dass wir keine Ahnung haben, was dieser Müllplatzkiller, dieser Abu Bakr Akkasin im Schilde führt«, wendete Bertling ein.

»Ich glaube nicht, dass er mit dem Attentat was zu tun hat. Sonst hätte er das TATP mitgenommen«, antwortete Achill.

»Auch wenn es nur eine Kleinigkeit ist, aber mir gibt die Sache mit der Bratfolie zu denken«, setzte André hinzu. »Gerade solche Details sind später entscheidend.«

»Es hätte mich auch gewundert, wenn du nicht ein Haar in der Suppe finden würdest«, sagte Achill gequält.

»Ich merke, du kennst mich mittlerweile, Frank. Ich habe vorhin mal während der Warterei gegoogelt. Das Zeug ist bis 200 Grad hitzebeständig und besteht aus PET und PTFE.«

»Aha, jetzt wissen wir ja alles. PET sagt mir ja was, aber was zum Teufel ist PTFE?«, fragte Achill genervt.

»Entschuldigung, wenn ich mich einmische. Aber habt ihr jetzt keine anderen Sorgen, als euch um Bratfolie zu kümmern?«, fragte Bertling amüsiert.

»PTFE ist nichts anderes als Teflon«, überging André ihren Einwand.

»Mmh, Teflon? Teflon?«, brummelte Achill. »Mir ist gerade, als wäre mir das die letzten Tage schon einmal untergekommen.«

»Ich möchte nur wissen, für was Komarow eine hitzebeständige Folie braucht. Für den Sprengsatz jedenfalls nicht. Wenn der erst explodiert, braucht er keine intakte Hülle mehr«, grübelte André.

»Ich weiß es wieder!«, rief Achill. »Auf der Kalaschnikow, mit der die Islamisten umgelegt wurden, konnten die Kollegen von der Spusi winzige Teflonspuren nachweisen. Das ist für eine Waffe nichts Besonderes. Manche Munition ist wegen der besseren Gleiteigenschaften damit beschichtet. Bei diesem Sturmgewehr waren sie aber nicht im Lauf, sondern außen.«

»Aber warum sollte jemand eine Kalaschnikow mit einer hitzebeständigen Folie verpacken? Wenn er nicht will, dass seine Fingerabdrücke darauf kommen, braucht er doch nur Handschuhe zu benutzen?«, fragte André verwirrt.

»Vielleicht wollte er nicht, dass Abdrücke daran verwischt werden?«, warf Bertling ein.

»Das würde bedeuten, dass uns der Täter glauben machen will, dass der, dessen Fingerabdrücke wir gefunden haben, die Waffe geführt hat«, ergänzte Achill.

»Und dieser Jemand wäre dann Komarow, denn bei ihm haben wir die Folie gefunden«, resümierte sie.

»Das heißt, es gibt gar keinen magischen Dritten. Dieser Abu Bakr ist hier überhaupt nicht im Spiel. Es gibt nur Komarow und die Islamisten. Er wollte sich einfach nicht von denen die Butter vom Brot nehmen lassen«, ergänzte André.

»Und das lässt sich mit etwas Glück innerhalb von Minuten beweisen«, sagte Achill und griff zum Mobiltelefon.

»Habt ihr das genetische Material von Komarows Zahnbürste schon untersucht?«, fragte er ohne Umschweife sein Gegenüber.

»Gut, dann gleicht das Ergebnis mal mit dem vorliegenden genetischen Fingerabdruck von der Speichelspur am Tatort ab. Ich warte, beeilt euch bitte.«

Bertling fuhr in einem halsbrecherischen Tempo gerade über die Landauer Straße und war nur wenige 100 Meter von ihrem Ziel, dem Hotel »Löwengarten«, entfernt.

»Bingo!«, rief plötzlich Achill. »Der Speichelfleck auf der Müllkippe stammt von Komarow.«

»Alle Achtung! Nicht schlecht für mal eben so zwischendurch während der Fahrt. Da soll mal einer sagen, unsere Behörden agieren langsam«, witzelte André.

»Ja, das war buchstäblich in letzter Minute«, sagte Achill, dem die Erleichterung ohne Mühe anzumerken war.

22. VORBEREITUNG

Donnerstag, 29. Juni 2017, 18.08 Uhr

Schon seit gestern Nachmittag fühlte sich Komarow wie eine entsicherte Handgranate. Das Mädchen, das ihm vom Polizeieinsatz im Wohnblock und in seiner Wohnung erzählt hatte, war nur knapp einem Zornausbruch entkommen.

Die Existenz, die er sich über Jahre in Speyer aufgebaut und die ihm ein so bequemes Leben beschert hatte, war zerstört. Wenn er das Ding zu Ende gebracht hatte, würde er fliehen müssen, das stand fest.

Klar, er hatte Glück gehabt. Es war reiner Zufall, dass er gerade unterwegs gewesen war. Er hätte nie vermutet, dass die Bullen ihm schon so nah auf den Fersen waren. Wie gut, dass der Major ihm untersagt hatte, die Bombe bei sich zu lagern. Eines musste man ihm lassen, er hatte einen guten Riecher, wenn es darum ging, Risiken zu vermeiden.

Und nun saß er bereits seit Stunden im Laderaum von Pjotrs Transporter fest. Selbst sein Auto, das noch immer im Parkhaus des Krankenhauses parkte, konnte er nicht mehr benutzen. Mit Sicherheit fahndeten sie danach. Er war bedingungslos auf Pjotr angewiesen. Und der wusste das und sparte nicht mit bissigen Kommentaren, was ihn zurzeit am meisten wurmte.

»Hab ich dir nicht gesagt, dass der Major nicht will, dass du die Bombe mit nach Hause nimmst«, sagte Pjotr und grinste verschlagen.

Komarow ersparte sich eine Antwort. Er spürte, wie ihm die Magensäure in seinem leeren Magen die Schleimhaut verätzte. Aber er ertrug es klaglos. Er dachte nicht daran, von Pjotr zu verlangen, zu einer Apotheke gefahren zu werden. Nie würde er vor diesem Klugscheißer eine Schwäche zugeben. Stattdessen hatte er ein anderes Anliegen. »Fahr zu einem Supermarkt und kaufe zwei Packungen Bratenschlauch. Wir brauchen mindestens drei Meter und etwas Reserve.«

Pjotr blickte ihn verständnislos an. »Willst du etwa jetzt kochen?«

»Nein, du Idiot. Ich will das hier verpacken.« Dabei wies er auf den auf dem Boden des Laderaums liegenden Polyesterbeutel mit der Panzerfaust.

»Sie ist doch verpackt und warum ausgerechnet Bratfolie?«, fragte Pjotr irritiert.

»Weil die, die mir diese Schlampe gekauft hat, in meiner Wohnung steht.«

Er genoss es, wie ihn Pjotr anglotzte, und ließ sich mit der Erklärung Zeit.

»Wenn uns diese Islamisten schon großzügigerweise ihre Fingerabdrücke mitgeben, dann will ich sie für die Bullen schön konservieren. Und dieses Zeug ist das einzige Material, das nicht schmilzt, wenn der Lauf heiß wird. Hat man dir das bei deinem Studium etwa nicht beigebracht?«

Pjotr machte eine wegwerfende Handbewegung und schwieg.

»Sollten wir Plan B brauchen, bringt eine Waffe mit falschen Spuren Verwirrung, lenkt von uns ab und verschafft uns Zeit, wenn wir fliehen müssen.« Komarow bereitete es sichtlich Vergnügen, ihn derart zu belehren.

Auf dem Parkplatz des Supermarktes machte es sich Komarow auf dem Boden des Laderaums bequem. Er überließ es Pjotr, die Bratfolie sowie eine größere Menge Lebensmittel, Zigaretten und Getränke zu besorgen.

»Los, nun pack sie ordentlich damit ein, aber lass sie vorne offen, sonst zerreißt uns das Projektil alles. Pass auf, dass du nicht über die Stellen wischst, an denen man das Ding üblicherweise anfasst. Wir wollen doch nicht die Fingerabdrücke unserer muslimischen Freunde verwischen. Und vergiss nicht Handschuhe anzuziehen.«

»Noch was?«, fragte Pjotr genervt.

»Ja, die Tüte«, antwortete Komarow und riss ihm grob die Bäckertüte aus der Hand. Hungrig schlang er ein paar der mitgebrachten belegten Brötchen in sich hinein. Dabei beäugte er Pjotr kritisch beim Einpacken der Panzerfaust. Sie war noch von der Müllkippe notdürftig mit einem Folienstück umwickelt. Er versäumte es nicht, ihn hie und da weiter zu maßregeln.

»Wir brauchen für morgen und übermorgen eine passende Tarnung, wenn wir den Anleger im Auge behalten wollen. Ich hatte zu Hause was vorbereitet. Aber das ist ja wohl nicht mehr nutzbar.«

»Und was willst du?«, maulte Pjotr, die Augen rollend.

»Angelsachen.«

»Angelsachen?«, wiederholte Pjotr gereizt.

»Die beste Fassade, um sich unauffällig am Rheinufer rumzutreiben.«

»Meinst du, die Bullen erlauben dir, neben dem Anleger zu angeln?«

Komarow schnaubte verächtlich. »Glaubst du, ich will mich selbst in die Luft sprengen, du Idiot? Wir angeln natürlich am gegenüberliegenden Ufer. Von dort haben wir alles im Blick und sind trotzdem weit genug entfernt, um nicht aufzufallen. Schließlich hat der Rhein dort eine Breite von rund 250 Metern.«

Pjotr nickte stumm.

»Es sind die besten Plätze, um zuzuschauen, wie der Anleger in die Luft fliegt«, sagte Komarow und grinste diabolisch.

»Und wo sollen wir die Sachen kaufen?«

»Nicht *wir. Du* wirst sie kaufen. Nach mir wird bestimmt schon gefahndet.«

»Und wo soll ich sie kaufen?«

»Überall«, sagte Komarow und grinste hämisch.

»Was heißt *überall*?« Pjotrs Gesicht war mittlerweile puterrot. Es war ihm anzumerken, dass er Mühe hatte, sich zu beherrschen.

»Hat man dir so was nicht in der Ausbildung erklärt, du Idiot. Wenn du in einen Anglerladen gehst und zwei komplette Angelausrüstungen anschaffst, wird das auffallen. Du musst sie Stück für Stück besorgen und das in großen Läden, wo du nicht beachtet wirst.«

»Aha und wo gibt's hier so einen Anglersupermarkt, von dem du gerade träumst?«, fragte Pjotr genervt.

Komarow spürte Ärger in sich aufsteigen. Wollte ihn dieser Idiot provozieren oder war er wirklich so ahnungslos?

»Du bist so dumm wie diese Schlampen, mit denen ich mich täglich herumärgere«, platzte es aus ihm heraus.

»Du wirst die Eimer im Supermarkt kaufen, die Klappstühle im Möbelladen und die Gummistiefel im Schuhladen. Die Angeln im Sportdiscounter und so weiter.«

Pjotr nickte entmutigt. Die Aussicht, mit einem ständig verbal auf ihn einprügelnden Komarow im Auto den ganzen Abend die Läden der Region abzuklappern, schien ihm wenig zu schmecken.

23. STRAFE

Donnerstag, 29. Juni 2017, 20.05 Uhr

»So, das ist nun die gerechte Strafe für dich«, sagte Irina lachend, als sie das »Flaming-Star« betraten.

»Wieso Strafe? Ich mag stylische Läden«, entgegnete André mit gespielter Empörung.

»Ui, der alte Mann gibt sich weltoffen. Du in einem Burger-Restaurant, das ist ungefähr so wie ein Pfarrer am FKK-Strand.«

»Findest du? Ich probiere gerne neue Dinge aus.«

Irina lachte laut auf. »Bevor du noch behauptest, der Papst sei verheiratet, lass uns lieber reingehen und gib mir die Gelegenheit, mich für dein Misstrauen gegen meine Familie zu rächen. Heute wird's teuer für dich, alter Mann!«

André war es in der Tat sehr peinlich gewesen, ihr den Verdacht gegenüber ihrem Onkel Kazimir zu gestehen. Doch als sie nach dem Einsatz bei Komarows Unterschlupf nach Hause gekommen waren, war er nicht drum herumgekommen auszupacken.

Anfänglich hatte sie es noch mit einer Mischung aus Unglauben und Amüsement aufgenommen. Als sie später registrierte, dass es ihm ernst war, hatte sich sichtbare Verärgerung und Enttäuschung breitgemacht. Es hatte ihn einige Anstrengung gekostet, es ihr zu erklären und ihre Stimmung wieder über den Gefrierpunkt zu befördern. Erst als er ihr die ganze Geschichte erzählt hatte, war sie wieder besser auf ihn zu sprechen gewesen. Glücklicherweise hatte ihm Achill das, nachdem er sie selbst heute Nachmittag in den Fall hineingezogen hatte, gestattet.

»Dafür führst du mich zur Strafe zum Essen aus, du Schuft. Und ich wähle aus, wo wir hingehen«, hatte sie von ihm zur Wiedergutmachung eingefordert.

Da sie wusste, dass er nichts mehr hasste als Fast Food, hatte sie ihn ausgerechnet in ein Burger-Restaurant gelotst.

André war schon beim Eintreten gefangen von der besonderen Ausstrahlung der imposanten Räumlichkeiten. Sie waren geschmackvoll in einem amerikanisch inspirierten Mix aus Kino- und Comic-Reminiszenzen aus der zweiten Hälfte des letzten Jahrhunderts ausgestattet.

Irina hatte für sie einen Tisch im Vorderhaus reserviert. Hier, in einem ehemaligen Tanzsaal, saß man in einem luftigen hohen Raum mit auf halber Höhe eingebauter Galerie.

»Passt doch zu mir«, nahm André den Faden wieder auf, während sein Blick zu der lebensgroßen Mister-Spock-Figur aus der Raumschiff-Enterprise-Reihe schweifte.

»Ja, besonders der. Genauso ein Empathiewunder wie du, alter Mann. Der würde auch seinem besten Freund misstrauen, nur weil ihm etwas logisch erscheint.«

»Du lässt aber wieder mal kein gutes Haar an mir.«

»Du hast nichts Besseres verdient. Meinen Onkel auf die gleiche Stufe zu stellen wie diesen Rohling Komarow, war nicht gerade die feine englische Art.«

»Zugegeben, ich schäme mich dafür.«

»Tu das nur. Ein bisschen Unterwürfigkeit steht dir gut zu Gesicht.«

»Bringen Sie uns zuerst einmal zwei Aperol Sprizz. Wir haben etwas zu feiern«, sagte André, als die junge Kellnerin erschien und ihnen die Speisekarten brachte.

»Ui, der alte Mann legt sich aber verdammt ins Zeug, um sich zu versöhnen. Ich dachte immer, du stehst nur auf deinen Pfälzer Winzersekt.«

»Tue ich auch, aber ich kann mich, entgegen anderslautender Behauptungen, anpassen. Und dass du mit deinen Prüfungen durch bist und mit mir ausgehst, ist ein Grund zu feiern.«

»Nur zu deiner Beruhigung: Das Essen hier ist alles andere als Fast Food. Hier wird jeder Burger frisch zubereitet und ist selbst mit deinen Gourmetgaumen kompatibel. Ich bin gespannt, was du erst nach dem Essen sagst, wenn du jetzt schon so herumschleimst.«

»Das bin ich auch«, erwiderte André schmunzelnd.

»Aber trotz allem bin ich heute nicht so in Feierlaune«, sagte sie ernst.

»Wieso das denn?«

»Das, was ich die letzten Tage so gehört und erlebt habe, belastet mich. Ich möchte nicht in der Haut von Frank stecken. Wenn er falsch liegt, steht uns übermorgen ein übler Tag bevor. Nicht auszudenken, wenn etwas passieren würde.« Dabei nahm ihr Gesicht einen sorgenvollen Ausdruck an.

»Ja, das stimmt. Mir scheint, man hat ihn ganz schön in die Pflicht genommen. Dass er sich gestern im ›Löwengarten‹ durchsetzen konnte, geschah für ihn zu einem sehr hohen Preis.«

»Wie meinst du das?«

»Na ja, so wie er sagte, haben es die Typen vom BKA so aussehen lassen, als würden sie es ausschließlich wegen seiner Meinung morgen durchziehen. Im Umkehrschluss bedeutet dies, dass er und sein Chef die volle Verantwortung tragen, wenn etwas passiert.«

»Ich hasse solche Feiglinge, die andere vorausschicken und selbst immer in Deckung bleiben«, setzte sie zornig hinzu.

24. STRÖMUNG

Freitag, 30. Juni 2017, 1.05 Uhr

Trotz der Abkühlung der letzten Tage, die die Temperatur an die 20-Grad-Marke gedrückt hatte, war die Nacht mild. Pjotr hatte den Transporter nach Komarows Anweisungen an den von den Speyerern Pioniergrund genannten Uferabschnitt gefahren. Nicht weit von ihnen stand der einige Meter hohe, grauschwarze Basaltstein, der an die französische Rheinüberquerung durch das dritte algerische Scharfschützenregiment am 31.03.1945 erinnerte. Auch er würde hier Militärgeschichte schreiben, sinnierte Komarow. Hier auf der schmalen Landzunge, die den neuen Ölhafen und den Hafen der Schiffswerft vom Rhein trennte, war um diese Zeit nicht mit störenden Passanten zu rechnen. Nur einmal bei der Fahrt hierher, die sie am Rande des südlichen Gewerbegebietes Speyers entlanggeführt hatte, nahmen sie die Scheinwerfer eines Fahrzeuges hinter sich wahr. Doch sie waren alsbald verloschen. Sie hatten Glück. Heute war der Parkplatz, auf dem häufig ein oder zwei Wohnmobilisten Station machten, gähnend leer.

Obwohl sich die Wolken vor die Sichel des zunehmenden Mondes geschoben hatten, war es hell genug, um ohne Taschenlampe zu sehen. Die zahlreichen Lampen, die das Werftgelände und die umliegenden Straßen ausleuchteten, reichten, um mit ihrem gelblichen Licht den Platz zu erhellen.

»Setz das Auto zurück! Fahr ihn hier in den Seitenweg!« Komarow wollte sein Equipment nicht auf dem gut einsehbaren Gelände ausladen. Mehrfach drängte er Pjotr, den Wagen rückwärts in den kurzen Hohlweg, der hinab zum Kiesstrand führte, hineinzumanövrieren. Nun passte alles. Zwischen Hecktür und Ufer blieben nur einige Schritte zu überwinden. Von vorne schirmte sie der wuchtige Aufbau des Transporters ab und von den Seiten boten die Wegböschungen Deckung.

Auch von der wenige 100 Meter entfernten Salierbrücke, von der das stetige Rauschen der darauf fahrenden Fahrzeuge die nächtliche Ruhe störte, konnte man sie nicht wahrnehmen.

»Willst du Wurzeln schlagen? Mach schon, lad die Sachen aus und beeil dich!«, trieb Komarow seinen Begleiter an, während er sich die Zeit nahm, die Szenerie zu studieren.

Das Mondlicht vermochte es, die im Rheinkies enthaltenen weißen Quarzkristalle zu einer diffusen Lumineszenz anzuregen. Der Strand mit seinem unwirklichen inneren Leuchten hob sich hart gegen das Tiefschwarz des Flusses ab. Es wehte kaum ein Lüftchen, auch der Nieselregen hatte sich gelegt. Die Rahmenbedingungen waren gut.

Der Pegelstand des Rheins war ein paar Zentimeter über normal. Das mit rund sechs Stundenkilometern Fließgeschwindigkeit vorbeiziehende Wasser verursachte ein kaum hörbares Plätschern. Er hatte sich eingehend mit den hiesigen Strömungsverhältnissen vertraut gemacht. Durch die Kampftaucherausbildung wusste er, dass mit der Strömung nicht zu spaßen war. Was für den unbedarften Beobachter wie ein stilles, träge dahinfließendes Gewässer aussah, war für den, der es zu durchschwimmen hatte, ein reißender Strom. Schwimmend gegen die Abtrift anzukämpfen, besonders dann, wenn man Gegenstände zu transportieren hatte, war chancenlos. Er hatte nur einen Versuch. Er würde hier in die Fluten steigen, sich mit der Trift 1.500 Meter flussabwärts bis zum Anleger treiben lassen, dort sein Paket anbringen, weitere dreieinhalb Kilometer den Fluss hinab schwimmen und nördlich von Speyer hoffentlich ungesehen an Land gehen. Er hatte sich das Flussufer um die Stadt genau angeschaut. Es gab keine kürzere Alternative. Entweder war der Uferbereich zu einsehbar und ein unbeobachteter Ausstieg unmöglich oder man konnte mit dem Transporter nicht nahe genug heranfahren, um mit der Taucherausrüstung unbemerkt einzusteigen.

Sich 5.000 Meter im Rhein behaupten zu müssen, war der Preis der Unsichtbarkeit. Allein diese Strecke zurückzulegen, dauerte eine Stunde. Dazu kamen zahlreiche Umwege. Zuerst galt es, vom Kiesstrand Abstand zu gewinnen, um die nötige Tauchtiefe zu erreichen. Damit er zum Anleger herankam, war es erforderlich, wieder zum Ufer zurückzuschwimmen. Wollte er verborgen bleiben, musste er danach den gleichen Weg Richtung Flussmitte zurück. An der Ausstiegsstelle würde er das Ganze in umgekehrter Weise wiederholen. Was einfach klang, war in Wirklichkeit ein schwieriges Unterfangen. Würde er zu spät zur Uferzone abdrehen, riss ihn die Strömung mit und er verfehlte sein Ziel. Er konnte nicht umdrehen, um den Fehler zu korrigieren, da es aussichtslos war, gegen die Trift anzuschwimmen. Kam er hingegen zu schnell in Ufernähe, riskierte er, den Sauerstoffschlauch oder sonstige Teile der Ausrüstung an den Flusssteinen oder dem hier überall feststeckenden Treibholz zu ruinieren.

Es war vertrackt. Nur eine Fehleinschätzung, und die Mission würde kläglich scheitern. Pjotr würde es sicherlich mit Freuden dem Major berichten. Und der Major? So wie er ihn kannte, tolerierte er Versagen nicht – er bestrafte es unnachgiebig.

Zu der Stunde, die er für die reine Flussdistanz brauchte, würden ihn die zusätzlichen Manöver eine weitere halbe Stunde kosten. Dazu kamen die Minuten, die er für das Anbringen der Bombe benötigte. Er rechnete dafür mit einer weiteren Viertelstunde. Die Gesamtzeit belief sich damit auf 105 Minuten. Und das auch nur, wenn alles reibungslos funktionierte. Er realisierte, wie ihm Schweiß unter dem Neoprenanzug über den Rücken rann.

Pjotr schleppte die Tauchflasche aus dem Transporter. Komarow musterte das Typenschild und überschlug grob, wie lange ihm die Pressluft ausreichte. Die Flasche fasste zehn Liter. Bei einem Druck von 200 Bar ließen sich 2.000 Liter Atemluft herausholen. Bei seiner Statur und der Anstrengung, die ihm bevorstand, kalkulierte er einen Luftverbrauch von 20 Litern pro Minute. Der Luftvorrat würde demnach für 100 Minuten ausreichen. Das bedeutete, dass er mit der Luft haushalten musste. Er war gezwungen, sobald er außer Sicht war, aufzutauchen und an der Oberfläche zu schwimmen. Wollte er dabei nicht gesehen werden, war es zwingend erforderlich, sein Unterfangen noch in völliger Dunkelheit abzuschließen.

Komarow war ungehalten. »Hättest du nicht eine größere Druckluftflasche auftreiben können?«

»Die reicht doch für mehr als zwei Stunden«, antwortete Pjotr.

»Vielleicht für einen Spargel wie dich, wenn du in der Badewanne liegst und dich nicht bewegst.«

Pjotr blieb stumm und räumte den Tauchscooter aus dem Wagen.

Komarow schaute kopfschüttelnd auf das kleine Metallschild, auf dem die Leistung des Scooters aufgedruckt war. »Und dieses Ding hier schafft höchstens vier Kilometer. Es ist viel zu schwach für diese Strömung. Warum hat mir der Major ausgerechnet so einen Idioten wie dich geschickt?«

»Weil ich besser als jeder andere Bomben bauen kann«, erwiderte Pjotr brüsk und hob dabei sein kleines Wunderwerk aus dem Heck des Transporters.

»Das hoffe ich für dich.« Komarow grinste verschlagen und zog sich die Tauchflasche über den Neoprenanzug. Neben der sonstigen Ausrüstung schnallte er sich ein stattliches Tauchermesser um die rechte Wade.

»Wo ist die Halteleine?« Er hatte es eilig und hasste es, wenn nicht alles parat lag. Er wollte nicht riskieren, hier von irgendeinem schlaflosen Rentner, der seinen Köter Gassi führte, gesehen zu werden.

Pjotr verschwand und kam mit einer kurzen Leine zurück. In ihre beiden Enden war je ein Karabiner geknotet, um damit Bombe und Scooter zu verbinden. Erst wenn die Tauchtiefe erreicht war, war es möglich, die explosive Ladung in die von Pjotr am Scooter angeschweißte Halterung einzuhängen.

Komarow hatte im Vorfeld sorgfältig abgewogen, wie er zu Werke gehen wollte. Sein ganzes Equipment war nichts anderes als ein einziger Kompromiss. Gleich, in welcher Situation er sich befand, war immer etwas ein stückweit ungeeignet. War er an Land oder watete er durch niedriges Gewässer, war die Last von insgesamt knapp einem Zentner mehr als hinderlich. Schwamm er im seichten Wasser, lief er unablässig Gefahr, sich mit dem Scooter und der Bombe daran an den Flusssteinen oder an Treibholz zu verfangen.

War die Wassertiefe groß genug, um zu tauchen, leistete ihm der Tauchmotor zwar effektiv Hilfe, aber Motor, Fracht und Sauerstoffflasche boten der Strömung eine Angriffsfläche wie ein Scheunentor.

Trotzdem konnte er auf die voluminöse Taucherausrüstung nicht verzichten. Wie sollte er ohne sie unter den Ponton gelangen und dort arbeiten?

Er spuckte schließlich in die Taucherbrille und zog sie sich über. Dann legte er sich die Leine über den Nacken, sodass zur einen Seite seines stattlichen Körpers die Bombe und auf der anderen der Scooter herunterhing. Nur so war das Gewicht einigermaßen zu ertragen.

Er schaute auf die Armbanduhr und wandte sich noch einmal an Pjotr.

»Es ist jetzt 1.30 Uhr. Wir treffen uns kurz nach 3.00 Uhr unter der Autobahnbrücke. Pass auf, dass du nicht gesehen wirst. Ist die Luft nicht rein, gibst du mir zweimal Lichthupe, und ich bleibe solange im Fluss, bis du mir mit drei Lichtzeichen signalisierst, dass ich herauskommen kann. Und bau keinen Scheiß! Verstanden?«

Pjotr nickte und presste zögerlich ein leises »Schastja – Viel Glück!« heraus.

Komarow zog die Taucherbrille über und setzte sich zum Strand hinunter in Bewegung. Der Kies knirschte unter den Füßen und ließ ihn, trotz der Schwimmflossen, bei jedem Tritt einige Zentimeter einsinken. Ihm wurde bewusst, wie beschwerlich die folgenden Stunden werden würden. Die Leine, die wie ein Joch über seinem Nacken lag, schnitt ihm tief in die Haut. Bombe und Scooter daran schwangen im Takt der Schritte und schlugen ihm an Wade und Schienbein. Er konnte es nicht erwarten, endlich unter Wasser zu sein. Dort, wo jedes Gewicht fast schwerelos wirkte und man sich leichter fortbewegen konnte.

Nach wenigen Metern stand er bis zur Hüfte im Fluss. Er fühlte, wie statt der Erdanziehungskraft eine andere Kraft an ihm zerrte – die Strömung.

Noch ein paar Schritte und er neigte sich in die Horizontale, um zu schwimmen. Sofort spürte er, wie er seitlich von der Abtrift versetzt wurde. Nur 20 Meter flussabwärts war die erste Buhne rechtwinklig zur Fließrichtung in den Fluss gebaut. Sinn der Wälle aus aufgeschichteten Basaltsteinen war es, die Fließgeschwindigkeit am Rand des Rheins zu hemmen, um die Wassermassen in die Flussmitte umzuleiten. Das Ganze diente dazu, die Fahrrinne von Ablagerungen freizuhalten.

Um sich mit der Strömung treiben zu lassen, musste es ihm gelingen, soweit in den Strom vorzudringen, dass er ein Stück außerhalb dieser Hindernisse war. Hielt er die aktuelle Richtung bei, gelang ihm das nicht. Innerhalb der kurzen Strecke, die er bereits zurückgelegt hatte, war er der Buhne deutlich näher gekommen. Er passte die Route um einen 45-Grad-Winkel flussaufwärts an. Er versuchte dadurch, den Versatz durch die Seitentrift wenigstens teilweise zu neutralisieren. Es gelang ihm wieder, ein paar Körperlängen Abstand zum Steinwall zu gewinnen. Doch das Wasser wurde tiefer, die Abtrift stärker. Er zog den Kopf unter der Leine, die ihm noch immer um den Nacken lag, heraus. Er hatte beschlossen, nun den Scooter zu nutzen, um sich und seine voluminöse Fracht ziehen zu lassen.

Er richtete das röhrenförmige Gerät mit der durch einen Metallkäfig geschützten Schiffsschraube stromaufwärts aus und schaltete den Elektromotor an.

Heftig zog der Apparat an seinem Arm. Er setzte sich mit der freien Hand rasch das Mundstück ein und legte sich waagerecht ins Wasser, um sich knapp unter der Wasseroberfläche ziehen zu lassen.

Obwohl er den Motor auf äußerste Kraft beschleunigte, reichte der Schub nicht aus, ihn mitzuziehen. Wie ein Kolibri vor einer Blüte stand er, ohne vorwärtszukommen, im Fluss. Er ließ sich etwas von seinem Kurs in Richtung des offenen Fahrwassers abfallen und hoffte, dass er damit wieder etwas vorwärtskäme. Noch immer passierte wenig – viel zu wenig. Er legte zwar ein gutes Stück zur Rheinmitte hin zurück, wurde dabei aber immer weiter zur Buhne hin abgetrieben. Wie lang das Ding doch war. Vom Ufer aus gesehen, hatte man den Eindruck, der Steinwall würde nicht weit in den Fluss reichen. Hatte man ihn zu umschwimmen, wurde jeder Meter zur Herausforderung. Sein massiger Körper, die Tauchflasche und die unförmige Bombe wirkten wie ein Segel, in dem sich seitlich die Strömung fing und ihn unweigerlich mit sich zog. Die Kräfte des kleinen Tauchscooters kamen dagegen nicht einmal ansatzweise an. Heftig schlagend, unterstützte er sein Fortkommen mit den Flossen. Auch mit dem freien Arm, den er nicht zum Festhalten brauchte, vollführte er hektische Schwimmbewegungen. Es schien so, als würde er es gerade so schaffen, vom äußeren Ende der Buhne freizukommen.

Verzweifelt versuchte er, Kurs Richtung Flussmitte zu halten. Mit der lichtschwachen Stirnlampe, die er, als er untergetaucht war, zugeschaltet hatte, konnte er kaum etwas erkennen. Das Dunkel der Nacht und die im Fluss treibenden Sedimente engten seine Sicht auf wenige Armlängen ein. Er beschloss aufzutauchen, um sich mit dem Schein des Mondes und dem diffusen Licht, das die Straßenbeleuchtung auf der Rheinbrücke abstrahlte, zu orientieren. Um nicht gesehen zu werden, schaltete er die Lampe ab. Da er dazu die Schwimmbewegungen des freien Armes hatte einstellen müssen, spürte er, wie er gleich wieder stärker abgetrieben wurde. Unvermittelt fühlte er einen heftigen Schlag am linken Knie. Reflexartig fasste er an die schmerzende Stelle. Dabei stieß er sich die Hand an einem spitzen Flussstein. Verdammt, er war gegen die Buhne getrieben worden. Mit den Füßen versuchte er, sich seitlich abzustützen und sich an den Steinen nach vorne in die Fahrrinne abzustoßen. Mehrfach prallte er gegen die unregelmäßigen, scharfkantigen Basaltbrocken. Einige Male hörte er, wie der Scooter und die empfindliche Fracht an die Gesteinsbrocken schrammten. Er fürchtete, die Folienverpackung der Bombe zu beschädigen. Eindringendes Wasser würde den elektronischen Zündmechanismus zerstören. Die Strömungsverhältnisse änderten sich, scheinbar war es der Sog des Stromes, der hier am Buhnenkopf umso heftiger war. Noch ein paar Meter und er hatte es geschafft. Verzweifelt stemmte er sich mit den Füßen in den Stein, fast so, als liefe er in Seitenlage am Steinwall entlang. Plötzlich ergriff ihn ein kraftvoller Sog, der ihn wie eine unsichtbare, kalte Hand nach unten zog.

Er kam nicht zum Nachdenken, ein Strudel hatte von ihm und der Ausrüstung Besitz genommen und saugte ihn in kreiselnden Bewegungen in sich hinab. Er fühlte einen schmerzhaften Schlag gegen den linken Ellbogen. Seine Füße suchten hektisch strampelnd Halt, glitten aber immer wieder von den veralgten Steinen ab. Längst war ihm der Griff des Scooters entglitten. Das Gerät, das er nur noch an der Leine hielt, hatte sich schlingernd nach unten geneigt und verstärkte die Wirkung des Mahlstroms. Das Seilstück hatte er fest um seine Hand geschlungen. Tief schnitt es sich in die nackte Haut. Er sah keine Chance, sich ohne fremde Hilfe aus der unseligen Allianz zwischen Strudel und wild gewordenem Scooter zu befreien. Würde er das Seil loslassen, um dem mörderischen Sog zu entkommen, würde der Tauchmotor die Bombe unwiederbringlich mit sich in die Tiefen des Rheins ziehen.

Er hatte die Orientierung längst verloren. Wie ein Schmutzpartikel im Ablauf der Badewanne wurde er um die eigene Achse gewirbelt. Immer wieder prallte sein Körper gegen die Flusssteine. Es war nur eine Frage der Zeit, bis er eine ernsthafte Verletzung davontrug. Er hörte, wie auch die Sauerstoffflasche dumpf an die Basaltbrocken schlug. Sie war noch fast voll. Was, wenn sie platzte? 200 Bar Druck, die unkontrolliert entwichen, würden ihm wie eine Explosion den Rücken zerfetzen. Mühsam tastete er am Bein entlang zum Tauchermesser. Nachdem sein Ellbogen einen weiteren schmerzhaften Aufschlag wegzustecken hatte, war es ihm gelungen, es aus der Scheide zu ziehen. Jetzt hieß es aufpassen. Ein missglückter Stoß durch einen der Steinbrocken und er würde sich zu allem Überfluss noch die scharfe Klinge in den Leib rammen. Endlich hatte er die Schneide da, wo er sie haben wollte. Er zögerte nicht und zog sie durch die Leine, die den Scooter mit der Bombe verband. Als die Verbindung gekappt war, schoss der Scooter in die Tiefe. Noch immer umschlang das Leinenstück, an dem die wertvolle Fracht hing, seine Hand. Allmählich zeigte das Paddeln mit den Flossen wieder Wirkung und er konnte an Höhe gewinnen. Mit einem Fuß erreichte er einen Felsbrocken und fand Halt. Er legte all seine Kraft in das malträtierte Bein und stieß sich ab. Der starke Sog der Fahrtrinne erfasste ihn, nahm ihn mit und ließ ihn am Buhnenkopf vorbeigleiten. Gerne hätte er einen Augenblick innegehalten und sein verbliebenes Equipment kontrolliert. Doch der Ritt ging ohne Pause weiter. Die Strömung konnte man nicht einfach abbremsen wie ein rollendes Auto.

Er war in einen der Kolke – senkrechte Ausspülungen an der Leeseite von Buhnenköpfen, die sich wie Krater tief ins Flussbett gruben – geraten, über die er bei der Ausbildung so einiges gehört hatte. Er hätte sie hier nie in dieser starken Ausprägung erwartet.

Er war aufgetaucht und schwamm nun an der Oberfläche. Soweit er es festzustellen vermochte, war er weit genug vom Ufer entfernt, um in den nächsten Minuten nicht wieder in Berührung mit einer Buhne zu kommen.

Vor ihm lag schon die alte Rheinbrücke. Der eine, eher zur anderen Flussseite hin ausgerichtete Brückenpfeiler, stellte kein Risiko dar. Aber er musste schnellstmöglich wieder in Ufernähe zurück, denn unmittelbar hinter der Brücke lag sein Ziel – der Anleger.

Bis dahin gab es keine Hindernisse mehr zu überwinden. Sogar die Strömung war ihm aktuell günstig gesonnen. Aufgrund der Rechtsbiegung des Rheins triftete er automatisch dem Speyerer Rheinufer entgegen. Um unentdeckt zu bleiben, hatte er sich vorgenommen, das letzte Stück zu tauchen. Es war möglich, dass sich selbst um diese Zeit irgendwelche Nachtschwärmer an der Anlegestelle herumtrieben. Auch dass die Polizei einen Objektschutz für diesen Ort eingerichtet hatte, war nicht unwahrscheinlich. Von jetzt an galt es unsichtbar zu sein. Momentan waren die Strömungsverhältnisse konstant. Er rechnete sich aus, dass, wenn er die finalen 50 Meter stur aufs Ufer zuhielt, er in etwa um die gleiche Distanz flussabwärts abtrieb. Er tauchte unter und schwamm wie ein Besessener los. Jetzt musste alles klappen. Würde er unterhalb seines Zielpunktes ankommen, hatte er keine Chance, die Position gegen den Strom zu korrigieren.

Nach wenigen Minuten tastete er einen Stein der Uferböschung. Obwohl er nur wenige Schwimmstöße vom Ufer entfernt angelangt sein musste, konnte er durch die Dunkelheit in dieser trüben Brühe nichts erkennen. Die Stirnlampe anzuschalten traute er sich nicht. So nahe an der Uferpromenade wäre ihr Lichtschimmer weit verräterischer als vorsichtig aus dem Wasser zu spähen. Zunächst suchte er sich eine Stelle, an der die Füße auf dem steinigen Untergrund Halt fanden. Die körperliche Anstrengung der vergangenen halben Stunde und die Sorge, so kurz vorm Ziel zu versagen, ließen sein Herz heftig pochen. Behutsam hob er den Kopf nur so weit aus dem Fluss, dass seine Augen über der Wasserlinie waren.

Wenige Körperlängen rechts vor ihm erhob sich ein dunkler Ponton. Er war am Ziel.

Gerade als er abtauchen wollte, um sich der Bugspitze des schwarzen Kolosses anzunähern, fiel sein Blick auf das graue Geländer der Landungsbrücke. Verdammt, statt dem Schriftzug der städtischen Verkehrsbetriebe prangte dort in großen Lettern der Namenszug einer privaten Schifffahrtslinie. Komarow fluchte und bebte vor Zorn. Er hatte sich vertan und war zu früh Richtung Ufer abgebogen.

Nun musste er noch eine Distanz von 100 Metern in Ufernähe zurücklegen. Der Uferbereich war hier tückisch. Unterwasser lief man Gefahr, sich im Schwemmholz zu verheddern. Mit dem Kopf über der Wasseroberfläche erkannte man solche Hindernisse zwar, setzte sich aber dem Risiko aus, entdeckt zu werden. Er entschied sich für einen weiteren Tauchgang. Halb schwimmend, halb laufend bewegte er sich, getrieben von der Strömung, rasch vorwärts. Mehrmals glitt er mit den Füßen von den glitschigen unförmigen Basaltblöcken ab, mit denen das komplette Rheinufer befestigt war. Plötzlich spürte er einen Schlag auf die Taucherbrille, deren Rand sich schmerzhaft in sein Gesicht drückte. Offensichtlich war er in Augenhöhe mit einem Stück Treibholz kollidiert. Gleich darauf riss ihm etwas das Mundstück heraus. Ein Ast hatte sich im Sauerstoffschlauch verhangen. Ein Quell von Luftblasen sprudelte an die Oberfläche. Blind wie ein Maulwurf, unbeweglich wie eine Schildkröte und sprudelnd wie ein Whirlpool würde ihn jeder nächtliche Spaziergänger selbst auf größere Distanz bemerken. Fahrig mit der nur einen, ihm zur Verfügung stehenden Hand richtete er alles wieder an seinen Platz. Endlich bekam er etwas ebenmäßig Bauchiges zu fassen. Es war der Bug des Anlegers, der wie ein parallel zum Fluss liegendes Schiff hier fest vertäut war. Soweit es ihm die immer noch um die Hand gewickelte Leine mit dem Sprengsatz erlaubte, stützte er sich an der Bugspitze ab.

Das war ein fataler Fehler. Während die Finger noch Halt suchten, zog ein starker Sog seinen Unterleib und die Bombe unter den Boden des Pontons. Mit einem Mal wurde ihm klar, dass sich das Wasser nicht rechts und links von diesem Schwimmkörper teilte, sondern die flache Bauweise eine Art Unterströmung verursachte. Er rutschte ab und schlingerte mit den Beinen zuerst unter dem Pontonboden entlang. Hastig suchte er am glatten, mit Algen bewachsenen Stahlboden mit den Fingern Halt. Wenn es ihm nicht gelänge zu stoppen, bevor er unter dem Ponton hindurchgezogen und am Heck wieder ausgespuckt wurde, war alles vorbei. Der Rumpf war glitschig. Die Fingerkuppen glitten darüber wie über ein Stück Kernseife. Verzweifelt versuchte er sich festzukrallen. Er spürte einen Widerstand, eine dünne rostige Metallschuppe, die sich durch Korrosion vom groben Stahl des Schiffskörpers teilweise abgelöst hatte. Seine Nägel krallten sich mit der Kraft schierer Verzweiflung darunter. Das rostige Blättchen schob sich wie ein Messer unter die Fingernägel seiner rechten Hand und riss sie ihm bis tief ins Nagelbett ab. Sein Körper war mit Adrenalin durchflutet, sodass er außer einem scharrenden Geräusch kaum etwas davon wahrnahm. Er trieb ungebremst weiter. Mit den Füßen paddelte er panisch umher. Beim Versuch, am nahen Grund Halt zu finden, verlor er eine Flosse. Verdammt. Die Mission scheiterte. Noch zwei Sekunden und er würde unter dem Schwimmkörper einfach hindurchtreiben. Mit der ramponierten Ausrüstung, nur einem freien Arm und noch einer Flosse, wäre ein Anschwimmen gegen die Strömung unmöglich.

In diesem Moment höchster Verzweiflung durchzuckte ihn eine Idee. Er nahm all seine Kraft zusammen, riss an der Leine, die sich ihm tief in die Hand eingeschnitten hatte, sodass er kein Gefühl mehr in den Fingern hatte. Mit der anderen Hand tastete er wild schlingernd nach der Bombe.

Er hörte ein dumpfes, metallisches Klong. Gleichzeitig wurde sein Körper hart abgebremst. Es war wie eine Erlösung, als sich der Magnetfuß der Bombe am stählernen Boden des Pontons festsetzte.

Er hatte es geschafft, in letzter Sekunde den Schalter des Elektromagneten auszulösen. Verwundert nahm er zur Kenntnis, dass der Mechanismus die zahlreichen Rempler schadlos überstanden hatte.

Wie eine Mutter einen Säugling mit den Armen umklammert, umklammerte er nun sein Baby – die Bombe. Mit dem gewaltigen Unterschied, dass er statt eines warmen hilflosen Körpers kalten todbringenden C4-Sprengstoff russischer Bauart umarmte. Mit einem Mal hatte er Halt, war nicht mehr der von den Fluten Getriebene. Endlich hatte er Zeit zum Nachdenken. Er hing wie ein Wels, der sich mit dem Saugmaul an nahezu jedem Gegenstand festsaugt, parallel zum Pontonboden, den Kopf flussaufwärts, die Füße entlang der Fließrichtung ausgerichtet im Fluss.

Vorsichtig löste er einen Arm und schaltete die Stirnlampe ein. Sein Eindruck hatte ihn nicht getrogen, er war nah am hinteren Ende des Rumpfes gelandet.

Die Position war nicht ideal. Viel lieber hätte er die Bombe weiter in der Mitte platziert. Sei's drum, er war froh, dass es ihm überhaupt gelungen war, sie anzubringen. Nur ein Augenblick später und er wäre wie ein toter Fisch mit dem Bauch nach oben hinter dem Ponton an die Wasseroberfläche getrudelt.

Erst jetzt nahm er den pulsierenden Schmerz in den Fingerkuppen der rechten Hand wahr. Die Fingernägel waren teils halb, teils ganz aus dem Nagelbett gerissen. Er sah, wie Blut das Wasser darum rot einfärbte. Einen ähnlichen roten Nebel registrierte er um sein linkes Knie.

Er hatte nicht erwartet, dass er nach einem so einfach anmutenden Tauchgang dermaßen angeschlagen sein würde. Jetzt in einem Moment der relativen Ruhe drohten sich schlagartig Erschöpfung und Kraftlosigkeit in ihm auszubreiten. Es graute ihn vor der Strecke, die er noch zurückzulegen hatte. Gerade hinter dem Stadtgebiet folgte eine Buhne auf die andere. Es gab unzählige Gelegenheiten, sich noch weit stärker zu verletzen. Er brauchte Orientierung, um den Hindernissen ausweichen zu können. Daneben musste er die Angriffsfläche, die sein Körper und die Ausrüstung dem Wasser boten, verkleinern. Ansonsten würden seine Kräfte nicht ausreichen.

Noch einmal tastete er die derbe Folie, die den Bombenkörper umgab, ab. Wie es schien, war alles heil geblieben. Er löste den Griff um die Bombe und ließ sich vollends unter dem Ponton hindurchtreiben. Ohne das lästige Paket gelang es ihm behände, sich umzudrehen und in Richtung offenes Fahrwasser wegzutauchen.

Was für eine Wohltat es doch war, beide Hände frei zu haben und nicht eine Fracht, die so groß wie ein voller Armeerucksack war, mit sich herumzuschleppen. Lediglich das Fehlen der einen Flosse gab seinen Bewegungen etwas Unwucht, die er mit Schwimmzügen der Arme kompensierte. In den nächsten Minuten tat er nichts anderes, als so schnell wie möglich zur Flussmitte zu tauchen. Wenn er nur darauf achtete, dass ihn die Strömung querab auf der rechten Körperseite traf, konnte nichts schiefgehen. Nach fünf Minuten tauchte er auf, riss sich die Atemmaske vom Gesicht, entschlüpfte der Pressluftflasche, entfernte die Bleigewichte vom Gürtel und nahm die Taucherbrille ab.

Er spürte, wie es mit einem Mal leichter wurde, gegen die Abtrift anzukämpfen. Ohne die Ausrüstung und bei voller Sicht kam er schneller und mit wesentlich geringerem Unfallrisiko vom Fleck.

Im Gegenzug hatte er jetzt keine Möglichkeit mehr, abzutauchen und im Notfall ungesehen zu verschwinden. Sollte beim Ausstieg ein lästiger Zeuge am Ufer herumlungern, war es bei Pjotr, ihn zu beseitigen.

Für die nächsten drei Kilometer musste er nichts weiter tun, als Kräfte zu sparen und sich mit dem Sog des Wassers flussabwärts treiben zu lassen.

In der halben Stunde, die er abwärts getrieben war, war so weit alles gut gegangen. Doch nun stand ihm ein letzter Kraftakt bevor. Wieder galt es, zwischen zwei Buhnen zum Treffpunkt unter der nördlich von Speyer über den Rhein gespannten Autobahnbrücke zu gelangen. Er hatte den blauen Pylon mit den charakteristischen orangefarbenen Stahlseilen und den waagerecht vorbeiziehenden Lichtpunkten der über die Autobahn rauschenden Autos die ganze Zeit vor sich gehabt. Etwa 100 Meter vor der Brücke begann er den Kurs Richtung Ufer einzuschlagen. Er musste nur darauf achten, nicht am Treffpunkt vorbeigetrieben zu werden. Würde er Pjotr verfehlen und an einer späteren Stelle aus dem Rhein steigen, wäre es kaum möglich, ihn unbemerkt zu treffen.

Die Vorstellung, mit nur einer Schwimmflosse, zerrissenem Neoprenanzug und mit blutenden Blessuren bedeckt über den Uferweg zu marschieren und von neugierigen Joggern gesehen zu werden, zwang ihm ein flüchtiges Lächeln ab.

Doch von nun an lief alles perfekt. Pjotr hatte sein Auto unter der Hängebrücke auf der gepflasterten Fläche geparkt. Gut zu erkennen vom Fluss aus, nicht wahrzunehmen von all den Fahrzeugen, die über ihren Köpfen die Fahrbahn befuhren.

Erst als er dem kalten Wasser entstiegen war, das sich bisher wie ein beruhigender Balsam über die Wunden gelegt hatte, wurde ihm bewusst, wie massiv er verletzt war. Sein Knie blutete stark. Bis er mit den Fingern der rechten Hand wieder etwas Feines anfassen könnte, würden Wochen vergehen. Noch war sein Körper vom langen Aufenthalt im kalten Nass klamm und die Fingerkuppen mit den halb ausgerissenen Nägeln betäubt. Am Ellbogen des linken Armes schien mehr lädiert zu sein als nur die Haut. Er tippte auf eine Absplitterung am Knochenende. Er vermochte nur mühsam ein Stöhnen zu unterdrücken, als er sich darüber strich. Das alles war ein verdammt hoher Preis für ein Unterfangen, das so einfach ausgesehen hatte.

Selbst Pjotr schien erschrocken über seinen Auftritt.

»Was ist passiert?«, platzte es aus ihm heraus, als er Komarow einen Augenblick gemustert hatte.

»Am Schreibtisch einen Zünder in ein Päckchen Plastiksprengstoff zu schieben, ist eben einfacher«, stieß Komarow wütend und schwer atmend hervor.

Pjotr blieb stumm, ging auf Komarow zu und schickte sich an, den Neoprenanzug zu öffnen.

»Ich brauche kein Kindermädchen!« Mit schmerzverzerrtem Gesicht streifte sich Komarow die eine verbliebene Schwimmflosse ab.

»Schau lieber zu, dass das Zeug hier schnell im Wagen verschwindet und nichts liegen bleibt. Bald kreuzen die ersten Angler auf. Es wird gleich hell.«

Während Komarow sich fluchend abmühte, den Taucheranzug über die blutenden Glieder zu streifen, räumte sein Gefährte jedes abgelegte Kleidungsstück wortlos in den Transporter.

Als er am linken Arm angekommen war, kapitulierte Komarow. Er wusste sich nicht anders zu helfen, als den Ärmel des Anzugs mit dem Messer aufzuschlitzen.

»Glotz nicht und verbinde das, oder soll ich die trockene Kleidung sofort wieder durchbluten, damit man mich besser findet!«

Pjotr suchte still einige Mullbinden aus dem Verbandskasten des Autos und wickelte sie linkisch um Komarows Ellbogen.

Eine Viertelstunde später saßen sie schweigend im Auto.

Komarow war froh, die Strapazen hinter sich zu haben. Der Schmerz pochte stumpf in den Wunden. Doch er klagte nicht. Er hatte schon früh gelernt, Pein als Herausforderung zu empfinden, sie klaglos zu ertragen und letztlich darüber zu triumphieren. So hatte er es während der Militärzeit getan, und so würde er es heute tun. Er empfand unendlichen Stolz, wenn ihn die Kameraden als harten Burschen bezeichneten.

Im Übrigen war er es gewohnt, mit Verletzungen jedweder Art pragmatisch umzugehen. Es war für ihn zur Routine geworden, nach Einsätzen mit weit schwereren Blessuren zurückzukommen. Dazu hatten früher auch Schusswunden oder Splitterverletzungen gehört. Zuletzt waren es eher die Folgen von Kneipenschlägereien gewesen, mit denen er zu kämpfen hatte. Ein paar Stunden Schlaf, Schmerztabletten, eine Kanne Kaffee – und er wäre wieder der Alte. Sollte sich herausstellen, dass etwas zu nähen war, musste eben dieses Weichei ran. Dabei blickte er skeptisch auf seinen Begleiter.

Beim Wenden des Transporters hielt Pjotr plötzlich inne. Er deutete auf ein Graffito, das die riesige, zum Rhein hin ausgerichtete Wand des Widerlagers der Brücke zierte.

»Er sieht dir ähnlich«, kommentierte Pjotr ein gut gelungenes Porträt eines russischen Marinesoldaten.

Tatsächlich sah der Soldat Komarow ähnlich. Auch die Schirmmütze entsprach in etwa der, die er bei der Marine getragen hatte.

Was sollte das jetzt? Komarow war nicht nach Scherzen zumute. Er stierte irritiert auf das Graffito. Als sein Blick über das Mützenschild glitt, traute er seinen Augen nicht. Mitten darauf prangte ein schwarzes »K«. »Was soll das, du Idiot, wie kommst du dazu, so etwas hinzukritzeln?

Willst du mich verraten«?, tobte er und verpasste Pjotr einen unkontrollierten Schlag in die Magengrube.

Pjotr lachte verschlagen. »Beruhige dich. Ich wollte dir nur ein Denkmal setzen. Niemand wird es mit dir in Verbindung bringen.«

»Du bist ein verdammtes Spatzenhirn«, schrie Komarow misslaunig. Er schüttelte verärgert den Kopf. Er war viel zu matt und kraftlos, um noch etwas zu sagen.

25. PRESSESTIMMEN

Freitag, 30. Juni 2017, 9.21 Uhr

»Mann, die tappen ja voll im Dunkeln«, sagte Irina kopfschüttelnd.

Dabei hielt sie den überregionalen Teil der aktuellen Ausgabe der Rheinpost vor sich hoch. Sie begann vorzulesen: »Werk eines Amateurbombenbastlers bei Hockenheim vom Kampfmittelbeseitigungsdienst Baden-Württemberg vor Ort gesprengt …«

Wieder schüttelte sie den Kopf. »Das nenn ich verharmlosend.«

»Ist es. Aber die werden wohl auch nur diese Informationen von der Polizei bekommen haben. Die Behörden wollen im Vorfeld der Kohlbeerdigung nicht unnötig die Trauergäste beunruhigen.«

»Du hast Nerven, alter Mann. Mir kommt das vor wie in Russland. Dort schreibt die Presse auch nur das, was der Kreml will.«

»Beruhige dich, in ein paar Tagen wird man schon noch mit der ganzen Wahrheit rausrücken.«

Irina zog zweifelnd die Augenbrauen hoch und schwieg.

»Hör mal, was ich hier habe«, sagte André, der seinerseits den Lokalteil der Rheinpost vor sich liegen hatte. »Illegales Bordell in Speyer ausgehoben …«, las er laut vor.

»Komm ich etwa drin vor?«, fragte Irina und horchte auf.

»Als was?«, fragte André und lachte.

»… durch den wagemutigen Einsatz der russischen Studentin Irina Worobjowa gelang der Polizei dieser einzigartige Coup …«, setzte André im Vorleseton fort.

»Ey, lass das, du fieser Schuft. Halt mich bloß nicht für naiv«, erwiderte Irina und trat ihn unter dem Tisch ans Schienbein.

»Mehrere illegale Handfeuerwaffen wurden in seinem Unterschlupf gefunden … steht im Verdacht der schweren Zuhälterei, des Mädchenhandels und der schweren Körperverletzung … Der Verdächtige, Igor Komarow, befindet sich auf der Flucht. Nach Angaben der Behörden ist er mit großer Wahrscheinlichkeit gewaltbereit und bewaffnet. Die Polizei hat eine Belohnung von 5.000 Euro für sachdienliche Hinweise, die zu seiner Ergreifung führen, ausgesetzt«, las André weiter vor und schüttelte ungläubig den Kopf.

»Was für ein Unsinn. Als ob jemand für einen gewöhnlichen Zuhälter 5.000 Euro lockermacht. Im Übrigen steht mir davon mindestens die Hälfte zu«, unterbrach ihn Irina.

»Ich werde bei Frank ein gutes Wort für dich einlegen.«

»Du nimmst mich heute wohl gar nicht ernst«, erwiderte Irina gespielt beleidigt.

»Schau, die haben sogar ein Foto von diesem Kerl abgedruckt«, sagte André und hielt ihr die Zeitung hin.

»Den kenn ich nicht«, sagte Irina, als sie das Foto intensiv studiert hatte.

»Dein Onkel Kazimir hat sich angeregt mit ihm unterhalten.«

»Ja und? Und du hast ihn rumgeführt und ihn dadurch vielleicht erst auf dumme Gedanken gebracht.«

André strich sich übers Kinn und grübelte.

»Das glaube ich nicht. Das, wofür man ihn verdächtigt, wird von langer Hand vorbereitet und ist keine spontane Tat. Dazu braucht man Verbindungen und Leute im Hintergrund.«

»Und du meinst, Onkel Kazimir kennt ihn?«

»Das weiß ich nicht. Wie gesagt, ich habe nur beobachtet, dass sie sich länger unterhalten haben.«

»Du weißt schon, dass das gegen meine Familienehre geht«, sagte Irina ernst und zückte ihr Smartphone.

»Und was machst du jetzt?«

»Das siehst du doch. Ich fotografiere sein Foto aus der Zeitung ab«, sagte Irina gereizt.

»Und für was?«

»Abwarten.« Im nächsten Augenblick steckte sie das Mobiltelefon weg und erhob sich.

»Was hast du vor?«, rief er hinter ihr her.

»Abwarten«, wiederholte sie und zog sich ihre Jacke über.

»Mach bloß keinen Unsinn. Der Kerl ist brandgefährlich.«

Irina schaute belustigt über die Schulter zurück zu ihm.

»Keine Sorge, ein James Bond im Haus reicht.«

Er hörte nur noch, wie die Tür ins Schloss fiel, und blieb mit einem beunruhigendem Gefühl am Frühstückstisch zurück.

26. WACHE

Freitag, 30. Juni 2017, 10.15 Uhr

Komarow fühlte sich wie gerädert. Es gab fast keinen Knochen, der ihm nicht schmerzte. Nach dem nächtlichen Abenteuer hatte sich Pjotr nach Kräften bemüht, die diversen Verletzungen zu behandeln. In Ermangelung professionellen chirurgischen Nahtmaterials war ihm nichts anderes übrig geblieben, als mit einigen Drahtresten die Risswunden an Knie und Ellbogen zu nähen. Davor und danach hatte er alles großzügig mit Wodka desinfiziert. Schließlich hatte sich Komarow die Wodkaflasche geschnappt und deren Inhalt mit gierigen Schlucken, wie er sagte zur inneren Desinfektion, in sich hineingeschüttet. Anschließend war er auf einem Haufen von Pjotrs getragenen Kleidern auf der Ladefläche des Transporters eingeschlafen. Pjotr hatte ihn mit einer stinkenden, viel zu knappen Wolldecke, die, egal wie er sie im Schlaf zurechtzog, immer einen beträchtlichen Teil seines Körpers freiließ, zugedeckt. Nun sehnte er sich nach einem heißen Bad und einer Frau. Sein Leib dünstete bei jeder Bewegung einen muffigen Geruch nach abgestandenem Rheinwasser, Algen und Schweiß aus. Hätte er jetzt einen dieser Bullen hier, die ihm seine Wohnung und den Unterschlupf bei den Mädchen unzugänglich gemacht hatten, er würde ihm mit bloßen Händen das Genick brechen. Erst jetzt wurde ihm bewusst, wie bequem sein Leben in den letzten Jahren gewesen war.

Nun saß er hier auf einem viel zu kleinen Klappstuhl, dessen Gestänge ihm von beiden Seiten am Hintern kniff, auf einer in den Rhein ragenden Kiesbank auf der badischen Rheinseite, die das Ufer einer schmalen Landzunge säumte. Auf der Rückseite des lang gezogenen, etwa 20 Meter breiten Landstreifens verlief ein Altrheinarm, auf dem friedlich ein paar Anglerkähne herumdümpelten. Mit vor Müdigkeit brennenden Augen starrte er zum gegenüberliegenden Speyerer Ufer hinüber. Er verspürte den dringenden Impuls, die dämliche Angelrute, die er zur Tarnung hochhielt, einfach in den Fluss zu werfen. Wenn Pjotr wiederkam, würde er ihn anweisen, ein paar Äste zurechtzuschnitzen und ihm einen Angelrutenhalter zu bauen. Bei den Schmerzen, die ihm die Zwangshaltung am linken Ellbogen verursachte, würde er so nicht mehr lange durchhalten.

Warum nur hatte er diesem Weichling, der seit Sonnenaufgang hier Wache geschoben hatte, erlaubt, eine Runde zu schlafen? Schließlich hatte er heute Nacht die Knochen hingehalten, während sich Pjotr im Wagen gelangweilt hatte.

Auf der Speyerer Rheinseite war noch alles ruhig. Außer ein paar Joggern und Spaziergängern, die ihre Hunde ausführten, war um den Anleger nichts los – keine Bullen, keine Schiffe, rein gar nichts.

Pjotr hatte nicht eingesehen, warum sie den Ponton im Auge behalten sollten. Er war eben kein richtiger Soldat. Für Komarow, der sonst eher nachlässig war, war es eine Selbstverständlichkeit, dass ein Soldat sein Operationsgebiet überwachte. Sich versicherte, dass seine Mission nicht durch irgendetwas gestört wurde, um im Notfall rechtzeitig Alternativen zu ergreifen. In diesem Augenblick kam er sich vor wie ein hungriger Kater vor dem Mauseloch. Er würde hier, wenigstens solange es hell war, sitzen bleiben und auf Nummer sicher gehen, dass ihm niemand in die Suppe spuckte. Schließlich würde er pünktlich am Samstagnachmittag kurz nach 16.30 Uhr das kleine Auslöseknöpfchen auf der Fernbedienung drücken und zuschauen, wie seine Mission ihr explosives Ende fand.

›Und was hätte er sonst auch tun sollen?‹, fragte er sich bitter. Seine Wohnung und all die Habseligkeiten darin waren für immer verloren. Nach Abschluss des Auftrages gab es nur noch zwei Dinge zu tun. Den Transporter, in dem es vor Spuren von ihnen nur so wimmelte, abzufackeln, dann die Flucht anzutreten und irgendwo neu anzufangen. Bestimmt hatte der Major klare Vorstellungen davon, wo sein neues Aktionsgebiet liegen sollte. Das Geld, das er die letzten Jahre über regelmäßig auf sein Konto in Russland abgezweigt hatte, würde ihm den Neustart erleichtern.

Die Hoffnung, sich durch das, was morgen geschehen würde, einen großen Namen in der Organisation zu machen, war das Einzige, was ihn an diesem kühlen Morgen wärmte.

27. GENERALPROBE

Freitag, 30. Juni 2017, 16.00 Uhr

Den ganzen Tag über war es grau und wolkig gewesen. Als sie nun vor der Polizeidirektion standen, hatte es die Sonne geschafft, sich gegenüber den Wolken durchzusetzen und die Domfassade, die rechts von ihnen das Ende der Maximilianstraße absteckte, in ein goldenes Licht zu tauchen. Mit der Trauerbeflaggung davor, einer EU-Flagge, der Deutschlandfahne sowie den Flaggen von Rheinland-Pfalz und der Stadt Speyer, samt und sonders mit Trauerflor, wirkte das Westportal noch monumentaler als sonst.

Es war eine seltsame Atmosphäre. Der Domvorplatz wirkte ab dem »Domnapf« verlassen und leer, so als wäre es ein Sakrileg, ihn vor dem bevorstehenden Ereignis zu betreten.

Neben Achill waren Bertling und Kerbel erschienen.

»Mensch, machen die Ferz, wesche dere Beerdischung«, entfuhr es der Erdbeernase. Er blickte dabei kopfschüttelnd auf die Polizeibeamten, die gerade letzte Korrekturen an der Absperrung vornahmen, die bis etwa zur Höhe der Jakobspilgerstatue das untere Viertel der Maximilianstraße vom breiten Bürgersteig abtrennte.

André konnte im Augenwinkel einen genervten Seitenblick Bertlings auffangen, die es vorzog, Kerbels Lamento nicht zu kommentieren.

Achill wirkte so abgespannt, wie ihn André bisher noch nie erlebt hatte. Der Stress der letzten Tage schien seine Nasolabialfalten um fünf Millimeter vertieft und ihm blassgraue Ringe um die Augen gelegt zu haben.

»So, hier sind eure Zugangskarten, die euch als Beauftragte der Polizei ausweisen. Mit ihnen habt ihr Zugang zu allen abgesperrten Gebäuden und Plätzen. Passt bitte gut darauf auf.«

André und die Erdbeernase nahmen ihre Ausweise in Empfang und legten sich die daran befestigte Schlaufe um den Hals.

»Die reinschde Hundemarke sinn des«, grummelte Kerbel.

»Lasst uns um den Dom laufen. Ich möchte, dass wir uns die Installationen der Rundfunksender genau ansehen und den Platz, an dem das Public Viewing sein wird, in Augenschein nehmen. So gegen 17.00 Uhr wird dann die Generalprobe mit den Trauerfahrzeugen stattfinden. Ich bin gespannt, wie lange sie für die Strecke brauchen werden. Im Anschluss daran schauen wir uns die Gegend um den Adenauerpark an.«

Alle nickten stumm und Achill begann sich Richtung Dom in Bewegung zu setzen.

Auch die Maximilianstraße wirkte ungewöhnlich leer. Sah man von den Polizisten und den Technikern der Rundfunkanstalten ab, die hektisch Kabel ausrollten und mit Klebeband auf der Fahrbahndecke fixierten, waren kaum Passanten unterwegs. Schon auf dem Weg hierher war ihm aufgefallen, dass die Geschäfte fast völlig verwaist waren. André fragte sich, ob dies ein Ausdruck von Ehrfurcht gegenüber dem Altbundeskanzler war. Erschien es den Speyerern, die ihren Pfälzer Bundeskanzler stets mit einer besonderen Verehrung bedacht hatten, etwa pietätlos, am Vorabend seiner Bestattung shoppen zu gehen?

André wurde durch lautes Hämmern aus seinen Gedanken gerissen. Sie waren an die Stelle gelangt, an der die Maximilianstraße in den Domplatz mündete. Vor ihnen wurden gerade die letzten Korrekturen an der heute aufgebauten quadratischen Pressetribüne vorgenommen.

»Von hier aus wird die Presse die Möglichkeit haben, die militärische Zeremonie mit dem Dom im Hintergrund zu filmen. Eine weitere Tribüne für den Hörfunk und die schreibende Zunft wird es links vom Portal auf dem Edith-Stein-Platz geben«, kommentierte Achill die beiden mit Gittern abgeschirmten Areale.

»Bei meunre Beerdischung macht bestimmt niemond so Ferz«, pfälzerte die Erdbeernase.

»Wohl kaum«, echote Bertling halblaut.

Achill hielt sich heraus. Er wirkte angespannt, alles, was er tat, war mechanisch und hochkonzentriert. Er führte sie an der Pressetribüne vorbei in Richtung Ölberg.

Als sie die zwei Stufen auf das im Vergleich zur Straße höher gelegene Gelände emporgestiegen waren, nahm Achill André zur Seite.

»Ich glaube, ich leide mittlerweile an Verfolgungswahn. Mich lässt die Skizze, die wir bei diesen Islamisten gefunden haben und auf der genau hier ein Kreuz aufgemalt war, nicht mehr los. Ich weiß nicht, ob ich es dir schon sagte, dass wir in der Zwischenzeit herausgefunden haben, dass die bei den Toten entdeckten Schlüssel just zu den beiden Schlössern des Ölbergs passten. Die waren schon richtig gut vorbereitet. Wir haben zwar das TATP, aber was ist, wenn man uns nur beruhigen wollte und diese Strolche noch irgendwas planen. Nicht auszudenken – hier werden morgen bis zu 3.000 Besucher das Requiem auf dieser Großleinwand verfolgen.«

»Auch noch Schlüssel«, sagte André nachdenklich und rieb sich mit ernstem Gesicht das Kinn.

»Wir haben zwar alle erdenklichen Vorkehrungen getroffen, aber was ist, wenn die Kollegen oder ich etwas übersehen haben?«

André spürte, dass die Last der Verantwortung seinen Freund geradezu zu erdrücken drohte.

»Frank, ich habe keine Ahnung, wie ich dir helfen kann.«

»Leih mir für ein paar Minuten deine Augen. Ich weiß, dass du ein sehr präziser Beobachter bist. Sag mir, wo du eine Bombe suchen würdest.«

»Aber ich maße mir nicht an, besser zu sehen als du und deine Kollegen.«

»Los, hab dich nicht so, fang an«, drängelte Achill.

»Okay«, begann André und ließ seinen Blick über den Platz schweifen.

»Da wäre zum Beispiel …«

»Un do stehn die äfache Leid, wu kä Bonze sin und nid in den Dom dirfen?«, wurde er jäh von der Erdbeernase unterbrochen.

Achill schnappte ärgerlich nach Luft. »Verena, ich möchte, dass du und Herr Kerbel euch mal eingehend im Dompavillon umschaut!« Dabei warf er Bertling einen verschwörerischen Blick zu. »Herr Kerbel soll sich jedes Buch und jeden Karton unter der Theke genau ansehen.«

Kerbel und Bertling wandten sich ohne Widerrede dem Pavillon zu, in dem allerhand Souvenirs, Postkarten und Andenken verkauft wurden. Kurz bevor sie eintraten, drehte sich Bertling zu ihnen um und streckte kaum merklich Achill die Zunge heraus.

»Die Arme«, sagte André grinsend.

»Jetzt haben wir wenigstens etwas Ruhe. Mach weiter«, forderte ihn Achill auf.

»Gut. Zuerst ist da natürlich der Ölberg selbst. Er ist unterkellert«, begann André.

»Wie du weißt, ist der Raum gefliest und äußerst kahl. Es gibt weder Nischen noch sonst irgendwelche verborgenen Stellen. Wir haben alles abgesucht. Die Schlösser wurden ausgetauscht. Innen werden morgen zwei von uns sitzen. Am Gittertor stehen seit gestern schon zwei Kollegen. Es ist definitiv unmöglich, dass jemand da was anstellt.«

»Okay gut«, fuhr André in ihrem kleinen Frage- und

Antwortspiel fort. »Und was ist mit dem Äußeren des Ölbergs, zwischen den Skulpturen oder oben auf dem Dach?«

»Wir waren gestern mit einem Hubwagen vor Ort. Die Kollegen haben alles abgesucht – selbst das Dach.«

»Hmm«, machte André in Gedanken und ging ein paar Schritte weiter. An einer der mächtigen Platanen, die den kompletten Platz neben dem Dom überspannten, bückte er sich.

»Und was ist damit? In den Hohlräumen dieser Baumstämme würde gut und gerne ein großer Rucksack Platz finden.«

»Wir haben sie ausnahmslos alle mit Endoskopkameras gecheckt.«

»Und oben?«.

»Auch an den unteren Ästen der Kronen waren wir mit dem Hubwagen und haben sie uns angesehen.«

»Nicht schlecht«, erwiderte André und schlurfte gedankenverloren weiter über den Platz.

»Dann wären da noch die Straßenlaternen.« Dabei wies André auf eine vor ihnen stehende, auf vier Eisenprofilen ruhende Parklampe, deren würfelförmiger Lampenkörper genug Platz für einen Sprengsatz bieten würde.

Achill grinste gönnerhaft. »Auch in die haben wir reingesehen.«

»Bleibt nur noch der Boden«, fuhr André nach ein paar Minuten fort.

»Stimmt. Der größte Teil der Fläche besteht aus hochverdichtetem Splitt auf Schotterbett. Man nennt so was ›wassergebundene Decke‹. Wir sind das ganze Areal abgelaufen. Nirgends ist die Erde locker oder gibt es sonstige Anzeichen, dass jemand etwas vergraben haben könnte. Auf den wenigen gepflasterten Flächen gibt es auch keine lockeren Stellen. Es wurde nichts versteckt. Wir haben zusätzlich die Hunde drüberlaufen lassen – nichts.«

»Und gibt es eine Kanalisation?«.

»So gut wie nicht. Von den Pflasterflächen in der Mitte läuft das Wasser in die angrenzenden Schotterflächen. Nur am Rand gibt es ein paar Senkkästen. Auch die haben wir mit Endoskopen und Hunden abgesucht.«

Wieder gingen sie ein paar Schritte weiter.

»Und was ist mit den benachbarten Immobilien?«, fragte André und wies mit dem Zeigefinger auf die Häusergruppe, die zum Anwesen der evangelischen Landeskirche gehörte.

Unsere Leute werden während der Veranstaltung in diesen Gebäuden präsent sein.«

»Kein Wunder, dass ihr 1.600 Mann für die Veranstaltung braucht.«

»Jetzt siehst du auch, wo deine Steuergelder hinkommen. Alles für die Sicherheit der Bürger.«

»Ich könnte mir schlechtere Investitionen vorstellen.«

André ließ seinen Blick noch einmal rundherum schweifen. »Ich fürchte, ich kann dir nicht wirklich helfen. Wie schon gesagt, ich maße mir nicht an, mehr zu sehen als du und deine Kollegen.«

»Ich weiß nicht, ob ich mich nun darüber freuen soll. Mir ist nach wie vor unwohl.«

»Das Einzige, was mich irritieren würde, sind die hier.« André wies auf diverse mobile Schaltkästen, die an verschiedensten Stellen von den hektisch umherlaufenden Technikern der Rundfunkanstalten aufgebaut worden waren.

»Mich auch. Die Kollegen vom Rundfunk versichern, dass sie das im Griff haben und nichts rumsteht, was sie nicht zuordnen können. Ich werde darauf bestehen, dass sie morgen nochmals mit Hunden kontrolliert werden.«

André nickte. »Und was ist mit den Strippenziehern selbst?«

»Sie sind alle von den Kollegen gecheckt. Alle sind schon lange dabei und tragen brav ihre Ausweise um den Hals.«

»Der is gonz schä eugebild. So sinse die Dompaffe«, hörten sie die Erdbeernase aus einiger Entfernung granteln.

»Ein Herr von der Domtouristik hat uns rausgeworfen, als Herr Kerbel die Tasche der Verkäuferin kontrollieren wollte«, kommentierte Bertling mit Augenrollen den Gefühlsausbruch Kerbels.

»Na, dann hat man ja heute Abend wenigstens was zu erzählen«, sagte Achill und grinste schief.

Während Kerbel mit rot verfärbtem Gesicht weitere Hetztiraden gegen seinen Widersacher von der Domtouristik ausstieß, vermieden die anderen, um nicht die Contenance zu verlieren, jeglichen Blickkontakt untereinander.

»Lasst uns mal noch um den Dom gehen«, forderte Achill und setzte sich in Richtung Osten in Bewegung.

Hinter dem Dom war eine ganze Armada von Übertragungswagen aufgefahren. Aus all ihren Öffnungen ragten teils armdicke Kabelbündel, so als wollten sie im wahrsten Sinne des Wortes Wurzeln schlagen.

Wie Ameisen pendelten die meist schwarz gekleideten Techniker zwischen ihren Fahrzeugen und dem Dominnern, um immer mehr Equipment hineinzuschaffen.

»Wenn sich da nur niemand daruntermischt«, sagte André, der nun eng an Achills Seite marschierte.

»Die Sender sind da schon selbst sehr vorsichtig. Schließlich sind genau diese Techniker immer bei Massenveranstaltungen vor Ort. Und an allen Domzugängen sitzen Beamte und behalten die Jungs im Auge.«

Nachdem sie die Apsis des Doms an der Ostseite umrundet hatten, setzten sie ihren Weg entlang der Nordseite fort.

»Hier muss Platz für die Trauerfahrzeuge bleiben. Von hier wird der Sarg in den Dom gelangen«, sagte Achill und wies auf das nördliche Seitenportal.

Sie gingen noch ein paar Schritte bis zum Domvorplatz, ehe Achill am »Domnapf« stoppte. Nervös schaute er auf seine Uhr.

»Die Fahrzeuge werden gleich eintreffen. Man will die Überführung zum Adenauerpark proben. Wir müssen uns jetzt aufteilen. Verena, dich und Herrn Kerbel würde ich bitten, sobald sich der Trauerzug in Bewegung setzt, loszulaufen und die Abkürzung über die Große Himmelsgasse, Johannesstraße und Wormserstraße zum Park zu nehmen. Ich bitte dich, die Strecke möglichst schnell abzugehen und zu stoppen, wie viel Zeit du dafür benötigst. Ich möchte wissen, ob man es schafft, auf diesem Weg das Trauerkondukt einzuholen.«

»Geht klar«, sagte Bertling und setzte die Stoppuhr an ihrer Armbanduhr auf null.

»Awwer dengen Se dro, ähn alde Monn is kähn D-Zug«, mischte sich die Erdbeernase ein.

»Sie kennen ja den Weg. Zur Not kommen Sie nach«, antwortete Bertling genervt.

»André, wir beide werden uns in der Mitte der Maximilianstraße postieren, wo wir sowohl den Start des Zuges als auch seine Ankunft am Altpörtel beobachten können. Das ist der kritischste Teil der Fahrt, weil man hier wegen der Zuschauer langsamer fahren wird. Erst nach dem Altpörtel, auf der Bahnhofstraße, wird man etwas Gas geben. Ich will wissen, wie lange die Fahrzeuge für die Strecke vom Dom zum Altpörtel brauchen.«

Bertling und Kerbel blieben auf dem Domplatz zurück und warteten auf die Abfahrt der Leichenwagen, die bisher noch nicht aufgetaucht waren. Achill und André spazierten an einer Traube uniformierter Polizisten vorbei über den Domplatz in Richtung Maximilianstraße. Vor dem Rathaus versperrte ihnen ein riesiger Kamerakran, dessen Ausleger gut und gerne zehn Meter maß, den Weg. Gleich dahinter, am Eingang zur Großen Himmelsgasse, parkte ein Übertragungswagen des SWR, aus dessen Dach ein teleskopartiger Sendemast meterhoch in den Himmel ragte.

»Damit wird der Livestream an die Sendeanstalt übertragen«, kommentierte Achill, während sie weiterliefen.

Vor dem Rathaus quetschten sie sich an den bereits vorbereiteten Absperrungen vorbei und liefen strammen Schrittes weiter Richtung Altpörtel.

Vor einer Eisdiele machten sie halt. Sie postierten sich neben einem der in sattem Rot blühenden Oleanderbüsche, die die Maximilianstraße zu beiden Seiten säumten und ihr die für Speyer typische mediterrane Note verliehen.

Nun verrenkten sie sich die Köpfe und spähten nach links zur Domfassade. Noch immer war nichts von den Fahrzeugen, die morgen den Sarg zu seiner endgültigen Bestimmung bringen sollten, zu sehen. Wieder blickte Achill auf die Armbanduhr. Nur wenige Minuten später war es so weit. Selbst auf diese Entfernung waren die blinkenden Blaulichter der Polizeifahrzeuge zu erkennen, die die Vorhut zum eigentlichen Trauerzug bildeten.

»Jetzt!«, sagte Achill und drückte den kleinen Knopf an seiner Uhr.

André beobachtete, wie die Lichter näher kamen. Zunächst passierte sie ein Streifenwagen. Danach folgte eine Motorradstaffel bestehend aus acht Motorrädern mit blauen Blinklichtern an ihren Lenkern, dann wieder ein Polizeifahrzeug und schließlich zwei stattliche Leichenwagen, die morgen den Sarg des Kanzlers und den Blumenschmuck beinhalten sollten.

»Morgen werden noch ein paar schwarze Kleinbusse mit den Trauergästen, die der eigentlichen Bestattung beiwohnen, folgen«, kommentierte Achill, ohne seinen Blick von den Autos zu lösen.

»Durch«, sagte er, als der letzte Wagen durch das alte Stadttor gerollt war. »Das waren exakt acht Minuten und sechs Sekunden.« Sorgfältig notierte er die Zeitangabe in einem schwarzen Notizheft. »Komm, lass uns hinterherlaufen. Ich bin gespannt, wie lange Bertling und Kerbel für die Abkürzung brauchen.«

Sie setzten sich eilig in Bewegung und folgten den Fahrzeugen auf derselben Route.

André beobachtete, wie Achill, während sie in den Laufschritt verfielen, erneut das Notizbuch zückte und etwas hineinschrieb.

»Wenn sie exakt acht Minuten und sechs Sekunden für die Strecke vom Dom zum Altpörtel brauchten, dann macht das eine Geschwindigkeit von rund 5,5 Stundenkilometern. Unterstellt man, dass sie für den Rest der Route, der 100 Meter länger ist, etwa doppelt so schnell fahren, werden sie dafür knapp fünf Minuten brauchen«, sinnierte er vor sich hin und schrieb eilig mit.

»Rechnest du das etwa im Kopf?«, fragte André erstaunt nach.

Achill lachte. »Wenn du deinen Dienst bei der Verkehrspolizei begonnen hättest, könntest du das auch.«

»Nicht schlecht«, entgegnete André.

»Wenn Bertling und Kerbel es schaffen, ein flottes Gehtempo von 7,5 Stundenkilometern hinzulegen, werden sie es auf der Abkürzung durch die Johannesstraße in rund neun Minuten schaffen und deutlich vor dem Trauerzug dort sein.«

»Kommt drauf an, wen du von den beiden meinst«, sagte André grinsend.

Nachdem er mit seinen Geschwindigkeitsberechnungen fertig war, legte Achill noch einmal kräftig an Tempo zu.

»Mal sehen, wie's mit deiner Kondition steht«, sagte er und blickte sich nach André um.

Sie bogen in den Hirschgraben ein, die Straße, die die Südseite des Adenauerparks begrenzte. Nach wenigen Metern nahmen sie von der Treppe, die durch die Stadtmauer hindurch die Sankt-Guido-Straße mit dem Hirschgraben verband, ein Winken wahr. Direkt dort oben im Mauerdurchbruch stand Bertling und machte heftig mit den Armen wedelnd auf sich aufmerksam.

»Es hat geklappt, wir waren vor den Fahrzeugen hier«, verkündete sie stolz, als sie näher kamen. Die Erdbeernase saß derweil still auf der niedrigen Steinmauer, die die Treppe zu der danebenliegenden Grünanlage abgrenzte, und keuchte wie eine Schwangere während der Presswehen.

»Ich habe gedacht, von hier oben haben wir den besten Überblick, drüben im Park sind wir nur im Weg«, sagte Bertling.

Es war in der Tat so. Von hier hatte man einen hervorragenden Blick auf die Gesamtszenerie. Während die Begleitfahrzeuge außerhalb des Parks auf den Parkplätzen längs der Straße Aufstellung bezogen hatten, waren die beiden Leichenwagen in den Park eingefahren.

Eine Weile, solange bis Kerbel dem Erstickungstod noch einmal von der Schippe gesprungen war, warteten sie und beobachteten das hektische Treiben im Adenauerpark.

»Die eigentliche Bestattung soll unter Ausschluss der Öffentlichkeit und Presse stattfinden. Die Kollegen werden alles weiträumig absperren, sogar die Sichtachsen wie diese hier werden von Zuschauern freigehalten«, erklärte Achill.

»Und was geschieht mit den Anliegern?«, fragte André.

»Nichts weiter, wir können ihnen wohl kaum verbieten, aus dem Fenster zu schauen.«

»Ich will euch noch etwas zeigen«, sagte Achill und ging durch den schmalen Mauerdurchbruch in ihrem Rücken. »Hier im Landesbetrieb Mobilität werden wir eine Einsatzstelle einrichten.« Dabei wies er mit dem Zeigefinger auf das Gebäude des LBM. Hier werden sich unsere Leute für die Bestattung vorbereiten können.«

»Was meinst du mit ›vorbereiten‹, Frank?«, bohrte André nach.

»Na ja, wir werden ein paar junge Polizistinnen und Polizisten als Trauergäste verkleidet in schöne schwarze Kostüme oder Anzüge stecken und unter die Familienangehörigen mischen. Sicher ist sicher.«

André nickte anerkennend.

Als sie wieder auf die Treppe zum Hirschgraben kamen, waren die Leichenwagen gerade dabei, rückwärts aus der Grünanlage zu stoßen. Danach parkten sie in einer Reihe auf dem parallel zum Hirschgraben verlaufenden Seitenstreifen.

Jedem der Fahrzeuge entstiegen vier schwarz bekleidete Männer.

»Jesses machen die ähn Uffzuch«, mischte sich Kerbel, der offensichtlich wieder zu Atem gekommen war, ein.

»Na ja, es wird ja auch nicht täglich ein großer Staatsmann hier beerdigt«, entgegnete Achill ernst.

»So, wir sind für heute fertig. Verena, du und Herr Kerbel ihr könnt Feierabend machen. André, wenn du magst, können wir noch geschwind runter zur ›Currysau‹ stiefeln und uns stärken.«

Während Bertling und Kerbel die Treppe hochliefen, um auf dem kürzesten Weg zu ihren Autos zu gelangen, spazierten André und Achill den Hirschgraben hinab zur »Currysau«.

Achill schüttelte amüsiert den Kopf. »Ich glaube, wenn Kerbel zu meinem Kommissariat gehören würde, würde ihn die Bertling wahrscheinlich in den Erstickungstod hetzen, nur damit er die Klappe hält.«

»Es schien ihr ja fast gelungen zu sein, so wie der japste«, erwiderte André belustigt.

Wenige Minuten später standen sie in dem mit Glas verkleideten Vorbau des Kult-Schnellimbisses »Currysau«, der weit über die Stadtgrenzen bekannt war und mittlerweile auf eine fast 50-jährige Tradition zurückblickte.

»Ich hab Kohldampf wie ein Bär«, sagte Achill und bestellte sich gleich zwei Currywürste vom Pferd und eine Portion Pommes.

»Du hast es dir verdient«, merkte André belustigt an und orderte für sich eine Portion Süßkartoffelpommes.

Sie hatten ihre Speisen noch nicht erhalten, als ein ganzer Pulk schwarz gewandeter Herren den kleinen Vorraum stürmte.

»Die stärken sich für morgen«, witzelte Achill, als er in ihnen einen Teil der Leichenwagenbesatzungen erkannte.

28. MORGENSCHMERZ

Samstag, 1. Juli 2017, 6.30 Uhr

»Du stinkst wie ein ausgewachsener Bock«, schrie Pjotr und hielt sich die Nase zu.

Komarow lachte. »Was glaubst du, wie erst eine ganze Kompanie stinkt, die zwei Wochen in freier Natur übernachtet hat. Man merkt, dass du ein verweichlichter Zivilistenarsch bist.«

Komarow spuckte genüsslich auf den Wagenboden. »Komm das nächste Mal doch mit einem Wohnmobil mit Dusche statt mit so einer verwanzten Schleuder wie dieser.«

Pjotr blickte angeekelt auf den grünlich-weißen Fleck auf seinem Wagenboden und schwieg.

Er tat gut daran. Komarow war zornig. Er hatte nun schon die zweite Nacht auf diesem Berg klammer, ungewaschener Kleider und Unrat genächtigt. Der Kolben der Panzerfaust, die ebenfalls auf dem Wagenboden ihren Platz gefunden hatte, hatte sich die Nacht über in seine Seite gebohrt und hinterließ auch jetzt noch bei jeder Bewegung einen stechenden Schmerz. Er spürte, dass sich die von Pjotr notdürftig zusammengeflickte Wunde im Knie wohl entzündet hatte. Er hoffte, dass das schmerzhafte Pulsieren nicht weiter zunehmen würde. Ein Arztbesuch war momentan tabu für ihn.

Die Aussicht, bis zur Ankunft der »Mainz« am Nachmittag im Regen auf dem dämlichen, viel zu kleinen Angelhocker zu sitzen und über den Fluss zu starren, war nicht geeignet, die Stimmung zu heben.

Sei's drum, schon morgen würden weltweit alle Zeitungen berichten, dass der russische Kämpfer Igor Komarow den Sarg des Mannes, der mit für den Zerfall der einst mächtigen Sowjetunion verantwortlich war, in 1.000 Stücke gerissen hatte. Zudem würde es ihm als ersten Russen gelingen, gleich sechs Generale der Bundeswehr zu eliminieren. Dass ihn offensichtlich die Polizei schon fast am Haken hatte, schadete nichts. Das war der Preis dafür, dass sein Name in den Schlagzeilen stehen würde. Und irgendwie würde er sich schon herauswinden. So, wie er sich schon immer herausgewunden hatte. Morgen um diese Zeit wollte er schon bei seinem Kameraden Wassily in Straßburg sitzen. Er war sich sicher, dass er ihm half. Schließlich hatte er ihm damals in Grosny den Arsch gerettet. Dummerweise konnte er ihn heute noch nicht anrufen. Falls sein Handy später von den Bullen geortet wurde, wäre sein Fluchtplan dahin. Auch über Pjotrs Mobiltelefon wollte er es nicht versuchen. Wenn die Polypen diesen Trottel fassten, würde er bestimmt singen wie eine Jungfrau. Er wusste aus eigener Erfahrung, wie leicht es war, Weicheier wie ihn zum Reden zu bringen.

Ohne auch nur einen Gedanken ans Teilen zu verschwenden, kramte er sich das letzte Stück Vollkornbrot aus dem Plastikbeutel und riss sich zwei der Trockenwürste ab. Beides verstaute er in der Jackentasche und stieg aus dem Transporter.

»Hilf mir mit dem restlichen Angelkram!«, herrschte er Pjotr an. Ohne ihn eines weiteren Blickes zu würdigen, trottete er mit schmerzverzerrtem Gesicht zum Waldweg hinunter, der Richtung Kiesbank führte.

Pjotr folgte ihm wie ein gehorsames Hündchen und schleppte die Klappstühle, den Angelkasten und was sie sonst noch gekauft hatten, um möglichst glaubwürdige Angler abzugeben.

Um diese Zeit war alles noch ruhig und verlassen. Es war zu früh für die Schaulustigen, die sich bald hier herumtrieben, um die Ankunft der »Mainz« auf der anderen Rheinseite zu beobachten. Lediglich ein roter Polo parkte am Straßenrand gleich bei der Mündung des Stichweges, der hinunter zum Rhein führte.

Der Weg war aufgeweicht. Komarow war es egal, ob er seine Anglerhose ruinierte. Er stapfte hinkend geradewegs durch die schlammigen Wasserpfützen, die den Weg wie ein Flickenteppich bedeckten. Die Strecke zog sich. Komarow verkniff sich ein Stöhnen, als sie unten auf den Uferweg gelangt waren. Er hatte das Gefühl, dass heute der Weg länger war als gestern.

Er unterdrückte eine laute Verwünschung, als ihn Pjotr überholte und mit den Klappstühlen voraus zur Kiesbank eilte. Dieser elende Weichling wollte ihm anscheinend seine Schwäche aufzeigen. »Verdammtes Arschloch!«

Sein Knie tobte vor Schmerz, als er die letzten Meter durch den Kies watete, der bei jedem Schritt nachgab und das Laufen umso beschwerlicher machte.

Ermattet fiel er in einen der klapprigen Stühle, die Pjotr bereits aufgebaut hatte.

»Los, gib mir den Angelkasten!«

Pjotr folgte ihm wortlos und stellte ihm den Plastikkasten, der etwas größer als ein Schuhkarton war, auf den Schoß.

Komarow war gerade im Begriff, seine Fingerkuppen unter den Plastikschnappverschluss zu schieben, als ihn ein heftiger Schmerz überfiel. »Der'mo!«, schrie er auf, was auf Russisch so viel wie Mist oder Scheiße bedeutete.

Er hatte vergessen, dass ihm an den Fingern der rechten Hand seit dem Tauchausflug die Nägel fehlten und stattdessen die Fingerspitzen nur aus einem schorfigen Etwas bestanden.

Linkisch öffnete er den Deckel des Kastens mit der Linken. Er klappte ihn ganz nach hinten. Nun lag eine Lade mit Fächern für Haken, Wirbel, Blinker, Blei und sonstigen Kleinteilen vor ihm. Er hob sie an. Darunter kam die Fernbedienung für sein Baby zum Vorschein, das nur 250 Meter weiter drüben wie ein hungriger Wels unter dem Ponton klebte und nur darauf wartete, dass er den roten Auslöseknopf drückte. Er grinste diabolisch. Mit einem Mal war jeder Schmerz gewichen und eine wohlige Wärme stellte sich ein. Schnell schloss er den Deckel wieder und fixierte das gegenüberliegende Ufer. Es war kurz vor 7.00 Uhr. Der Himmel war noch immer wolkenverhangen und präsentierte sich in dem für die Rheinebene so typischen Weißgrau, das im Herbst und Winter oft monatelang nicht wich. Der Nieselregen und der feine Dunst, die sich wie ein Gazevorhang über den Fluss gespannt hatten, tauchten die Speyerer Rheinpromenade in eine milchige Unschärfe. Trotzdem war alles gut genug zu erkennen. Auf der Promenade patrouillierten mehrere Polizeistreifen. Sie schienen ihren Blick keinen Augenblick vom Anleger abzuwenden.

Aber was nützte es ihnen schon. Die Bombe an der Unterseite des Schwimmkörpers fänden sie nie.

29. UNRUHE

Samstag, 1. Juli 2017, 7.30 Uhr

Achill hatte die ganze Nacht keine Ruhe gefunden. Ständig fielen ihm neue vermeintliche Schwachpunkte ein, die er möglicherweise nicht berücksichtigt hatte. Und er fragte sich unentwegt, ob er etwas vergessen haben könnte. Er fühlte sich wie ein Jongleur, der sich zu viele Bälle aufgeladen hatte und fürchten musste, dass ihm bei nächster Gelegenheit einer davon zu Boden sprang.

Ob man seinem Rat folgen würde und den Anleger gründlich unter Wasser absuchte? Ob die Kollegen die Rundfunktechniker rings um den Dom intensiv genug unter die Lupe genommen hatten?

Hatte man die mobilen Schaltkästen im Blick? Er hatte gestern noch einen jungen Polizisten gebeten, sie zu fotografieren und die Fotos mit dem Bestand von heute Morgen abzugleichen. Nichts sollte anders aussehen oder gar verrückt worden sein.

Jetzt stand er auf dem Domplatz und beobachtete, wie aus allen Richtungen immer mehr Einsatzkräfte und Presseleute eintrafen. Neben den zivilen und uniformierten Polizisten hatten sich private Sicherheitsfirmen eingefunden, die insbesondere in den Pressearealen für Ordnung sorgen sollten. In einem mobilen Büro in der Großen Himmelsgasse wurden laufend weitere Besucherausweise ausgefertigt. Ohne den passenden Ausweis war ein Betreten des Domes oder der Pressetribünen unmöglich.

*

Auch André war schon auf den Beinen. Obwohl er sich erst um die Mittagszeit mit Achill, Bertling und Kerbel treffen sollte, war er unruhig. Er teilte mit Achill die Empfindung, irgendetwas übersehen zu haben. Freilich war er in dem ganzen Spektakel wohl das kleinste Rädchen, dennoch spürte er so etwas wie Verantwortung. Verantwortung für seinen Freund, seine Stadt und die vielen Mitbürger, die er in seinem Leben kennengelernt hatte und die möglicherweise in Gefahr waren. So war er nun einmal. Distanz zu den Geschehnissen um ihn herum kannte er nicht. Gleich in welcher Situation überfiel ihn stets der Affekt, seine Mitmenschen vor jeglicher Unbill bewahren zu müssen. *Helfersyndrom* nannte das Irina, wenn sie ihn dabei ertappte.

»So wie du durch die Gänge schleichst, kommst du mir vor wie ein werdender Vater vor dem Kreißsaal«, riss sie ihn aus den Gedanken.

»Du liegst gar nicht mal so falsch. Auch wenn ich nie in der Situation war, kann ich gut nachvollziehen, wie man sich dabei fühlt. Die Ohnmacht, nicht helfen zu können, wenn etwas schiefläuft, ist ein überwältigendes Gefühl.«

»Meinst du nicht, dass du übertreibst? Da draußen sind fast 2.000 Menschen, die sich um die Sicherheit kümmern, und du tust so, als würde es an dir hängen?«

»Nein, ich bin nicht so arrogant zu glauben, dass ich etwas ändern könnte, trotzdem sorge ich mich um Frank und die anderen.«

»André der Kümmerer, wie süß!«, sagte Irina lachend.

»Ist es nicht jedermanns Pflicht, sich um seine Mitmenschen zu kümmern?«

»Das schon, aber es sollte nicht zur Belastung werden.«

»Mmh«, brummte André gedankenverloren.

»Im Übrigen ist doch alles in Butter. Die Polizei hat das

TATP und die Islamisten scheinen sich von irgendwelchen Anschlagsplänen verabschiedet zu haben. Aber was ist eigentlich mit dem Russen? Wie hieß er doch gleich?«, fragte Irina.

»Komarow«, entgegnete André.

»Ja, schon klar. Ich meine mit dem Vornamen?«

André stutzte. »Woher das Interesse an seiner Person?«

»Ach, nur so.«

»Nur so?«, fragte André mit gerunzelter Stirn nach.

»Man wird doch noch fragen dürfen.«

»Man schon. Aber wenn du so fragst, führst du etwas im Schilde. Der Typ ist brandgefährlich. Lass das, was auch immer du vorhast.«

Irina grinste vielsagend.

»Was hast du vor?«, bohrte André mit strenger Stimme weiter.

»Na ja, die Belohnung würde mir gut in den Kram passen. Ich habe es satt, überallhin zu Fuß zu gehen oder mit deinem alten Fahrrad zu fahren.«

»Du spinnst. Du bist nicht Miss Marple!«

Irina verzog angewidert das Gesicht. »Das ist ja wohl eher deine Altersklasse, alter Mann.«

»Ich orientiere mich da eher an Lena Odenthal oder Lara Croft.«

André spürte, wie ihm mit einem Mal unwohl wurde. Er kannte Irina mittlerweile gut genug, um zu wissen, dass ihre Scherze oft einen ernsten Hintergrund hatten.

»Du konsumierst zu viele Krimis. Egal, was du vorhast, du lässt es! Dieser Typ zerquetscht dich dünnen Spreißel wie eine Ameise.«

»Pah, ich hatte eh nicht vor, mich mit ihm körperlich zu messen. Ich kämpfe mit den Waffen einer Frau.«

»Du kämpfst gar nicht! Hörst du!«, herrschte er sie an.
»Sehr wohl, der Herr«, entgegnete sie mild lächelnd.
»Im Übrigen hat mir Achill gestern gesagt, dass dieser Komarow wie vom Erdboden verschluckt ist. Man hat seinen Wagen im Parkhaus beim Diakonissenkrankenhaus gefunden, und sonst gibt es keinen Anhaltspunkt über seinen Aufenthaltsort. Er ist bestimmt schon über alle Berge.«
Irina nickte nur mit einem nachsichtigen Lächeln.
André beschloss, das Thema trotz seines Unbehagens zu beenden. Aus Erfahrung wusste er, dass es sinnlos war, Irina von etwas abzubringen, was sie sich in den Kopf gesetzt hatte. Jede Gegenwehr verstärkte nur ihre Sturheit, es gegen seinen Willen durchzuziehen. Er hoffte, sie würde selbst zu der Einsicht kommen, dass es für sie keinen Platz in diesem Spiel gäbe.

30. ROHRKREPIERER

Samstag, 1. Juli 2017, 13.30 Uhr

»Scheiße, scheiße, scheiße«, schrie Komarow hemmungslos mit puterrotem Kopf.
»Was ist los?«, fragte Pjotr, der gerade an einen Baum uriniert hatte und sich umständlich mit den klammen Fingern den Hosenladen zuknöpfte.
»Schau selbst! Da drüben rücken Polizeitaucher an.«

Pjotr kniff die Augen zusammen und nahm das andere Ufer ins Visier.

Auf der gegenüberliegenden Seite schwirrten die Polizisten, Ordnungskräfte und Schaulustigen umeinander wie ein Bienenschwarm. Aber auch auf ihrer Uferseite mehrten sich die Jogger, Spaziergänger und Gaffer.

»Und sie haben gleich noch eine Tauchplattform mitgebracht«, schrie Komarow und deutete auf einen offenen Kahn, der den Tauchern als Basis diente.

Pjotr schwieg.

»So ein Mist. Gleich zwei Trupps. Sie seilen sich am Geländer der Landungsbrücke an und steigen ins Wasser.« Komarow spuckte verächtlich aus. Am liebsten würde er einfach rübergehen und diese Typen mit den bloßen Händen erwürgen. Er hatte keine Lust nach der Mühe, die es ihn gekostet hatte, seine Bombe zu platzieren, sie einfach aufzugeben.

Hektisch griff er nach dem Angelkasten. Wollte den Schnappverschluss öffnen. »Verdammt!« Er hatte sich noch nicht an die lädierten Fingerkuppen gewöhnt. Ein stechender Schmerz und ein blutverschmierter Verschluss waren das Ergebnis. Fahrig riss er mit der Linken den Deckel auf und zerrte zornig die obere Lade aus der Befestigung und drosch sie mitsamt den Kleinteilen vor sich in den Fluss.

Zeitgleich gingen zwei der Taucher am Bug des Schwimmkörpers unter Wasser.

Mit zornesrotem Gesicht drückte Komarow zwei Knöpfe auf der Fernbedienung. Den ersten, um den Elektromagneten, der sie am Boden des Pontons festhielt, zu lösen und den zweiten, um den Zünder zu deaktivieren. Ab jetzt war die Bombe, in die er so viel Mühe, Hoffnung und Fantasie gelegt hatte, nur noch harmloses Treibgut.

»Das werdet ihr büßen! So schnell gibt ein Komarow nicht auf! Nicht vor Weicheiern wie euch!«, fluchte er fast beschwörend vor sich hin.

»Meinst du, sie ist wirklich abgetrieben?«, fragte Pjotr besorgt.

»Glaubst du, ich bin blöd? Das Ding hat so einen geringen Tiefgang, dass noch gut ein Meter Wasser unterm Kiel ist. Das reicht.«

31. BRIEFING

Samstag, 1. Juli 2017, 14.05 Uhr

Achill hatte seine Schäfchen im »Domhof« um sich geschart. Neben André, Bertling und Kerbel war heute noch ein blutjunger Polizist, den er unkompliziert mit Jonas vorstellte, mit dabei.

Hastig hatten sie je drei Weißwürste mit Brezeln verdrückt. André, der Vegetarier unter ihnen, hatte sich einen Salatteller bringen lassen. Nun reckten sie die Köpfe über der massiven Holztischplatte zusammen.

Achill ergriff das Wort. »Der europäische Staatsakt in Straßburg ist plangemäß zu Ende gegangen. Alles liegt voll im Zeitplan. Die Regierungsmitglieder sind auf dem Weg nach Speyer und werden in Kürze eintreffen. Der Sarg ist auf dem Weg zum Hubschrauber, wird unverzüglich verladen und landet gegen 14.45 Uhr in Ludwigshafen-Ruchheim. Ab dann tragen wir die Verantwortung.«

Achill schaute sehr ernst. Jede Farbe war aus seinem Gesicht gewichen. Die Falten um den Mund schienen noch ein paar Millimeter an Tiefe zugelegt zu haben. So wie er aussah, war seine Nacht wohl erneut weitgehend schlaffrei verlaufen.

»So, nun zu unserem Programm«, fuhr er militärisch streng fort.

»Wir werden zunächst die Strecke des Leichenzuges aus der entgegengesetzten Richtung ablaufen. So ein Perspektivwechsel gibt manchmal noch ein kleines Geheimnis preis. Dann werden wir uns wie gehabt am oberen Domgarten umschauen und schließlich an der Rheinpromenade auf die Ankunft der ›MS Mainz‹ warten.«

»Ah wonn isch so weit laafe muss, muss die Bolizei awer Sohlegeld bezahle«, pfälzerte Kerbel.

Während dies seitens der Anwesenden unkommentiert blieb, schmunzelte André in sich hinein. Er war gespannt, wie lange Bertlings Contenance heute anhielt.

In diesem Augenblick meldete sich Achills Handy. Er hörte seinem Gegenüber ein paar Sekunden wortlos zu, bis er sich bedankte und das Gespräch beendete.

»Die Kollegen von der Tauchstaffel haben Vollzug gemeldet. Sowohl die ›Mainz‹ als auch der Anleger wurden gründlich abgesucht. Der Kollege sagte, er könne sich verbürgen, dass beides zu 100 Prozent *sauber* sei.«

»Na, dann können wir ja schon mal ein Gläschen Prosecco auf unseren Erfolg trinken«, platzte der junge Polizist triumphierend dazwischen.

»Nur weil man die Cholera überlebt hat, ist man noch lange nicht gegen die Pest immun!«, platzte es aus André heraus.

»Wie meinen Sie das?«, fragte der junge Mann mit einem feindseligen Gesichtsausdruck. Offensichtlich gefiel es ihm nicht, von einem Zivilisten belehrt zu werden.

»Herr Sartorius meinte zurecht, dass nur, weil eine Gefahr gebannt ist, noch lange nicht alle anderen Risiken unter den Tisch fallen. Ich erwarte, dass jeder weiterhin die Augen offen hält, so gut er kann. Und das mit dem Sekt heben wir uns für heute Abend um zehn auf, wenn alles vorbei ist.«

André stand wortlos auf und ging zum Tresen, wo er für sich und den Rest der Truppe zahlte.

»Wir können gehen«, sagte er, als er zurück an den Tisch kam.

»Hast du etwa …«, begann Achill. Doch André wehrte ab. »Das nächste Mal bist du dran.«

Beim Hinausgehen kam ihnen die Geschäftsführerin durch den Eingang zum Biergarten mit dem Bundespräsidenten und seiner Ehefrau im Schlepptau entgegen.

»Das war …, das war doch …«, stammelte Jonas.

»… der Bundespräsident, nebst Gattin«, ergänzte Achill. »Wenn Sie nachher bei jedem Prominenten, den Sie sehen, zu stottern anfangen, werden wir uns wohl kaum vernünftig verständigen können.«

»Der Kohl hot schunn immer die Prominende noch Schbeier gebrocht«, merkte Kerbel an und wies mit der Hand auf einige Fotos, die die Wand im Eingangsbereich des Restaurants zierten. Darauf waren der Altbundeskanzler mit Politikern wie Gorbatschow, Vater und Sohn Bush, Margaret Thatcher und Juan Carlos abgelichtet, wie sie im »Domhof« tafelten.

»Ich fürchte nur, dass er dieses Mal dazu wenig aktiv beitragen konnte«, erwiderte Bertling.

32. PLAN-B

Samstag, 1. Juli 2017, 15.15 Uhr

Komarow war, seit er sein Baby hatte aufgeben müssen, wie ein Eisbär im Zoo rastlos auf der Kiesbank hin und her gehumpelt. Der Zorn hinderte ihn daran, den Schmerz in seinem Knie zu spüren.

Ab und zu stieß er Gedankenfragmente in hartem Russisch hervor, die für einen Außenstehenden wie Schimpftiraden klingen mussten.

»Wenn du nicht endlich dein Maul hältst, werden dich die Bullen gleich hier abholen«, fuhr ihn Pjotr an.

»Hab ich dich etwa was gefragt? Arschloch!«, knurrte Komarow zurück.

»Hinter uns auf der anderen Seite der Landzunge sitzt einer und angelt. Vielleicht kann er uns hören.«

»Und wenn schon. Meinst du, ich bin blind? Der Arabertyp versteht eh kein Russisch.«

Pjotr verzog gequält das Gesicht.

»Wir haben doch noch diese Panzerfaust im Transporter. Hast du sie dir angeschaut? Taugt sie was?«, fragte Komarow.

»Ja, hab ich. Es ist eine nagelneue Panzerfaust 3, wie sie die Bundeswehr hat. Falls du es vergessen hast, ich hab sie wegen dir in diese dämliche Bratfolie gepackt.«

»Und wenn wir ihnen damit einheizen?«, fragte Komarow lauernd.

»Wie willst du das machen? Von hier aus gemütlich zielen und hoffen, dass die Typen hier ringsherum alle gerade wegschauen. Du bist verrückt. Du hättest sie noch nicht mal richtig ausgepackt und schon hingen dir die Bullen am Arsch.«

»Doch nicht von hier, du Idiot, von dort!«, zischte Komarow und deutete mit dem schorfigen Zeigefinger auf die Salierbrücke, die sich nur 100 Meter links von ihnen über den Rhein spannte.

»Das ist die blödeste Idee, die ich je gehört habe. Dort oben stehen bestimmt 20 Leute und gaffen über das Brückengeländer auf den Anleger. Nachher werden dort wohl Hunderte stehen. Von den ganzen Autos, die im Kolonnenverkehr drüber fahren, ganz zu schweigen.«

Komarow schluckte seinen Zorn. Es reizte ihn bis aufs Blut, sich von diesem Klugscheißer dermaßen maßregeln zu lassen.

»Dann schießen wir eben aus dem Transporter.«

»Aha. Und dazu bohren wir erst noch ein Loch durchs Blech der Seitenwand.«

»Nein, du Idiot, wir ballern aus dem Beifahrerfenster.«

Pjotr lachte laut auf. »Du Anfänger. Hast du schon mal mit einer Panzerfaust geschossen?«

»Ja, hab ich«, log Komarow.

Pjotr lachte hämisch. »Dann weißt du bestimmt auch, dass der Gasausstoß hinter der Waffe dem Fahrer, also mir, den Kopf abreißen würde, wenn du Idiot schießt.«

»Das wäre kein Verlust!«, zischte Komarow mit einem bösartigen Grinsen.

»Und schau dir das Brückengeländer an. Es ist hoch und du musst steil nach unten auf das Schiff zielen. Willst du etwa durch die engen Geländersprossen ballern?«

Komarow bebte vor Zorn und Aufregung. Wäre er nicht auf Pjotr angewiesen, würde er ihm mit bloßen Händen das Genick brechen. Er hasste es, dermaßen angezählt zu werden.

»Dann schieße ich eben aus einem Lastwagen.«

»Aha. Das heißt, du fragst einen Lastwagenfahrer, ob er dich mitnimmt und du mal eben eine Panzerfaust auf die Kanzlerbeerdigung abfeuern darfst?«

»Das lass mal meine Sorge sein. Kümmere du dich lieber darum, ob es klappen würde, von einer Ladefläche wie dieser zu feuern.« Dabei deutete er mit der blutigen Fingerkuppe auf einen auf der Rheinbrücke vorbeifahrenden Sattelzug.

Pjotr kniff die Augen zusammen und spähte nach oben auf die Brücke. Ließ seinen Blick zum Anleger schweifen und wieder zurück.

»Könnte funktionieren. Gib mir 'ne halbe Stunde und ich sage dir, ob es geht.«

Komarow grinste zufrieden. Er hatte es dem Klugscheißer ein weiteres Mal gezeigt.

»Beeil dich. Du hast eine halbe Stunde und keine Minute länger.«

Exakt 30 Minuten später kehrte Pjotr zurück. »Ich war oben auf der Brücke. Es klappt, wir brauchen allerdings einen ausgewachsenen LKW, damit wir es über das Geländer schaffen. Wenn wir einen mit Plane nehmen, schneiden wir einfach ein Loch heraus. Da durch können wir dann zielen und schießen.«

Komarow grinste.

»Hast du dir mittlerweile Gedanken gemacht, wo wir den Laster herkriegen? Einen in dieser Größe auszuleihen, dürfte nicht ganz einfach sein«, stellte Pjotr fest.

»Träumer«, spuckte Komarow hämisch lachend aus.

»Aber …«

»Nichts aber. Du bist doch vorhin, als du auf die Brücke gestiegen bist, auf dem Parkplatz an der B 39 vorbeigekommen?«

»Ja, klar. Wie hätte ich sonst da hochkommen sollen?«

»Dort stehen immer ein paar Sattelzüge rum.«

»Vorhin nicht.«

»Lass uns mit dem Wagen hochfahren. Ich bin mir sicher, dass wir nicht lange warten müssen.«

Pjotr nickte und begann die Angelsachen einzupacken.

»Du benimmst dich wie ein Hausmütterchen. Lass den Scheiß einfach stehen«, sagte Komarow und spuckte aus.

»Aber die Spuren …«, entgegnete Pjotr.

»Die Spuren, die Spuren«, tobte Komarow zornig. »Vergiss es, wir haben weder die Zeit, den Transporter abzufackeln, noch sonst wie auf die Spuren zu achten. Nach dem Schuss müssen wir uns so schnell wie möglich ins Ausland absetzen, sonst haben sie uns direkt am Arsch. Merkst du nicht, dass wir schon lange nicht mehr im Plan sind. Es ist wie im Krieg: Schießen, abhauen und zur Not alles umlegen, was uns im Weg steht. Tarnen und Täuschen ist vorbei, jetzt heißt es nur noch kämpfen.«

Pjotr schluckte stumm und schaute beklommen.

Zehn Minuten später standen sie mit dem Wagen, den sie die letzten beiden Tage unten an der Rheinuferstraße geparkt hatten, oben auf dem besagten Parkplatz. Dieser lag kurz vor der alten Rheinbrücke rechts an der Bundesstraße. Da hier die B 39 bereits auf dem erhöhten Niveau der Brücke lag, fiel das Gelände rings um den kleinen Rastplatz steil ab.

»Und jetzt? Wo ist dein verdammter Laster, du Träumer?«, stichelte Pjotr mit hämischem Grinsen.

»Quatsch nicht und packe unsere Sachen. Wir können danach nicht wieder hierher zurück. Nimm alles mit, was uns auf den ersten Blick verraten könnte. Bis sie die Fingerabdrücke ausgewertet haben, wird es dauern und wir sind mit etwas Glück schon über der Grenze.«

»Sollen wir ihn nicht doch besser abfackeln?«

»Idiot, wie soll ich das hier tun?«

Pjotr schwieg, ging in den hinteren Teil des Transporters und raffte ihre Habseligkeiten in einer Sporttasche zusammen.

Es dauerte keine Viertelstunde, und ein großer Sattelzug mit leuchtend gelber Plane fuhr vor ihnen auf den Platz.

»Wer sagt's denn?«, sagte Komarow und grinste zufrieden.

Pjotr schüttelte nur ungläubig den Kopf.

»Geh nach vorne und schau, ob der Typ im Führerhaus alleine ist!«

Pjotr stieg aus und schlenderte über den Parkplatz, so als wolle er sich nur die Beine vertreten.

»Es ist nur einer. Er isst gerade ein Brötchen«, meldete er.

Nach etwa zehn Minuten war es so weit. Der Fahrer stieg aus, streckte sich und wischte sich ein paar Krümel aus dem Bart. Dann lief er um den Wagen, unmittelbar an ihrer Frontscheibe vorbei und fasste sich an den Schritt.

»Der hat Druck«, höhnte Komarow.

Er bummelte noch etwas weiter und verschwand schließlich in einem kleinen Gebüsch am Rande des Rastplatzes.

»Wenn das keine Gelegenheit ist«, sagte Komarow und stieg aus dem Transporter.

Eilig humpelnd ging er zu der Stelle, an der der LKW-Fahrer im Buschwerk verschwunden war. Nur wenige

Meter entfernt, kurz vor der Böschung, stand er breitbeinig, die Hose heruntergelassen und urinierte.

›Perfekt‹, dachte Komarow und schlenderte von hinten auf ihn zu. »Ich muss auch, Kamerad«, sagte er beschwichtigend.

Der Mann nickte stumm.

Noch ein Schritt. Gerade war er im Begriff, den Kopf zu dem aufdringlichen Hintermann umzudrehen, als sich ihm eine kräftige, raue Hand über Mund und Nase legte. Er brachte bloß noch ein tonloses Stöhnen heraus, dann wurde sein Nacken nach hinten überdehnt und leicht gedreht. »Knack«, und er hauchte sein Leben mit offenem Hosenschlitz aus.

Komarow kramte in der Hosentasche des Toten und zog Autoschlüssel und Portemonnaie heraus. Dann gab er der Leiche einen derben Tritt und ließ sie den Hang hinab in die Büsche rollen. Er spuckte herzhaft aus und humpelte zurück zum Wagen.

»Auf was wartest du? Umladen!«, herrschte er Pjotr mit einem triumphierenden Lächeln an.

»Ist er …?«

»Ist er was?«, fragte Komarow zynisch grinsend.

»Ist er bewusstlos?«, ergänzte Pjotr.

»Ja, so kann man es ausdrücken.«

»Und wenn er aufwacht?«

»Ich denke, das kann ich ausschließen«, antwortete Komarow feixend.

Pjotr schwieg betreten.

Komarow ließ ihn einfach stehen und hinkte zum Führerhaus des Lasters. Stöhnend überwand er den Höhenunterschied und zog sich ins Innere. Sein Knie schmerzte höllisch. Er brauchte dringend eine Schmerztablette. Aber aktuell konnte er sich damit nicht aufhalten. Sie hatten nur noch weniger als 20 Minuten Zeit.

Zuerst prüfte er, ob der Zündschlüssel passte. Perfekt. Er musste ihn nur herumdrehen und es konnte losgehen.

Er stieg wieder aus und suchte Pjotr, der im hinteren Teil des Transporters herumhantierte.

»Beeil dich und schaff die Tasche in die Fahrerkabine. Danach hilfst du mir auf die Pritsche.«

Pjotr nickte und warf die Sporttasche auf den Beifahrersitz.

Komarow inspizierte das Äußere des Aufliegers. Sie hatten Glück, es handelte sich um einen Planenauflieger. Das Dach sowie die beiden Hecktüren waren aus Aluminium, die Seitenflächen mit gelber Plane bespannt.

Die Hebel an den Türen waren mit einem massiven Vorhängeschloss gesichert. Komarow kramte aus seiner Hosentasche den Schlüsselbund des Fahrers hervor. Tatsächlich, einer der Schlüssel passte.

Mit einem metallischen Klacken sprang der Bügel des Schlosses auf, und er konnte es aus der Bohrung der Türhebel lösen. Ein kräftiger Ruck und Komarow legte die Hebel um und öffnete den Laderaum. Es war perfekt. Die riesige Ladefläche des 40-Tonners war nur knapp zur Hälfte beladen.

»Los, hol die Panzerfaust aus dem Wagen, wir haben keine Zeit zu verlieren«, befahl er.

Er wartete, bis Pjotr sich abwandte, und kletterte dann mit schmerzverzerrtem Gesicht unbeholfen auf die Pritsche. Er hatte keine Lust, so von diesem Schlappschwanz gesehen zu werden.

Ohne auf Pjotr zu warten, zog er das Tauchermesser, das er immer noch unter der Anglerhose um seinen Unterschenkel geschnallt hatte, und zerschnitt die dünne Folie, mit der die auf einer Holzpalette mannshoch gestapelten Pakete fixiert waren.

Hastig begann er, die Kartons beiseite zu räumen. Als Pjotr zurückkam, überließ er es ihm, Platz zu schaffen. Die Wunden an den Fingerkuppen bluteten wieder und hatten auf den Pappverpackungen rote Handabdrücke hinterlassen.

Als Pjotr endlich eine ungefähr drei Meter lange Fläche, die von der einen zur anderen Seite des LKW reichte, freigeräumt hatte, begann Komarow einige große Pakete direkt an der rechten Bordwand aufeinanderzuschichten. Nachdem der Stapel etwa die Höhe einer Brustwehr erreicht hatte, blieb er stehen und begutachtete sein Werk.

»Das dürfte passen. Los, pack die Panzerfaust aus. Und pass auf die Folie auf.«

Pjotr gehorchte still und zog die Waffe aus der dunkelblauen Polyestertasche.

Komarow nahm sie ihm aus den Händen, legte sie mit dem Lauf auf den Paketstapel und deutete an, damit ein imaginäres Ziel schräg rechts unten vom Laster anzuvisieren.

»So müsste es gehen. Schnell, besorg mir Klebeband aus dem Transporter!«

Pjotr folgte wortlos seiner Anordnung und ging.

Komarow zog sein Messer und schnitt dort, wo eben die Mündung der Panzerfaust die Außenhaut berührt hatte, ein U-förmiges Loch in die LKW-Plane.

Als Pjotr zurückkam, riss Komarow zwei lange Stücke Klebeband ab. Wieder hatte er damit seine lädierten Fingerkuppen malträtiert und wieder hinterließ er blutige Spuren, wo immer er hinfasste.

Mit einem der Klebebandstücke fixierte er den nur noch an der Oberseite mit dem Verdeck verbundenen Stoffwimpel. Den zweiten Streifen klebte er für später einfach rechts daneben. Mit diesem wollte er nachher den hochgeklappten Planenflicken fixieren, um ein freies Schussfeld zu haben.

Pjotr beobachtete ihn konzentriert wie ein Schuljunge. Komarows abgebrühte Besonnenheit schien ihm zu imponieren.

Komarows Blick huschte auf die Armbanduhr. 16.20 Uhr, es war höchste Zeit. In nur zehn Minuten sollte die »Mainz« hier sein, und in einer Viertelstunde war es an der Zeit, sich ein Denkmal zu setzen.

Komarow hielt inne und schaute Pjotr ruhig mit ernstem Gesicht in die Augen. Er schwieg einen Augenblick. Bewusst setzte er dieses Stilmittel ein. Er hatte beim Militär gelernt, in Momenten wie diesem vor der Truppe keine Unruhe oder Aufregung zu zeigen.

Pjotrs lauerndem Blick entnahm er, dass ihm nun dessen volle Aufmerksamkeit gewiss war. Mit jenem klaren harten Befehlston, dessen er sich schon bei der Armee bedient hatte und der keine Widerrede zuließ, wies er nun Pjotr an. »Du wirst fahren, ich werde schießen. Wir stellen eine Sprechverbindung mit unseren Handys her, damit ich dich dirigieren kann. Hast du einen Kopfhörer?«

Pjotr nickte.

»Hier ist der Wagenschlüssel, steck ihn ins Zündschloss und lauf los auf die Brücke. Sobald sie die ›Mainz‹ am Anleger vertäuen, kommst du hierher und fährst los. Wenn ich dir übers Handy den Befehl gebe zu halten, bremst du, egal ob jemand hupt oder nicht. Ich drücke ab und dann nichts wie weg. Wir verlassen direkt nach der Rheinbrücke die Bundesstraße Richtung Gewerbegebiet Süd. Dort lassen wir den Laster stehen und *leihen* uns einen unauffälligen PKW.«

Pjotr nickte erneut flüchtig und machte sich eilig davon, um nach der »Mainz« Ausschau zu halten.

Zehn Minuten später hörte Komarow, wie die Fahrertür aufgerissen wurde und gleich wieder zuflog.

Dann vibrierte sein Handy. Er nahm das Gespräch an und horchte. »Sie legt an!«, krächzte Pjotr aufgeregt ins Mobiltelefon.

»Fahr los!«, befahl Komarow.

Der Diesel sprang an und nagelte grobschlächtig vor sich hin. Nach wenigen Sekunden hüpfte der Sattelzug einen Satz nach vorne, der Komarow von den Füßen fegte, und stand still.

Komarow schrie vor Schmerz. Ausgerechnet mit dem verwundeten Knie hatte er den Sturz auf die Ladefläche abgefangen.

Das Motorengeräusch war verstummt. Pjotr startete auf ein Neues. Wieder bockte der Wagen einen Meter vor, um dann abermals zu stoppen.

»Was ist los, du Idiot?«, tobte Komarow außer sich vor Wut in sein Handy.

»Ich krieg das nicht hin. Ich bin noch nie so ein Ungetüm gefahren.«

Komarow schäumte vor Wut. Er schleppte sich zum Heck des Aufliegers, riss die Türen auf und humpelte, so gut er noch konnte, zum Führerhaus. »Kannst du wenigstens mit dem Ding dahinten umgehen?«, brüllte er Pjotr zornig an.

Dieser nickte nur stumm und ließ sich vom Fahrersitz gleiten.

Komarow zog sich mühsam auf den Sitz und stöhnte vor Schmerz. Er blickte an seinem Bein herunter und sah, dass der Stoff der derben Baumwollhose am Knie von einer Mischung aus Blut und Eiter getränkt war.

»Fertig«, krächzte Pjotr ins Handy und Komarow startete zeitgleich den Motor.

Sie hatten wertvolle Zeit verloren. Komarow betete inständig, dass sie noch rechtzeitig kommen würden.

Der Verkehr war dicht und zäh. Ohne zu zögern, quetschte er den LKW vom Parkplatz in die sich dahin schleichende Fahrzeugkarawane. Offensichtlich versuchten die Fahrer vor ihnen, beim Vorbeifahren einen visuellen Schnipsel dessen einzufangen, was da unten am Anleger vor sich ging. Am rechten Brückengeländer standen unzählige Menschen, aufgereiht wie Perlen auf einer Schnur, und beobachteten das einmalige Schauspiel, das sich ihnen bot.

Als sie auf der Mitte der Salierbrücke waren, konnte Komarow die Szenerie gut überblicken.

Die Generale setzten sich gerade mit Trippelschritten in Bewegung.

»Verdammt, warum fahren die Typen vor uns nur so langsam«, brüllte er zornig.

Meter um Meter schlich der LKW auf der Brücke dem Pfälzer Rheinufer entgegen. Zentimeter um Zentimeter bewegten sich nun die Sargträger auf die Landungsbrücke zu.

»Mach dich bereit!«, schrie Komarow durchs Handy.

Pjotr klappte das Planenstück hoch und befestigte es mit dem Klebeband.

Die Schussposition war nicht schlecht. Er konnte die schwere Waffe auf einer der waagerecht eingelegten Stützlatten der Planenkonstruktion auflegen und sich selbst auf dem Paketstapel abstützen. Noch waren die Aufbauten der »Mainz« in der Schussbahn. Mit jedem Meter, um den der Wagen vorwärtsrollte, gewann er ein größeres Blickfeld auf die Anlegebrücke. Pjotr spürte, wie ihn Nervosität überfiel. Er hatte schon vorher mit Panzerfäusten verschiedenster Bauart geschossen, um sie zu testen – deren Wirkung auf weiche oder harte Ziele zu erforschen. Auf menschenleeren Übungsplätzen war das einfach – man war frei von der Angst zu scheitern. Er war Stratege und Techniker, aber kein Soldat.

Pjotr spürte, wie ihm der Schweiß von der Stirn lief und in den Augen brannte. Er wollte ihn abwischen, aber dazu war keine Zeit mehr, ihm blieben nur noch Sekunden. Durch sein Guckloch hatte er nun die Gelegenheit, sein Ziel komplett einzusehen. Die hintere Hälfte des Sarges war noch auf dem Schiff. Dicht davor wartete das Trauergeleit der Generale. Noch ein paar Trippelschritte.

»Stopp!«, rief er laut ins Handy. Die Stimme drohte ihm zu versagen.

Abrupt hielt Komarow den LKW an.

Die Schwingungen brachten Pjotr kurz aus dem Gleichgewicht. Er musste jetzt handeln. In nur wenigen Sekunden würde hinter ihnen das Hupkonzert einsetzen. Dann wären sie im Fokus aller, die hier auf der Brücke standen und aktuell noch neugierig ans Ufer starrten. Er beobachtete, wie der Sarg nun zum Ehrengeleit aufgeschlossen war und die Generale im Begriff waren weiterzumarschieren.

Mit seinem Finger zog er behutsam den Abzug der Waffe zu sich heran, suchte den Druckpunkt, gab Körperspannung in seine Schulter, um den Rückschlag abzufangen und visierte präzise auf sein Ziel. Dann atmete er tief ein und ein Drittel wieder aus. Drückte den Abzug ganz langsam und konzentriert. »Paff!«

33. ANKUNFT

Samstag, 1. Juli 2017, elf Minuten vorher

Die Gespräche der auf der Rheinpromenade Wartenden erstarben, als drei Hubschrauber der Bundespolizei im Tiefflug über deren Köpfe hinweg donnerten.

»Das passt«, sagte Achill und schaute auf die Armbanduhr.

Etwas rheinabwärts zeichnete sich die Silhouette eines der beiden Streifenboote ab, die die »Mainz« eskortierten.

Wenige Minuten später war der kleine Konvoi auf der Höhe des Flaggenmastes, auf dem heute alle 70 Wimpel der Festbeflaggung gesetzt worden waren. Die Begleitschiffe gruppierten sich in gebührender Entfernung schützend um die »Mainz« und verharrten, scheinbar der Strömung trotzend, auf der Stelle.

Auf dem offenen Heck des Trauerschiffes stand ein Katafalk, auf dem der Sarg des Altkanzlers ruhte. Rechts und links im Spalier hielten je drei Bundeswehroffiziere im Generalsrang stoisch Totenwache.

Achill nahm unbewusst Haltung an. Er spürte, wie sich vor Ergriffenheit seine Kehle zuschnürte.

Seinen Begleitern schien es ebenso zu ergehen. Sogar bei Kerbel war der Strom unnötiger Kommentare, wenigstens für einige Augenblicke, versiegt.

Am Ufer vor dem Anleger hatten sechs Uniformierte der Bundespolizei Aufstellung bezogen und flankierten steif zu beiden Seiten das Geländer.

Die »Mainz« legte an. Jeder Handgriff dieses alltäglichen

Manövers wurde mit Bedacht und Würde absolviert. Nach einigen Momenten des Innehaltens begannen sich die Generale und Admirale, die am Sarg Ehrenwache gehalten hatten, in Trippelschritten in Richtung der Landungsbrücke zu bewegen. Ihren Platz rechts und links des Sarkophags nahmen nun je vier Offiziere der verschiedenen Truppenteile ein, um alsbald den Sarg, der in eine Bundesflagge gehüllt war, auf ihre Schultern zu heben. Langsam und feierlich folgten sie ihren Vorgesetzten auf den schmalen Steg.

Achill nahm wahr, wie André neben ihm unruhig von einem Bein aufs andere trat. »Was ist? Siehst du etwas?«, fragte er ihn leise.

»Nein, es ist nur … Ich bin froh, wenn der Sarg endlich sicher im Auto verstaut ist.«

34. BLATTSCHUSS

Samstag, 1. Juli 2017, 16.36 Uhr

Auf Pjotrs rechter Stirnhälfte war etwas wie eine rote Rose erblüht. Hinter ihm an der Innenseite der Plane liefen zähe Schlieren aus Blut und Hirnmasse hinab, auf denen kleine Knochensplitter seines Schädels schwammen.

Komarow verstand nicht, was geschehen war. Unten hatte das Trauergeleit den Anleger längst hinter sich gelassen und der Sarg war schon nahe dem Leichenwagen.

Hinten auf der Ladefläche hatte er ein Rumpeln vernommen. Durch den Handylautsprecher war so etwas wie ein dumpfer Schlag an sein Ohr gedrungen. Pjotr antwortete nicht, so sehr er ihn auch anschrie.

Er hatte es offensichtlich vermasselt – so viel stand fest. Dieser Idiot hatte danebengeschossen, sich den Finger im Abzug eingeklemmt oder sonst was. Komarows Geduld war am Ende. Er würde jetzt das tun, was er schon vor ein paar Tagen hätte tun sollen. Er würde dem Schwachkopf da hinten langsam und genüsslich den Hals herumdrehen.

Doch zunächst hieß es, schleunigst raus aus der Gefahrenzone. Er gab Gas und schloss eilig zu dem in einigem Abstand vorausfahrenden Vordermann auf. Er musste runter von der Bundesstraße – dann den schwerfälligen LKW und diesen dämlichen Pjotr loswerden und sich um die Flucht kümmern. Bestimmt dauerte es nicht mehr lange, bis die Bullen nach ihm suchten – noch intensiver, als sie es ohnehin schon taten.

Gleich nach der Brücke lenkte er den Wagen die Ausfahrt von der hochliegenden Fahrbahn der B 39 herunter.

Unten an der Ampel bog er nach links ins Industriegebiet Süd ab. Er wollte das gelbe Ungetüm bei der Raffinerie, wo die Speditionen oft ihre Laster parkten, abstellen, Pjotr erledigen, sich den nächstbesten PKW klauen. Und dann hieß es: nichts wie weg und über die grüne Grenze ins nahe Frankreich.

35. GENUGTUUNG

Samstag, 1. Juli 2017, 16.37 Uhr

Mit einem leisen Klatschen versank das Präzisionsgewehr im Altrheinarm hinter der Kiesbank, die dem Speyerer Rheinufer gegenüberlag.

Aydin hatte sich schon lange nicht mehr so befreit gefühlt. Es war eine tiefe Genugtuung – keine Freude.

Eine nun schon sechs Tage dauernde Verfolgungsjagd hatte ihr Ende gefunden. Eine anstrengende, aber auch einfache Mission. Dieser Komarow hatte es ihm leichtgemacht. Schon seit er Fayyadh und Khaled auf der Bauschuttdeponie ermordet hatte, war er ihm gefolgt. Er war ihm hinterhergefahren. Als er wusste, wo dieser kaltblütige Idiot wohnte und er sein Auto kannte, hatte er Zeit zur Müllkippe zurückzukehren und das TATP zu holen und sich auszurüsten. Er war ihm daraufhin immer auf den Fersen gewesen, ob im Parkhaus oder bei seinem nächtlichen Tauchausflug am Rhein. Da ihm die Mittel fehlten und er schnell handeln musste, stand ihm nur sein alter, roter Polo zur Verfügung. Mehrfach hatte er gefürchtet aufzufallen. Doch es war wider Erwarten gut gegangen.

Wie selbstzufrieden dieser Kerl doch war. Er hatte sich maßlos überschätzt, hatte nicht erwartet, dass er verfolgt würde, hatte im Grunde genommen alles ausgeplaudert und sich darauf verlassen, dass in seinem Umfeld niemand Russisch verstehen würde. Selbst diesen aufgeblasenen Major hatte er kennengelernt, hatte beobachtet, wie er sich bei Komarow als »Pjotr« eingeschlichen hatte. Und ihn belauscht, als er, während er nachts unter der Autobahnbrücke auf Komarow wartete, telefonierte. Dort hatte er auch verstanden, dass er und der Major, von dem dieser Komarow ständig faselte, dieselbe Person waren. Trotzdem – es war keine schlechte Tarnung gewesen, wie er sich völlig schmerzfrei von Komarow zum Narren hatte machen lassen. Nur das selbstgefällige Grinsen, wenn Komarow nicht hinsah, hatte verraten, wie sehr er mit sich zufrieden war. Leider hatte Aydin nicht mitbekommen, wie es der Major eingefädelt hatte, selbst schießen zu dürfen. Insofern war er für eine Sekunde überrascht, nicht Komarows pockennarbiges Gesicht, sondern den Major im Fadenkreuz zu haben. Aber sei's drum. Er hatte, wenn auch indirekt, Familienrache geübt und was viel wichtiger war, unterbunden, dass ihnen irgendein anderer den Anschlag und die Mission seines Bruders streitig machte. Er würde der Polizei, falls nötig, die entsprechenden Hinweise geben, dass sie diesen Komarow auch noch erwischten. Für einen Typen wie ihn war das Gefängnis die härtere Strafe als der Tod.

36. PUBLIC VIEWING

Samstag, 1. Juli 2017, 16.58 Uhr

»Mit eich rennt ma sich jo de Herzbännel ab!«, beschwerte sich Kerbel schwer atmend.

Nachdem der Sarg verladen war, waren sie schnell dem Leichenzug vorausgelaufen und standen nun im Pressebereich auf dem Edith-Stein-Platz. Die Stimmung auf der mit Gittern abgetrennten Fläche war außergewöhnlich. Obwohl um den Dom auf engstem Raum gut und gerne 4.000 Menschen versammelt waren, lag eine seltsam gravitätische Stille in der Luft. In Erwartung des Trauerkondukts schwiegen die Trauernden rund um den Dom.

Der Wind hatte aufgefrischt und ließ die Fahnen vor dem monumentalen Westwerk auswehen. Die Zugseile schlugen an die Alumasten und verursachten ein beklemmend kaltes, metallenes Geräusch.

Die Schleifen der vor dem linken Domportal niedergelegten Trauerkränze wurden durch Böen aufgeweht. Zwei Nonnen mit flatterndem Habit versuchten sie wieder zu ordnen.

Lediglich die stumpfsinnige Kakofonie der unzähligen Journalisten, die jeden, dem es nicht gelang, schnell genug aus dem Aufnahmebereich ihrer Mikrofone zu entkommen, mit den immer gleichen dämlichen Fragen belästigten, störte die bleierne Ruhe. »Welche Berührungspunkte hatten Sie persönlich zu Helmut Kohl?«, »Worauf gründet Helmut Kohls besondere Beziehung zu Speyer?« et cetera, et cetera.

In diesem Augenblick trafen die Trauerfahrzeuge auf dem oberen Domparkplatz ein. Sie hielten vor dem Seitenportal des Gotteshauses. Von hier sollte der Sarg ins Innere des gewaltigen romanischen Kirchenschiffs getragen werden.

Es ging ein Murmeln durch die Massen. Hier waren sie nun, die sterblichen Überreste ihres Speyerer Bundeskanzlers.

André besann sich, dass er ihn gerade hier oft gesehen hatte. Wenn er sich bei der Messe im Dom erhob, um zu beten, überragte er alle um sich herum um einen Kopf. Ja, er war ein großer Kanzler. Groß, bezogen auf die Lebensleistung und groß von Gestalt.

Mit einem lauten Knacken meldete sich Achills Funkgerät. Hektisch tastete er nach dem Lautstärkeregler, um das störende Geräusch, das in diesem Moment wie ein Sakrileg wirkte, zu bändigen.

Eng den Lautsprecher an sein Ohr gedrückt, verzog er sich etwas nach hinten.

Als er zurückkam, war sein Gesicht wächsern. An den Flanken seines Halses zeichneten sich rote Flecken ab.

»Was ist passiert?«, fragte Bertling besorgt.

Achill zog sie, Jonas und André, etwas ins Abseits, wo sie nicht von den Umstehenden verstanden werden konnten.

»Vorhin hat ein Angler flussabwärts bei Otterstadt eine Bombe im Rhein gefunden. Die Spezialisten für Sprengstoffentschärfung vom LKA sind schon vor Ort und haben sich einen ersten Überblick verschafft. Es ist eine Unterwasserbombe mit einem magnetischen Haftfuß, mit dem man sie an einem Schiffsrumpf oder Ähnlichem befestigen kann.«

André schluckte. Erst jetzt wurde ihm bewusst, wie konkret die Bedrohung gewesen war.

»Der gestohlene Sprengstoff von der Bundeswehr?«, fragte Bertling.

»Nein, definitiv nicht. Auf dem Plastiksprengstoff finden sich kyrillische Schriftzeichen. Er ist russischer Bauart.«

»Eigenartig«, kommentierte André und rieb sich gedankenverloren das Kinn.

»Es sollte uns allen eine Lehre sein, nicht zu früh mit dem Sekttrinken zu beginnen«, schloss Achill und schaute Jonas streng an.

»Kommt ihr mit? Ich will mich rund um das Public Viewing noch etwas umsehen. Mich lässt das Kreuz auf dem Lageplan nicht los«, sagte Achill und wandte den Blick wieder auf den Domvorplatz.

Mittlerweile hatte sich eine große Menschentraube vor dem Domportal gebildet. Es waren die geladenen Gäste, die auf den Einlass warteten. Da standen sie: Geistliche, Bundesminister, Botschafter, Regionalpolitiker und Speyers Honoratioren. Freunde und politische Gegner, alle waren gekommen, um dem Altbundeskanzler die letzte Ehre zu erweisen.

Gerade schälte sich ein Kardinal mit im Wind wehender scharlachroter Soutane aus der Menge und suchte sich einen windgeschützten Platz an der Nordseite des Domes.

Achill war im Begriff, sich mit seiner Truppe an den ganzen Prominenten vorbei über den Platz zu stehlen. Ausgerechnet jetzt preschte die Wagenkolonne des ehemaligen US-Präsidenten Clinton den Domplatz entlang und bog in die Auffahrt zum Domparkplatz nördlich des Domes ein.

»Wow«, stieß Bertling als Reaktion auf die stattliche schwarze amerikanische Staatskarosse hervor.

Sie warteten etwas ab, bis sich das Aufsehen, das Clinton und sein Gefolge verursachten, legte und marschierten dann über den weitläufigen Platz. Beinahe wären sie dabei noch mit der Personengruppe um den ungarischen Staatspräsidenten, der gerade vom Alten Rathaus die Maximilianstraße heruntergelaufen war, kollidiert.

»Hä, Fräulein do guggen Se, was in unserm Schbeier alles los is«, sagte Kerbel und stieß Bertling an der Schulter an.

»Und ich dachte schon, Sie seien die einzige Attraktion Speyers«, erwiderte sie schmallippig.

Sie hatten sich vor der Absperrung am Pavillon postiert und versuchten, den Überblick zu gewinnen. Auch hier traf Schlag auf Schlag die Politprominenz ein.

»Sie waren alle auf dem Empfang im Museum«, kommentierte Achill das Eintreffen der rheinland-pfälzischen Ministerpräsidentin.

Wieder knackste Achills Funkgerät. Er drückte es sich ans Ohr und ging ein paar Schritte zur Seite. Die anderen folgten ihm still.

»Ein Zuschauer auf der Salierbrücke will gesehen haben, dass sich aus der Plane eines Lasters eine Kanone oder so etwas Ähnliches geschoben hat«, fasste er die erhaltene Information zusammen.

»Da hat so ein dämlicher Gaffer wieder mal ein Teleobjektiv mit einer Kanone verwechselt«, witzelte Jonas.

Achill warf ihm einen strengen Blick zu.

»Ich habe Ihnen schon einmal erklärt, dass wir Hinweise aus der Bevölkerung ernst nehmen.«

Jonas nickte betreten.

»Aber sei's drum. Von der Rheinbrücke geht aktuell keine Gefahr mehr aus. Wir können uns darum noch morgen kümmern«, sagte Achill.

Gerade wollten sie ihren Standort etwas verlagern, als der

Bundespräsident, der Bundestagspräsident und die Kanzlerin aus dem gegenüberliegenden Bischofspalais traten, das den westlichen Abschluss des Domplatzes bildete.

André beobachtete, wie sich Achill ängstlich umschaute. Die roten Flecken auf dem Hals hatten zugenommen. Er konnte sich gut vorstellen, was gerade im Kopf seines Freundes vorging. Die kommenden Minuten gehörten wohl mit zu den gefährlichsten des Tages. Wenn es wirklich eine Bedrohungssituation gab, war jetzt wohl die beste Gelegenheit für einen Terroristen, den Staat in den Grundfesten zu erschüttern. Die drei mächtigsten Menschen Deutschlands waren auf einer weiten, völlig ungedeckten Linkskurve, die sie vom Eingang des Bischofspalais zum Hauptportal des Domes führte, unterwegs.

Doch was geschah nun? Mittendrin löste sich die Kanzlerin von der Gruppe und nahm direkten Kurs auf den Domgarten südlich des Domes und näherte sich damit dem Ölberg.

André hörte, wie Achill laut aufstöhnte. »Sie tut es wieder und ausgerechnet hier und an dieser Stelle.«

Die Kanzlerin ging geradewegs auf die hinter der Absperrung Wartenden zu.

Während sie lächelnd Hände schüttelte, schüttelte Achill den Kopf. »Es gab hier keine Personenkontrolle. Es reicht ein Messer … nicht auszudenken«, stammelte er.

Die Kanzlerin machte unverdrossen weiter, schüttelte rund 50 Trauergästen die Hände, sprach einen kleinen Jungen an und fragte eine Trauernde nach den hinter ihr aufgestellten Skulpturen.

»Die hat Nerven!«, sagte Bertling bewundernd mit offenem Mund.

Nach zehn Minuten gab es fürs Erste auf dem Domplatz nichts Besonderes mehr zu sehen. Das Requiem unter der Leitung des Speyerer Bischofs hatte begonnen.

André beobachtete, wie sein Freund entspannter wirkte.

»Du hältst den Dom für absolut sicher?«, fragte er ihn.

»Was ist schon absolut. Aber bei so vielen Sicherheitsfachleuten und Hunden, wie in dieser Woche durch den Dom gelaufen sind, kann ich mir nicht vorstellen, dass da drin was passiert. Schließlich wird er seit Tagen streng bewacht, und auch sonst kann sich dort kein Außenstehender in den Nebenräumen frei bewegen.«

»Hmm, ich weiß nicht. Mich lassen die Bilder von gestern Abend nicht los. Als die Techniker der Rundfunkanstalten wie Ameisen im und um den Dom wimmelten«, gab André zu bedenken.

»Lass uns mal zum Ölberg und dem Public-Viewing-Areal gehen«, regte Achill an.

Nach ein paar Minuten hatten sie sich alles angesehen. Nichts wirkte verdächtig. Der Eingang des Ölbergs wurde noch immer von zwei Mann bewacht, und vor der Großleinwand folgten rund 2.500 Menschen andächtig dem Requiem aus dem Dominnern.

Plötzlich verdunkelte sich die Szenerie im Dom. Es war, als wäre ein großer Teil der Scheinwerfer, die speziell für den heutigen Tag installiert worden waren, ausgefallen.

»Was soll denn das werden?«, fragte Achill besorgt.

»Warten Sie, ich kläre das mit der Technikregie. Ich habe die Nummer parat«, antwortet Bertling und hatte schon das Handy in der Hand.

Alle lauschten neugierig, was sie wohl in Erfahrung bringen würde. Wie aus der Live-Übertragung auf der riesigen

Projektionsfläche nachzuverfolgen war, war zwischenzeitlich die Beleuchtung wieder angesprungen.

»Es gibt wohl einen Zwischenfall mit dem Gebäudetechniker«, informierte Bertling.

»Verena, André, lasst uns kurz nachsehen«, sagte Achill und startete zum Seiteneingang.

André hielt ihn am Arm zurück. »Nicht *da* rein, das sorgt nur für Unruhe. Wir gehen den Nordwestturm hoch.«

Er übernahm die Führung, bog, bevor sie das Seitenportal erreicht hatten, links ab und führte sie in Richtung des Haupteingangs.

Als sie das große Gittertor des offenen Westwerks durchschritten hatten, zweigte er wieder nach links ab und steuerte auf die Zugangstür des Turms zu, die von einem Securitymann bewacht wurde.

Achill hielt ihm den Ausweis vor die Nase, und der Wachmann ließ sie ungehindert passieren.

Oben ging André wieder voraus. Er kannte den Weg über den kleinen Steg, der die Oberseite des Kreuzgewölbes, das aus dieser Perspektive wie eine große Düne vor ihnen lag, überspannte. Noch einige Stufen und schon standen sie vor dem Serverraum, in dem alle Fäden der Haustechnik zusammenliefen.

»Was ist passiert?«, fragte Achill schwer atmend.

»Es war alles zu viel für ihn. Die Sanitäter haben ihn mit in den Kaisersaal genommen und kümmern sich um ihn«, antwortete ihnen ein schwarz gekleideter langhaariger Mann. Wie das Logo auf seinem T-Shirt verriet, gehörte er zu einem Rundfunksender und saß nun auf dem Platz des Dom-Haustechnikers, den sie bei ihrem ersten Besuch kennengelernt hatten.

»Dann lass uns nach unserem digitalen Freund schauen.

Letztes Mal wirkte er noch so, als hätte er Computerplatinen statt Nerven in sich.«

Sie gingen eine kurze Treppe nach unten und standen im Kaisersaal, wo gerade zwei Sanitäter neben einem am Boden Liegenden knieten.

»Polizei!«, sagte Achill streng und zeigte einem der Rettungshelfer den Ausweis. »Was ist mit ihm?«

»Nichts Ernstes, nur eine Kreislaufschwäche.« Dabei starrte der Angesprochene unablässig auf die Anzeige des Blutdruckmessgerätes in seiner Hand.

»Ich hab's vermasselt. Es war meine Schuld. Ich hab daneben geklickt«, stammelte der Mann am Boden.

»Ich denke, da können wir nicht helfen«, konstatierte Achill lächelnd und wandte sich zum Gehen.

37. EHRENGELEIT

Samstag, 1. Juli 2017, 19.40 Uhr

Als sie aus der Pforte des Turmes traten, stand das Domportal bereits weit offen. Es ertönte die Kaiserglocke, die meist nur beim Tod eines Papstes oder Bischofs geschlagen wurde.

Achill lief eilig vorneweg und dirigierte die kleine Truppe über den Domplatz vors Rathaus. Hier hatten sie direkt vor der Absperrung einen guten Blick auf das nun anstehende Zeremoniell – dem sogenannten großen militärischen Ehrengeleit. Zuerst erschienen zwei Kranzträger. Dann folgte der mit einer deutschen Flagge eingehüllte Sarg, den acht Bundeswehroffiziere der Truppenteile Heer, Luftwaffe und Marine trugen, nach draußen. Noch immer wurde er von den Admiralen und Generalen der Totenwache flankiert.

Trotz der vielen Menschen war es ganz still auf dem Platz. Die Stimmung war andächtig, gravitätisch, würdevoll. In vielen Gesichtern spiegelte sich ehrliche Ergriffenheit, und es rollte die eine oder andere Träne über bleiche Wangen.

Dann setzte das Bundeswehr Musikkorps ein. André erkannte den Trauermarsch aus dem Oratorium »Saul« von Händel, der bei Staatsbegräbnissen häufig aufgeführt wurde.

Er spürte, wie sich Gänsehaut auf seinem Körper ausbreitete – er fühlte sich aufgewühlt und berührt.

Als die Trauergäste hinter dem Sarg ins Freie traten, setzte ein großes Schirmaufspannen ein. Der Regen hatte wieder eingesetzt.

Einer der wenigen, die auf einen Regenschutz verzichteten, war Bill Clinton. Er stand stoisch, sichtlich betroffen neben der Witwe.

›Was für ein Staatsmann‹, dachte André bewundernd.

Die Träger setzten den Sarg auf einem Katafalk ab. Es folgte eine Minute der Stille.

»Augen geradeaus! Gewehr über! Das Gewehr ab!«, rief der Kommandeur des Wachbataillons. Als die Gewehrschäfte auf dem nassen Pflaster auftrafen, hallte ein zigfaches Klappern über den Domplatz.

Die Musiker stimmten den Choral »Jesus meine Zuversicht« an. Zackige Exerzierbefehle durchstießen erneut die Stille.

»Das Gewehr über! Achtung! Präsentiert das Gewehr!«

Dann setzte die deutsche Nationalhymne ein. Stimmlos bewegten einige der Trauernden die Lippen.

»Augen rechts!« Wieder ertönte der Trauermarsch, als 20 Kranzträger, die je zu zweit einen Kranz vor sich hielten, in kleinen bedächtigen Schritten die aus Soldaten aller Truppenteile zusammengesetzte Bundeswehrformation abschritten. Dann folgten die Sargträger mit dem Sarkophag des Altbundeskanzlers, flankiert durch die Ehrenwache.

Er wurde langsam und behutsam ins Heck des Trauerwagens manövriert. Die Träger und die Ehrenwache nahmen um das Fahrzeug Aufstellung.

Ein Trommelwirbel. Es erschallten die altbekannten Klänge des Lieds vom guten Kameraden. André spürte, wie ihm die Augen feucht wurden. Allzu häufig hatte er diese Klänge schon vernommen, als er am Grab von guten Freunden Abschied genommen hatte.

»Ich hatt' einen Kameraden, einen bessern findst du nicht. Die Trommel schlug zum Streite …«, weiter kam Kerbel mit seiner kratzigen Stimme nicht, als ihn Achills Ellbogen in die Flanke traf.

André fuhr überrascht herum und glaubte, ein unterdrücktes Lächeln auf Achills Gesicht zu erkennen. Offenbar war er nun, nachdem die Zeremonie zum Ende gekommen war, etwas lockerer geworden.

»Du glaubst, wir haben es überstanden?«, fragte er ihn.

»Ich denke schon. Das Public Viewing und dieser festliche Akt waren die gefährlichsten Momente.«

André nickte.

»Schä war's. So rischtisch feierlich«, mischte sich die Erdbeernase dazwischen, als das Lied geendet hatte und die Kaiserglocke erneut geschlagen wurde.

Der Trauerzug setzte sich derweil ganz langsam Richtung Maximilianstraße in Bewegung.

Mitten in die Ruhe, die nach wie vor über dem Platz lag, krächzte Jonas' Funkgerät.

»Wir haben an der Schützenstraße ein kleines Handgemenge. Jemand hat versucht, Müll im Bach zu entsorgen.«

Achill warf ihm einen strafenden Blick zu. »Musste das sein. Können Sie das nicht leiser machen? Irgendwann melden diese Idioten noch, wenn sie einen Parksünder aufschreiben oder bei jemandem die TÜV-Plakette abgelaufen ist!«

Die Finger des jungen Polizisten fuhren auf der Suche nach dem Off-Knopf zitternd über den Rand des Gerätes.

André strich sich über das Kinn und legte die Stirn in Falten.

»Wo war das noch mal?«, fragte er.

»An der Schützenstraße«, antwortete Jonas hastig.

»Können Sie fragen, was genau vorgefallen ist?«, bohrte André weiter.

Jetzt war er es, der einen unwirschen Blick Achills auf sich zog.

André hob abwehrend die Hand, während Jonas die Frage an den Gesprächspartner am anderen Ende weitergab.

»Es war auf der Brücke zwischen dem Bahnübergang und der Fahrschule. Ein älterer Herr hat Müll in den Bach geworfen und eine junge Frau, so eine *Grüne* mit Wollpulli, hat ihn beobachtet und wollte ihn daran hindern. Wir haben auf der anderen Straßenseite gestanden. Er ist davongelaufen, als das Zeug im Bach war«, knarzte es aus dem Funkgerät.

Achill wirkte genervt. »André, das ist nun wirklich nicht

unser Problem. Wir müssen los. Der Trauerzug ist schon unterwegs.«

André war tief in seine Gedanken versunken. Achills Drängen nahm er nur wie ein Störgeräusch wahr.

»Moment noch. Was genau hat er reingeworfen?«

Wieder gab Jonas mit einem ängstlichen Blick auf Achill, dessen Ohren eine leicht rosa Färbung annahmen, die Frage weiter.

»Ich habe nur so etwas wie eine Styroporplatte gesehen, auf die so etwas wie ein Müllbeutel mit Paketband geklebt war.«

André spürte, wie ihm das Blut in die Beine fiel. Für einen Augenblick drohte er, das Gleichgewicht zu verlieren.

»Das ist …, das ist …, das ist sie!«, brach es aus ihm heraus.

»Das ist was?«, fragte Achill streng.

»Das ist eine Bombe!«, sagte André einen Tick zu laut.

Achill schaute unsicher auf sein Umfeld. Offensichtlich war er in Sorge, jemand hätte André hören können.

»Aber André, was will er dort damit, das ist fast zwei Kilometer von hier entfernt.«

Mittlerweile hatte der Leichenwagen zu der, auf der Maximilianstraße wartenden, Motorradeskorte aufgeschlossen und setzte sich erneut in Bewegung.

André hatte das Gefühl, die Kontrolle über sich zu verlieren. Er schwankte sichtlich. Auf der gegenüberliegenden Straßenseite nahm er Irina und Kazimir wahr, die offenbar vorhatten, dem Trauerzug auf dem Gehweg zu folgen.

»Irina bleib hier!«, rief er viel zu kraftlos.

Achill schüttelte verständnislos und ärgerlich den Kopf. »André, lass gut sein«, sagte er und wollte seinen Freund, der etwas taumelte und abwesend auf den Leichenzug starrte, unterhaken.

»Sie schwimmt auf dem Speyerbach zu uns her. Sie wird den Trauerzug irgendwann auf der letzten Hälfte der Maximilianstraße erreichen und …« Beim letzten unausgesprochenen Wort weiteten sich Andrés Augen.

»Wieso schwimmen?«, fragte Achill verwirrt.

»Weil der Speyerbach unter der Mühlturmstraße und dann unter dem Altpörtel hindurch weiter unter dem rechten Bürgersteig der Maximilianstraße verläuft«, erwiderte André noch immer geistesabwesend.

»Du musst den Zug anhalten. Sofort, hörst du? Sofort!«

Mittlerweile war der Trauerzug bereits etwa 30 Meter an ihnen vorbeigerollt.

Achill ruderte hilflos mit den Armen. »Wie, wie soll ich das machen? Man wird nicht auf mich hören nur wegen deines Verdachts.«

André antwortete nicht. Die Lippen bewegten sich, und aus seinem Mund drangen zusammenhanglose Worte. »Fließgeschwindigkeit … Schritttempo … etwa gleiche Entfernung zwischen Schützenstraße und Altpörtel …«

Alle schauten ihn fragend an. Ihr Gesichtsausdruck war teils lauernd, teils mitleidig. So, als würden sie einen Deliranten beobachten.

André versuchte sich zu sammeln. Nur wenn er einen kühlen Kopf bewahrte, hatten sie vielleicht noch eine Chance. Er schwieg kurz und schloss die Augen. Sie hatten keine Zeit für langwierige Diskussionen. Es musste ihm gelingen, alle nötigen Informationen in einen möglichst verständlichen Satz zu packen und die Begleiter in seine Gedanken einzuweihen.

Er räusperte sich. »Das, was der Typ ins Wasser warf, ist

ein Schwimmkörper mit dem Sprengstoff aus dem Marinestützpunkt. Er schwimmt auf dem unter dem Bürgersteig verlaufendem Speyerbach auf den Trauerzug zu, und sobald das kleine Floß ihn erreicht, wird der Täter oder ein Komplize die Bombe zünden. Da die Strecke zwischen der Schützenstraße und dem Altpörtel etwa genauso lang ist wie die Strecke von hier zum Altpörtel, wird es wohl dort passieren.«

Jetzt war es Achill, dem alle Farbe aus dem Gesicht wich.

»Ja aber, das sind nur gut sieben Minuten, die uns noch bleiben. Ich kann weder den Trauerzug stoppen, noch die Bombe aufhalten.«

»Dann eben den Typen, der sie auslöst«, setzte André hinzu.

»Wie soll das in diesen Menschenmassen funktionieren?«, fragte Achill resignierend und wies auf die schier endlose Reihe der Menschen, die die Maximilianstraße säumten.

»Was meinen Sie mit auslöst?«, mischte sich Bertling ein.

»Na ja, er wird wohl so etwas wie einen Funkzünder haben«, sagte André und blickte sie fragend an.

»Hmm«, brummelte Bertling und schwieg. Man konnte förmlich beobachten, wie etwas in ihr arbeitete. »Dann müssen wir den eben stören«, meinte sie schließlich.

»Klingt gut. Ich fahre schnell nach Mainz zum LKA. Die haben bestimmt so einen Störsender«, sagte Jonas zynisch grinsend.

»Und ich bleibe lieber hier und kümmere mich um das Naheliegende«, sagte Bertling. Dabei schienen sich ihre Gesichtszüge zu erhellen.

»Kinder, jetzt bloß nicht streiten«, versuchte Achill zu vermitteln.

Bertling grübelte und schien ihn zu überhören. »Chef,

ich brauche mal deine ganze Autorität. Ich glaube, ich weiß, wie es funktionieren könnte.«

»Aha, und wie soll das klappen?«, wollte Achill wissen.

»Na ja, wir haben ganz in unserer Nähe den größten Störsender, den man sich nur vorstellen kann.«

Achill starrte sie fragend an.

»Hinter dir – der Übertragungswagen des SWR«, antwortete sie triumphierend.

»Okay, dann nichts wie hin. Ich verlasse mich auf dich, Verena«, sagte er und drehte sich auf dem Absatz um.

André hatte in der Zwischenzeit weitergegrübelt.

»Wir sollten prüfen, ob wir mit der Bombe richtig liegen. Selbst wenn wir den Kerl ein paar Minuten daran hindern können, sie auszulösen, werden wir das Funksignal nicht ewig stören können.«

Die anderen nickten, wussten aber nicht, worauf André hinauswollte.

»Kerbel, könnten Sie schnell mit unserem Jonas zum Speyerbachabgang am Ledergässchen gehen. Wenn wir Erfolg haben, müsste dort die Bombe hinter dem Gitter vorbeischwimmen und Sie können sie sehen. Wenn nicht, werden Sie es hören. Und falls ich mich geirrt habe, wird ein Müllsack an Ihnen vorbeitreiben«, nahm André das Heft in die Hand.

»… und ich werde ’ne Menge Ärger kriegen«, setzte Achill fort. »Verständigen Sie uns per Funk, wenn Sie was sehen – und jetzt nichts wie weg.«

»Alla hopp!«, quittierte Kerbel Andrés Ansage und zog Jonas am Arm mit sich weg.

Achill begann wie ein Besessener in Richtung des Übertragungswagens zu laufen, der direkt bei ihnen um die Ecke in der Großen Himmelsgasse parkte.

Bertling und André folgten ihm eilig.

Nur 20 Sekunden später standen sie in der Tür des Ü-Wagens. Achill hatte noch unsanft zwei Schaulustige aus dem Weg geschoben, die durch die offene Tür auf den Bildschirm starrten, auf dem gerade der Trauerkondukt vorbeiflimmerte, wie er die »Alte Münze« passierte.

»Es ist höchste Zeit, mach schnell«, schrie André in Richtung des Freundes.

Achill schlug hektisch die Tür des Wagens zu. Die beiden Techniker wandten sich erschreckt zu ihm um.

»Was erlauben Sie sich?«, brüllte der Ältere der beiden empört.

»Dies ist ein Polizeieinsatz. Wir haben den begründeten Verdacht, dass in den nächsten Minuten eine Bombe unter dem Trauerzug gezündet werden soll«, sagte Achill bestimmt und riss seine Polizeimarke aus der Jackentasche und hielt sie den verdutzten Übertragungstechnikern entgegen.

»Können Sie ein Störsignal erzeugen, das das Zünden der Bombe durch einen Fernzünder verhindert?«

»Guter Mann, das können wir. Aber ohne einen derartigen Auftrag von der Aufnahmeleitung machen wir gar nichts.«

Bertling schien erleichtert, dass sie mit ihrer Idee richtiggelegen hatte.

»Ob Ihnen Ihre Aufnahmeleitung auch helfen kann, wenn Sie wegen Behinderung eines Polizeieinsatzes im Gefängnis landen und den Tod vieler Unschuldiger zu verantworten haben, bezweifle ich«, schrie Achill mit gefährlich funkelnden Augen.

»Und welche Funkfrequenzen wollen Sie konkret stören?«, fragte einer der beiden feindselig.

Bertling mischte sich ein. »Alle, einschließlich aller Mobilfunknetze. Und zwar solange, bis der Leichenwagen den Postplatz in Richtung Bahnhofstraße verlassen hat. Ist Ihnen das konkret genug?«

»Die Mobilfunknetze? Das wird aber Ärger geben«, sagte der andere Techniker ungläubig.

»Was glauben Sie, was es für Ärger gibt, wenn das Altpörtel Ihretwegen in die Luft fliegt!«

»Schnell jetzt los, genug gequatscht!«, schrie Achill und legte demonstrativ die Hand auf die Dienstwaffe.

Die beiden schauten sich an. »Okay, auf Ihre Verantwortung«, sagte der Ältere kleinlaut. Er drückte ein paar Knöpfe und schob einen Regler bis an den Anschlag.

»Sie sind schon am Kaufhof«, sagte André, der wie gebannt auf den Monitor starrte.

Im gleichen Moment stürzte ein weiterer Techniker in den Funkwagen. »Spinnt ihr? Ihr habt hier alles lahmgelegt. Der Alte kocht!«

»Polizeieinsatz!«, sagte Achill gelassen. »Bitte verlassen Sie diesen Funkwagen und verhindern Sie, dass uns jemand stört. Er ist von uns beschlagnahmt.«

Der Mann stand wie vor den Kopf gestoßen in der Tür und starrte Hilfe suchend auf seine Kollegen. Erst als ihm der Jüngere zu verstehen gab, dass es stimmte, entfernte er sich kopfschüttelnd.

»Sie sind vorm Altpörtel«, kommentierte André mit vor Anspannung vibrierender Stimme.

Achill strich sich mit der Hand über das schweißnasse Gesicht.

»O mein Gott! Hoffentlich klappt es«, sagte Bertling beschwörend.

»Sie sind durch«, kommentierte André das, was alle auf

dem Live-Monitor mitverfolgen konnten, mit Erleichterung in der Stimme.

Nach weiteren 30 Sekunden gab Achill Entwarnung. »Sie können das Störsignal wieder runterfahren«, sagte er trocken und legte eine Visitenkarte auf das Schaltpult. »Für den Fall, dass jemand fragt, ich übernehme die volle Verantwortung«, sagte er mit schiefem Lächeln. »Wir müssen weiter.«

»Und ob da jemand fragt. Das hat ein Nachspiel. Die Presse zu behindern und Funknetze zu stören, ist auch eine Straftat«, echote der Jüngere.

»Nicht, wenn Gefahr in Verzug ist, junger Freund«, entgegnete Achill ruhig und verließ mit Bertling und André im Schlepptau den Wagen.

»Wenn wir falschgelegen haben, werde ich wohl meine letzten Dienstjahre in Mali verbringen«, sagte Achill sichtlich aufgewühlt.

38. BOMBENJAGD

Samstag, 1. Juli 2017, 20.15 Uhr

»Lass uns schnell nachschauen«, drängte André, als sie auf der Großen Himmelsgasse standen.

»Aber das tun doch schon Jonas und Kerbel«, hielt Achill dagegen.

»Klar, aber wenn sie es uns melden, wird es zu spät sein, der Bombe noch hinterherzukommen, wenn wir hier Maulaffen feilhalten.«

»Okay. Was schlägst du vor?«

»Wir müssen schnellstens zum Mittelsteg, wenn wir noch etwas unternehmen wollen. Dort kommt der Bach wieder an die Oberfläche.«

»Mittelsteg – was ist das?«, wollte Bertling wissen.

»Eine Brücke über den Speyerbach«, antworteten Achill und André gleichzeitig.

»Okay, dann nichts wie los«, trieb sie Achill an.

Sie rannten etwa 50 Meter die Großen Himmelsgasse entlang Richtung Westen. Vor der Dreifaltigkeitskirche bogen sie in die Kleine Himmelsgasse, einen schmalen unbefahrenen Weg, der zwischen hohen Mauern hinunter in die Altstadt führte.

In diesem Moment knarzte Achills Funkgerät. »Ich glaube, Herr Sartorius liegt richtig. Da wurde ein grauer Müllsack auf einer Styroporplatte mit Paketband fixiert. Und im Dunkeln dieses Kanals glauben wir, ein schwaches rotes Licht darin blinken gesehen zu haben.«

»Okay, dann lauft, so schnell ihr könnt, zum Mittelsteg!«, wies sie Achill an.

»Wir sind gerade wieder vor dem Dom«, entgegnete Jonas.

André mischte sich ein. »Frank, schick sie lieber zur Sonnenbrücke, sie sollen sie sichern und die Passanten auf Distanz halten. Falls wir zu spät kommen, ist das die nächste Station, die der Speyerbach passiert.«

Schwer atmend erreichten sie den Mittelsteg und starrten ins seichte Wasser.

»Verdammt, da ist sie«, seufzte Achill atemlos, als das

von Jonas beschriebene Paket nur einen Augenblick danach unter ihren Füßen den großen Rundbogen der Brücke hindurchschwamm.

»Wir müssen sie unbedingt aufhalten, bevor sie in den Rhein getrieben wird. Man kann dort schlecht wochenlang den Schiffsverkehr einstellen, bis man das doofe Ding irgendwo findet«, schrie Achill.

André hatte, ohne zu antworten, den Mittelsteg überquert und rannte die Hasenpfuhlstraße entlang in Richtung Sonnenbrücke. Ohne zu zögern, folgten sie ihm eilig.

Es gelang ihnen, durch ihren Sprint gegenüber dem behäbig auf dem Bach dahindümpelnden Bombenfloß etwa 50 Meter Vorsprung herauszuholen. Auf der Sonnenbrücke hantierten Jonas und Kerbel mit einem grünen Netz, das sie kurzerhand von einem Baugerüst gerissen hatten.

»Ich glaube, ihr seid nicht ganz bei Trost!«, fuhr sie Achill völlig außer Atem an. »Wenn das Ding hier losgeht, legt ihr die Brücke und alle Häuser drumherum in Schutt und Asche. Seht ihr nicht, wie viele Menschen hier in unmittelbarer Nähe rumstehen?«

Doch es war zu spät. Das Netz fiel.

»Wir wollten doch nur …«, stammelte Jonas.

»Sofort alle weg hier!«, warnte Achill die Umstehenden und dirigierte alle mit ausgebreiteten Armen von der historischen Sandsteinbrücke.

In diesem Augenblick trieb das kleine Floß unter der Brücke hindurch.

»Mir hänn se«, schrie Kerbel triumphierend. Tatsächlich schien es so, als hätte sich der Schwimmkörper im äußeren Ende des Netzes verfangen.

Achill schüttelte verärgert den Kopf. »Auch das noch.

Mann, Jonas, jetzt können wir die halbe Altstadt evakuieren!«

»Sie hat sich losgerissen«, schrie Jonas erleichtert.

Das kleine Floß drehte sich, auf den Wellen tanzend, mehrfach um die eigene Achse und setzte die Reise Richtung Rhein fort.

»Wir sollten es direkt bei der Mündung versuchen. Dort sind weniger Passanten als hier, und es gibt keine Häuser drumherum. Wir müssen das Risiko minimieren, falls das Ding doch noch explodiert«, soufflierte André seinem Freund.

Achill riss das Funkgerät vom Gürtelholster und schrie noch immer atemlos hinein: »Achtung an alle Einheiten nördlich des Doms und der Rheinpromenade. Wir haben einen Schwimmkörper auf dem Speyerbach lokalisiert, bei dem es sich höchstwahrscheinlich um einen Sprengsatz handelt. Bitte finden Sie sich umgehend auf der Brücke an der Speyerbachmündung ein und probieren Sie durch Absperrgitter und Ähnliches einen Austritt des Objektes auf den Rhein zu verhindern. Räumen Sie das Areal weiträumig und alarmieren Sie das LKA. Wir brauchen die Kollegen des Entschärfungskommandos. Und halten Sie unbedingt den Funkraum für diesen Einsatz frei.«

»Los, wir dürfen keine Zeit verlieren!«, rief Achill und startete Richtung unteren Domparkplatz. André, Bertling und Jonas schlossen sich ihm an.

Kerbel stand gebeugt auf der Stelle und fasste sich an die Brust. »Isch konn nimmi. Isch muss misch erscht mol setze«, hörten sie ihn noch krächzen und rannten los.

Die Entfernung von der Sonnenbrücke zur Mündung des Speyerbaches und der sich darüber spannenden Betonbrücke, über die der Leinpfad verlief, betrug knapp einen halben Kilometer. Auf dem behäbig dahinfließenden Bach würde das Bombenfloß gut fünf Minuten brauchen. Wenn sie ihren Sprint weiter durchhielten, würden sie es in rund der Hälfte der Zeit schaffen. ›Ob Franks Funkspruch ausgereicht hatte, um seine Kollegen zum Handeln zu bewegen? Wenn nicht, würde ihnen der Vorsprung kaum reichen, um noch irgendetwas zu unternehmen‹, überlegte André.

Als sie ankamen, bot sich ihnen ein überraschendes Bild. Wie am Eingang eines Ameisenhaufens schufteten bereits unzählige Uniformierte. Sie schleppten alles herbei, was nicht niet- und nagelfest war: Absperrgitter, Warnbaken, sogar ein mobiles Verkehrsschild. Sie trugen alles auf die Brücke, die die Uferpromenade mit der Zufahrtsstraße zum alten Hafenbecken verband, und warfen es auf der Rheinseite der Brücke in die Speyerbachmündung. An jeder Brückenseite drängten mehrere Polizisten neugierige Passanten ab und versuchten, den Mündungsbereich in einem Radius von 200 Metern freizuhalten.

Als sie näher kamen, stellte sich ihnen einer der Aufpasser in den Weg. »Sie können hier nicht durch. Hier läuft ein Polizeieinsatz.«

»Wir waren es, die Sie informiert haben. Mein Name ist Frank Achill von der Kripo Ludwigshafen.« Keuchend hielt er dem Uniformierten die Polizeimarke entgegen.

Der Mann ließ sie sogleich durch, und sie stürzten in panischer Eile zur Brücke.

»Hier schwimmt garantiert nichts mehr davon!«, sagte ein Polizist in Zivil, der offenbar Achill kannte.

Sie blickten übers Geländer und sahen einen riesigen Berg an Eisengittern und Gerümpel, der den Bach bis etwa einen halben Meter über der Wasserlinie auf der ganzen Breite versperrte.

»Gut gemacht, Albert!«, sagte Achill und klopfte dem Kollegen dankbar auf die Schulter. »Auf euch ist eben Verlass.«

»Hier kommt das böse Stück!«, rief gerade ein anderer Polizist.

»Bitte verlassen Sie alle die Brücke. Wir wissen nicht, ob das Biest nicht mit einem Berührungszünder ausgestattet ist«, wies Franks Kollege, der offensichtlich die Leitung des Einsatzes übernommen hatte, alle Anwesenden an.

Alle wichen ein ganzes Stück zurück und beobachteten bang, wie sich das Floß in den im Bach liegenden Gittern verfing.

»Fertig. Diese Fahrt wäre wohl zu Ende«, keuchte Achill schwer atmend. »Mann, war das knapp.«

39. FAHNDUNGSARBEIT

Samstag, 1. Juli 2017, 20.32 Uhr

Wenige Augenblicke später trafen die Spezialisten vom LKA ein. Sie waren gerade mit der Arbeit an dem bei Otterstadt auf dem Rhein gefundenen Sprengsatz russischer Bauart fertig geworden und ohne zu zögern direkt hierhergekommen.

André und seine Begleiter waren noch von ihrer Hetzjagd hierher gezeichnet. Sie atmeten wie Marathonläufer nach einem Wettkampf. Ihre Kleidung war völlig durchgeschwitzt. Jonas hatte sich bei der Aktion, in der er das Baustellennetz vom Gerüst gerissen hatte, an der Hand verletzt und blutete stark.

Sie schleppten sich keuchend auf eine nahe Parkbank und starrten zunächst einige Sekunden stumm auf die andere Rheinseite.

Ein Uniformierter hatte aus dem Mannschaftswagen Verbandszeug geholt und verband Jonas' Hand. Kerbel war nicht mehr zu ihnen aufgeschlossen.

»Ohne deinen Riecher wäre Speyer das Altpörtel wohl los«, witzelte Achill.

»Das hätte schon zweimal gesprengt werden sollen, einmal 1689 durch Marschall Duras von den Franzosen und dann in den 60ern durch eine paar wild gewordene Stadtplaner, die den Verkehrsfluss auf der Maximilianstraße optimieren wollten. Aber das Ding hatte eben schon immer seine Fürsprecher unter den Speyerern«, sagte André lachend.

Achill schaute plötzlich erschrocken auf die Armbanduhr. »Hoffentlich läuft bei der Beisetzung alles nach Plan. Ich habe keine Ruhe, solange diese Typen noch auf freiem Fuß sind.«

»Typen?«, fragte Bertling erstaunt.

»Ja, es müssen mindestens zwei gewesen sein. Einer, der das Floß absetzte und einer, der irgendwo auf der Maximilianstraße stand, um die Bombe zünden zu wollen«, antwortete Achill.

»Ich verstehe immer noch nicht, wie das hätte ablaufen sollen?«, fragte Jonas, dessen Hand nun verbunden war.

»Ich denke, es gibt mindestens zwei Möglichkeiten«,

begann André. »Die erste Möglichkeit ist: Sie haben das vorher ausprobiert und haben genau gewusst, wie viele Sekunden das Floß brauchen würde, um beispielsweise unterm Altpörtel zu sein. Wahrscheinlich haben sie gestern auch die Generalprobe beobachtet und haben dadurch das Wissen, wann sie es auf die Reise zu schicken haben, um zum richtigen Zeitpunkt den Trauerzug zu treffen. Das ist eben die Kehrseite einer allzu präzisen Vorbereitung. Man gibt auch den bösen Jungs Zeit zum Probieren und wird berechenbar.«

»Und die zweite Möglichkeit?«, fragte Jonas neugierig.

»Na ja, etwas zuverlässiger wäre natürlich, das Floß mit einem GPS-Sender auszustatten und jederzeit zu wissen, wo es sich befindet. Ich weiß bloß nicht, ob das unter der Straßendecke so sicher funktioniert. Insofern tippe ich auf eine Kombination aus beidem.«

»Respekt, nicht schlecht kombiniert für einen Zivilisten«, sagte Bertling und nickte André anerkennend zu.

»Ihre Idee mit dem Störsender war auch nicht von schlechten Eltern«, gab André zurück.

»Ich weiß schon, warum ich unser Team so und nicht anders zusammengestellt habe«, sagte Achill lachend. »Aber Spaß beiseite, ich kann erst ruhig schlafen, wenn die beiden Typen hinter Schloss und Riegel sitzen.«

Achill nahm sein Mobiltelefon und tippte auf eine Kurzwahltaste. »Mal sehen, wie weit die Kollegen damit gekommen sind.«

Er telefonierte eine Weile und nahm dann mit enttäuschtem Blick das Telefon vom Ohr. Die anderen blickten erwartungsvoll auf ihn.

Er zögerte eine Weile, so als müsse er verdauen, was er gerade gehört hatte.

»Es ist wohl das passiert, was in so einer Situation häufig passiert«, sagte er niedergeschlagen. »Der Typ vom Bach ist uns entkommen. Es gab natürlich keine Veranlassung, jemanden, der nur etwas Müll illegal entsorgt hat, zur Fahndung auszuschreiben. Auch Zeugen hat man nicht einvernommen. Warum auch, wegen eines dämlichen Müllsacks.«

»Und jetzt?«, fragte André verwirrt.

»Aktuell haben wir nur die Aussage der beiden Polizisten, die in der Nähe standen und das Ganze beobachteten.«

»Und?«, fragte Bertling ungeduldig.

»Nichts. Die Aussagen der beiden sind ziemlich oberflächlich. Ein Mann, Ende 60 ... mittlere Größe ... Hornbrille ... unscheinbar ... in altmodischem beigegrauen Anzug gekleidet«, zählte Achill resigniert auf.

»Das sieht eher nach einer Tarnung aus«, merkte Jonas an.

André zögerte und rieb sich still das Kinn.

»Was denkst du?«, fragte Achill, der ihn eine Weile beobachtet hatte.

»Ich denke, dass der mir schon mal irgendwo untergekommen ist.«

»Sag mal, mit welchen Leuten verkehrst du eigentlich?«, fragte ihn Achill lachend. »Erst dieser Komarow und nun schon wieder so ein Schurke, den du kennst.«

»Genau das ist es!«, rief André laut.

»Ruf den Polizisten, der ihn gesehen hat, an und frag ihn, ob er ihn etwas sprechen gehört hat.«

Achill schüttelte den Kopf und drückte wieder auf die Kurzwahltaste des Handys. Nach ein paar Sekunden meldete sich am anderen Ende jemand. Nachdem Achill sichergestellt hatte, den Richtigen am Apparat zu haben, gab er sein Mobiltelefon an André weiter.

»Haben Sie den Mann etwas sagen gehört?«, fragte André.

»Ja, hab ich.«

»Können Sie sich an einen Dialekt erinnern?«

»Ja, klar. Ich musste schmunzeln, weil er sich so komisch anhörte.«

»Aha. Und wie hörte es sich an?«

»Es war astreines Sächsisch. Das hört man ja bei uns nicht alle Tage.«

André spürte, wie die Wangen zu glühen begannen.

»Können Sie mir seine Brille etwas genauer beschreiben?«

»Ja, das kann ich. Die sah aus wie die von diesem Schauspieler – diesem Heinz Erhardt.«

Spätestens jetzt wusste André, dass er auf der richtigen Fährte war. »Sie haben nichts von seinem Hut erwähnt«, setzte er nach.

»Der ist ihm ja schließlich auch vom Kopf in den Bach gefallen, als die Frau auf ihn losging. Aber woher wissen Sie …?«

»Danke, Sie haben mir sehr geholfen«, sagte André und gab wortlos das Handy zurück.

Achill, der mit nervös wippendem Fuß zugehört hatte, schüttelte den Kopf. »Wenn du jeden Tatverdächtigen persönlich kennst, können wir die Kripo demnächst auflösen.«

»Ich kenne ihn nicht nur, ich habe ihn erst auf diese Idee mit dem Speyerbach gebracht«, gestand André mit rot glühenden Ohren.

»Wie das?«, fragte Achill.

»Er nahm mit seinem Komplizen bei derselben Stadtführung teil, bei der auch dieser Komarow dabei war. Standardmäßig erzähle ich bei meinen Touren auch immer etwas über das unterirdische Flussbett des Speyerbaches.«

Achill schüttelte ungläubig den Kopf. »Organisierst du spezielle Führungen für Terroristen? Unglaublich, dass sie ausgerechnet bei ein und derselben Gruppe waren.«

»So unglaublich ist das nicht einmal. Es war wohl eine der wenigen offenen Stadtführungen, die *nach* der Bekanntgabe des Bestattungsortes und früh genug *vor* der Bestattung stattfanden. Offene Führungen, bei denen man ohne Anmeldung einfach so vorbeischneien kann, sind nicht so häufig.«

»So wie es aussieht, kannst du dich noch gut an sein Äußeres erinnern? Lass uns auf die Dienststelle gehen und ein Phantombild anfertigen.«

André spürte, wie Nervosität in ihm aufstieg. Die Vorstellung, gleich vor einem PC zu sitzen und sich erinnern zu müssen, ob die Nase geschwungen oder gerade und die Ohrläppchen angewachsen oder frei hängend waren, verunsicherte ihn. Er hatte ein miserables Personengedächtnis und konnte sich nur grob an Gesichter erinnern. Sein Gedächtnis funktionierte anders. Es arbeitete nicht fotografisch, sondern assoziativ. Er speicherte im Gehirn keine Bilder, sondern stellte Verbindungen her.

André zögerte mit der Antwort. Er strich sich nachdenklich mit der Hand übers Kinn. Er hatte alles andere als Lust, die merkwürdige Art, sich Personen und Dinge zu merken, hier auszudiskutieren.

»Ich habe eine bessere Idee«, sagte André und zückte sein Smartphone.

Achill und die Kollegen schauten ihn fragend an. »Was hast du vor? Willst du ihn etwa anrufen?«, fragte ihn Achill verwirrt.

»Lass mich!«, sagte André genervt in der, in solchen Situationen für ihn typischen, fast autistischen Geistesabwesenheit und tippte und wischte auf dem Gerät herum.

Die anderen schauten sich fragend an. Bertling setzte an, etwas zu sagen, doch Achill hob die Hand und gebot ihr zu schweigen.

Nach einer halben Minute drehte André das Display des Handys zu den anderen. »Das ist der Mann, den wir suchen!«

Jonas lachte. »Ich fürchte, den werden wir nicht mehr finden. Der ist schon lange tot.«

»Keine Sorge, das weiß ich, aber genauso sieht er aus. Er ist Erich Honecker wie aus dem Gesicht geschnitten. Nur, dass er anstatt dessen saarländischen Dialekts breitestes Sächsisch redet.«

»Und du meinst, wir sollen einfach dieses Foto zu unserem Phantombildzeichner schicken?«, wollte Achill wissen.

»Nein, das dauert viel zu lange. Wenn er seit der Stadtführung letzten Samstag hier ist, müssen er und sein Komplize, der ebenfalls Sächsisch sprach, irgendwo wohnen. Wir sollten das Foto einfach an die Speyerer Hotels weiterschicken. Ein Typ wie er und mit diesem Dialekt fällt auf.«

»Das hat Potenzial zum Stadtgespräch zu werden. Ich sehe schon die Schlagzeile am Montag in der Rheinpost ›Polizei sucht Erich Honecker!‹. Mehr blamieren können wir uns wohl kaum«, sagte Jonas lachend.

Achill grübelte und schaute auf seine Armbanduhr.

»Das scheinen die Ideen von Herrn Sartorius so an sich zu haben. Sie wirken auf den ersten Blick absurd, bergen Risiken, führen aber zum Ziel. Ich denke, wir sollten es probieren«, setzte sich Bertling für André ein.

André schmunzelte. »Absurd, risikoreich, aber zielführend. Sie haben eine besondere Art, mich zu charakterisieren.«

»Als Realistin sehe ich eben die Dinge so, wie sie sind«, gab Bertling lachend zurück.

»Okay, dann her damit. Schick mir das Foto und ich lasse es von den Kollegen im Präsidium an alle Speyerer Hotels schicken und eilig hinterhertelefonieren. Schließlich sind seit der Abfahrt des Leichenzuges gerade mal 25 Minuten vergangen und die Beisetzung findet just in diesem Moment im Adenauerpark statt«, drängte Achill.

Bertling nickte. »Mit etwas Glück sind die zwei noch in der Stadt und sitzen möglicherweise durch die Sperrungen irgendwo fest.«

»Ist schon unterwegs«, sagte André und vollführte ein paar Wischer und Fingerklicks.

»Ich hoffe nur, wir liegen mit allem richtig und das da hinten ist wirklich eine Bombe. Sonst sehe ich für Montag eine ganz andere Schlagzeile: ›Irrer Kriminalhauptkommissar stört Handynetze, jagt Müllsack hinterher und fahndet nach Erich Honecker‹. Das reicht wohl nicht mal mehr für Mali, sondern hört sich eher nach einer Einweisung in die nächstbeste Klapse an«, sagte Achill mit in Falten gelegter Stirn.

Jonas lachte laut auf, und die anderen schauten sich etwas betreten an.

»So, ich denke, wir sollten eilig zurück Richtung Polizeidirektion laufen. Ich könnte mir vorstellen, dass der Polizeipräsident einige Fragen an mich hat.«

Die anderen nickten und erhoben sich von der Bank.

»Moment noch«, sagte Achill und ging zurück zur Brücke.

André folgte ihm mit etwas Abstand.

Dort war alles mittlerweile weiträumig abgesperrt, und hüfttief im Wasser stehend hatte sich ein Kollege der Spezialeinheit mit einer schweren Schutzkleidung dem Bombenfloß genähert.

»Das ist nicht ohne«, sagte der Einsatzleiter, der wie gebannt auf den Mann im Bach starrte. »Mit dem Sprengstofferkundungsroboter kommt man ihr im Wasser nicht bei. Die Kollegen wollen sie auf den Rhein schleppen und draußen auf dem Wasser kontrolliert sprengen.«

»Demnach steht fest, dass es eine Bombe ist?«, fragte Achill nervös.

»Sie haben Nerven, meinen Sie, wir würden sonst diesen Zirkus hier veranstalten«, sagte der Angesprochene, der offensichtlich Achill nicht kannte. »So wie mir der Kollege da unten mitteilte, scheint es sich um Plastiksprengstoff von der Bundeswehr zu handeln«, ergänzte er und wies mit dem Finger auf den Sprengstoffexperten im Speyerbach.

Achill wendete, und André glaubte, ein zufriedenes Lächeln auf seinem Gesicht zu erkennen.

Sie gingen zügig am Südufer des Baches entlang zurück Richtung Dom. Achill marschierte eiligen Schrittes voraus. Es schien ihm wichtig zu sein, schnell an der Polizeidirektion anzukommen, um die Situation mit seinen Vorgesetzten zu besprechen. Hinter ihm liefen Bertling und Jonas, den Abschluss bildete André. Obwohl sie erst 200 Meter gegangen waren, war er schon ein ganzes Stück zurückgefallen. Wie immer, wenn er grübelte, vergaß er, was um ihn herum geschah.

»Wenn du magst, kannst du nachkommen. Wir können deine Zeugenaussage auch nachher noch protokollieren«, sagte Achill, der stehen geblieben war und auf ihn wartete.

André zuckte zusammen, als er angesprochen wurde. »Nein, schon gut. Ich habe nur etwas nachgedacht.«

Achill lachte. »Wenn du nachdenkst, ist das immer mit Stress verbunden.«

»Kann sein«, antwortete André und rieb sich das Kinn.

»Ich habe mir nur überlegt, ob wir nicht zu früh aufgeben. Eigentlich können die beiden nicht weit sein.«

»Wie meinst du das?«, fragte Achill überrascht.

»Wenn man unterstellt, dass es wirklich nur zwei waren, die die Sache durchziehen wollten, dann ist ein gewisser Ablauf zwingend vorgegeben. Und aus dem geht hervor, wo sie sich aufhalten müssten.«

»Aha. Und wo sind sie jetzt?«

André schaute auf die Armbanduhr. »Ich tippe, sie stehen auf dem Parkplatz in der Mühlturmstraße.«

Achill lachte und schüttelte den Kopf. »Hast du jetzt auch noch hellseherische Fähigkeiten oder willst du mich gerade verkohlen?«

»Nein. Ich meine es ernst. Ein Verbrechen dieser Dimension setzt eine ausgefeilte Planung voraus. Und ich habe mich die letzten Minuten eigentlich nur gefragt, wie ich es geplant hätte. Und ich kann es drehen und wenden, wie ich will, es gibt eben nur diese eine Möglichkeit.«

»Und wie kommst du darauf, dass sie dort sind?«

»Ganz einfach. Eine Bombe in dieser Größe ist schwer und zudem in der Floßform wohl kaum zu Fuß zu transportieren. Man würde unweigerlich auffallen. Dort, wo sie unser Freund, das Honecker-Double, versenkt hat, konnte er sie wohl kaum lagern. Das heißt, sein Komplize muss ihn und die Bombe dort mit dem Auto abgesetzt haben.«

»Klingt logisch«, sagte Achill nickend.

André fuhr, die Augen stur auf den Boden gerichtet, mit seinen Ausführungen fort. »Das bringt aber ein Problem mit sich. Er kann sie, um nicht aufzufallen, vor dem Aussetzen in den Bach nicht lange zurückhalten. Offensichtlich war das ja auch die Krux, sonst hätte diese Frau es nicht geschafft, ihn wegen des vermeintlichen Müllabladens anzugehen.«

»Schon, aber auf was willst du hinaus?«

»Ganz einfach, die Bombe schwimmt auf dem Speyerbach ungefähr in Schrittgeschwindigkeit. Das bedeutet, derjenige, der sie eingesetzt hat, konnte es nicht schaffen, in sicherem Abstand zu ihr auf der Maximilianstraße zu stehen und den Trauerzug abzuwarten. Insbesondere dann nicht, wenn er auch noch in die Diskussion mit dieser Frau verwickelt wurde.«

»Du meinst also, unser Honeckerverschnitt war nicht der, der die Bombe hätte zünden sollen.«

»So ist es.«

Also war es der andere, der den Auslöser bedienen sollte.

»Ja, davon gehe ich aus.«

Achill nickte zustimmend.

»Aber auch der hat eine Schwierigkeit. Er setzte seinen Komplizen direkt am Bach aus. Die Herausforderung ist nun, er muss so schnell wie möglich auf die Maximilianstraße kommen, um dort auf den Leichenzug zu warten. Er muss einerseits einen Standort finden, der weit genug vom Altpörtel entfernt ist, um sich nicht selbst zu gefährden, und ihm andererseits freie Sicht auf den Trauerzug gewährt. Also muss er etwa in der Mitte der Maximilianstraße stehen. Das ist eine relativ weite Strecke. Selbst wenn er so schnell läuft, wie er kann, wird das ausgesprochen knapp und er hat keine Zeit für einen Umweg.«

»Ja, logisch und dann?«

»Er sitzt aber noch im Wagen. Er kann das Auto aber auf der belebten Schützenstraße nicht abstellen. Jeder Versuch, dort zu parken, würde ihn nur weiter in die falsche Richtung bringen. Es gibt nur eine Möglichkeit, wie es weiterging. Er muss dort in die Mühlturmstraße eingebogen sein. Nur dieser Weg bringt ihn der Maximilianstraße näher.«

»Ich glaube, ich verstehe jetzt, worauf du hinauswillst«, sagte Achill.

»Die Mühlturmstraße ist eine Einbahnstraße und zudem am anderen Ende zur Bahnhofstraße wegen des Trauerzugs gesperrt. Er kam dort nicht raus. Er muss den Wagen dort geparkt haben, und es gibt dort nur einen Parkplatz, der kurz vor der Bahnschranke.«

Sie waren die letzten Minuten langsam weitergegangen, hatten zu den beiden anderen aufgeschlossen und die kleine Fußgängerbrücke zum unteren Domparkplatz überquert.

»Okay, dann lass es uns versuchen«, sagte Achill und winkte einen uniformierten Polizisten herbei, der gerade ein Absperrband entfernte.

»Frank Achill, Kripo Ludwigshafen, wir sind gerade bei einem Einsatz und brauchen dringend einen fahrbaren Untersatz. Können Sie uns weiterhelfen?«

»Ei des is kän Problem, isch schick ihne glei jemond, wu sie hämfahrt«, antwortete der junge Mann in breitestem westpfälzer Dialekt.

Achill grinste. »Von nach Hause war keine Rede, wir müssen, wie gesagt, zu einem Einsatz.«

»Schunn klar, werd gemacht«, sagte der Polizist und ging zu seinem Polizeikleinbus.

»Was wird das?«, rief Jonas, der von den Planungen seines Chefs nichts mitbekommen hatte.

»Wir schauen mal, ob wir unsere Täter nicht selbst dingfest machen können«, antwortete Achill schmunzelnd.

»Geht da etwa gerade der Ehrgeiz mit dir durch?«, mischte sich Bertling ein.

»Keine Sorge, ich hole schon noch Hilfe. Ich brauche nur noch etwas Klarheit.«

Nur Sekunden später fuhr der Polizeibus vor. »So, und nun nichts wie rein!«, wies Achill die Kollegen an. »Jonas, bitte zeigen Sie unserem Fahrer, wie wir auf dem schnellsten Weg in die Gilgenstraße kommen. Ich möchte, dass er uns am Fahrradgeschäft rauslässt.«

»Nicht schlecht. Du willst dich von hinten anschleichen«, kommentierte André die Anweisung seines Freundes.

»So ist es. Jetzt sag mir bitte, warum du dir so sicher bist, dass die beiden nicht schon längst über alle Berge sind, bevor ich die Kavallerie bestelle.«

»Ich bin mir nicht sicher. Ich kann es mir aber gut vorstellen.«

»Aha und warum?«

»Es ist eine einfache Rechenaufgabe. Der Trauerzug hat etwa um 20.15 Uhr das Altpörtel passiert. Spätestens dann versuchte der Attentäter, die Bombe zu zünden. Es klappte nicht. Ich gehe davon aus, dass die beiden versucht haben, Kontakt miteinander aufzunehmen. Dazu musste der Typ auf oder eher hinter der Maximilianstraße einen ruhigen Winkel suchen. Sie telefonierten, sagen wir bis 20.25 Uhr. Möglicherweise hatte er gar den Reflex, so wie wir, der Bombe hinterherzulaufen und sie einzufangen, um ihre einzige Spur zu verwischen. Er konnte ja nicht wissen, dass wir von ihren Plänen wussten und das Signal gestört haben. Zu diesem Zeitpunkt fühlten sie sich noch sicher. Wenn er wirklich der Bombe gefolgt ist, hat er uns irgendwann gesehen und wusste, dass wir Bescheid wissen. Spätestens dann ist er umgekehrt. Nehmen wir an, das war um 20.35 Uhr. Da der Speyerbach aber in gegengesetzter Richtung zum Auto liegt und er, um kein Aufsehen zu erregen, bestimmt nicht rannte, wird er für die drei Kilometer ungefähr eine halbe Stunde brauchen. Wir wären dann bei 21.05 Uhr.«

Beide schauten gleichzeitig auf ihre Armbanduhren.

»Verdammt, genau 21.05 Uhr«, stöhnte Achill.

»Das wird eng«, bestätigte Bertling.

»Ja, wenn das so ist, werden wir wohl auf die Kavallerie verzichten müssen. Bis sich Bundespolizei, LKA und unser Präsidium abgestimmt haben, können uns die Attentäter schon eine Ansichtskarte schreiben«, sagte Achill entschlossen.

»Aber Chef, wenn das schiefgeht …«, wandte Bertling ein.

»Wenn wir es alleine versuchen, geht es vielleicht schief. Wenn wir auf Hilfe warten, geht es sicher schief. Im Übrigen sprach Herr Sartorius von zwei Herren um die 70. Das sollte von uns dreien zu meistern sein.«

»Vieren«, raunte ihr Fahrer.

»Und ich bin auch noch da«, ergänzte André.

»Ich denke, das ist nur was für Profis. Die Typen sind gefährlich und mit Sicherheit bewaffnet. Deine Aufgabe beschränkt sich darauf, sie zu identifizieren, und für den Rest der Aktion bleibst du in Deckung!«, sagte Achill bestimmt.

Mittlerweile waren sie ihrem Ziel schon nahe gekommen. Der junge Uniformierte hatte alles, was er konnte, aus dem klapprigen Polizeitransporter herausgeholt.

»So und nun zum Schlachtplan«, begann Achill: »Die Mühlturmstraße, an der sie vermutlich parken, hat drei Zugänge. Einen von der Bahnhofstraße, den wirst du nehmen, Verena. Lauf bis kurz vor den Modeladen und bleib unauffällig vor dem Schaufenster stehen. Dann den Abzweig zur unteren Langgasse; von hier wird Jonas kommen. Er wird bis zur Einmündung vorrücken und außer Sicht abwarten. Und dann noch den Ausgang zur Schützenstraße. Sollten sie aus der Stadt rauswollen, wovon wir ausgehen, versuchen sie wahrscheinlich, den zu nehmen. Ich würde Sie bitten, dort den Transporter quer zu stellen und dahinter in Deckung zu gehen. Wenn sie fliehen, werden wir sie an dieser Stelle packen. Herr Sartorius und ich kommen wie zwei Spaziergänger über den Fußweg von der Gilgenstraße, und er wird sie identifizieren. Auf mein Kommando rücken wir alle außer unserem Mann an der Straßensperre zum Parkplatz vor und verhaften sie. Hat jeder sein Funkgerät parat? Wir weichen aufs Zwei-Meter-Band Kanal 225 aus. Ich möchte, dass wir freien Funkraum haben. Ich will nicht, dass uns jemand dazwischenfunkt. Weiß jeder, was er zu tun hat?«, schloss Achill und alle nickten.

»Wenn ihr an eurer Zielposition seid, gebt ihr mir das per Funk durch.«

Mittlerweile hatte ihr Fahrer an Achills Zielpunkt, dem Fahrradladen auf der Gilgenstraße, angehalten.

»So, Sie lassen uns jetzt raus und wir laufen die paar Meter zu unserer Ausgangsposition. Sie wenden und fahren an der Gedächtniskirche vorbei zur Schützenstraße. Wenn wir uns alle beeilen, sind wir in fünf Minuten einsatzbereit. Hat jeder seine Dienstwaffe dabei?«

Alle tasteten an den unterschiedlichsten Positionen nach ihren Waffen und nickten.

Jonas und Verena Bertling waren die Ersten, die aus dem Wagen sprangen. Beide würden sie noch etwas der Gilgenstraße, die wenige Meter weiter in die Bahnhofstraße mündete, folgen. Dann würden sie nacheinander in ihre jeweilige Zielstraße abbiegen. Verena würde als Erste links in die Mühlturmstraße einbiegen. Jonas würde noch eine Querstraße weiter laufen und dann ebenfalls nach links verschwinden.

Dann stiegen Achill und André aus und liefen in die schmale Kapuzinergasse. Sie war eine Sackgasse und nur rund 100 Meter lang. Kurz vor ihrem Ende bogen sie nach links in einen Fußweg ab, der in die Parkanlage hinter der Sankt-Josephs-Kirche führte und auf den Parkplatz in der Mühlturmstraße zulief.

Sie waren fast am Ziel. Im Schutz eines niedrigen Buschsaums, der die Stellplätze vom Park trennte, warteten sie.

»Sie werden noch etwas brauchen«, flüsterte Achill.

Die Parkplatzanlage war klein und übersichtlich. Sie war nichts anderes als ein etwa 50 Meter langer asphaltierter Bogen südlich der Mühlturmstraße. Etwa in der Mitte der kurzen Straße zweigte er ab, um bald darauf etwas weiter westlich wieder auf die Fahrbahn zu treffen. Im Westen war die Ein- und Ausfahrt mit den für gebührenpflichtige Parkflächen obligatorischen Schranken. Im Osten war er durch eine Reihe Eisenpfosten vom Verkehr abgetrennt. Kurz vor diesen Pfosten stand ein überdachter Kassenautomat. Die Abstellplätze selbst waren im 90-Grad-Winkel längs der Zufahrt angeordnet.

Achill spähte als Erster durch den Busch, der ihnen eine gute Deckung gab, und zuckte alsbald wie vom Blitz getroffen zurück.

»Was ist?«, fragte André neugierig.

»Da steht einer am Automaten. Unglaublich, eine exakte Erich-Kopie«, stammelte Achill.

André lachte leise. »Sagte ich doch. Und der andere?«

»Moment«, Achill änderte etwas seine Position und versuchte an das Westende des Platzes zu spähen.

»Da vorne in einem Golf, zwei Stellplätze vor der Schranke, sitzt ein grauhaariger Mann auf dem Fahrersitz und wartet. Ich sehe ihn aber nur von hinten.«

»Und nun?«, fragte André. »Soll ich vorbeilaufen und ihn mir ansehen?«

»Dafür wird die Zeit nicht reichen. Wenn unser Honecker-Double gezahlt hat, fahren sie weg. Zu zweit im Wagen wird es gefährlich. Wenn einer fährt und der andere schießt, wird es mit dem kleinen Aufgebot, das wir hier haben, unmöglich sein, sie zu erwischen.«

André nickte.

»Wir müssen handeln – und das sofort«, sagte Achill entschlossen und reichte André sein Funkgerät.

»Ich hol mir den an der Kasse. Sobald ich ihn habe, rufst du damit die Kollegen. Sie sollen sich den Typen im Auto vornehmen.« Dabei wies er mit dem Finger auf die Ruftaste des Funksprechgerätes. Dann schlenderte er in Richtung Kassenhäuschen, so als wollte er nur zahlen. Das Honecker-Double probierte unermüdlich eine Geldmünze einzuwerfen, die ihm der Automat immer wieder entgegenspuckte.

André nahm auf die kurze Distanz wahr, wie Achill ihn freundlich grüßte und in der Innentasche des Sakkos herumnestelte, so als würde er sein Portemonnaie mit dem Parkticket suchen.

Erich schien er damit nicht weiter zu irritieren. Dieser rieb mittlerweile die widerspenstige Münze an der Blechfront des Automaten.

Wie zufällig fischte Achill die Dienstwaffe aus dem Jackett und drückte sie dem Mann vor ihm fest in den Rücken.

»Polizei! Sie sind verhaftet!«

›Nicht schlecht!‹, dachte André. Vor Bewunderung für

Franks gewandtes Eingreifen, verpasste er einen Augenblick, die anderen zu alarmieren.

Jetzt schaute der Komplize im Wagen gerade zu seinem Freund am Kassenautomaten. Zum Glück hielt Achill die Waffe so, dass sie dem Mann im Golf verborgen blieb.

Verdammt! André konnte deutlich beobachten, wie Erich die Lippen zu einem stimmlosen »Hilfe« formte.

Sein Kompagnon schien zu verstehen und betätigte, ohne zu zögern, den Anlasser.

Mist! André spürte, wie ihm heiß wurde und ihm der Schreck durch die Glieder fuhr.

»Schnell! Zugriff!«, rief er, so wie er es aus den Polizeiserien im Fernsehen kannte. »Er, er sitzt in dem Auto, das den Motor gestartet hat. Dort gleich an der Schranke. Beeilt euch um Himmels willen. Frank hat den anderen an der Kasse«, stammelte er unbeholfen.

Für einen Wimpernschlag schien die Szenerie wie angehalten. Der Mann im Wagen zögerte. Offensichtlich rang er mit sich, ob er den Mittäter befreien oder türmen sollte. Aber auch Bertling, Jonas und der Fahrer des Polizeitransporters waren noch nicht an ihren Positionen. Achills Gefangener schien durch die Reaktion des Komplizen und der Tatsache, dass Achill aus seiner Sicht alleine war, Oberwasser zu bekommen. Er versuchte sich zu Achill umzudrehen und griff nach dessen Dienstwaffe.

André verstand allmählich, was da gerade ablief. Um ungesehen zu bleiben, war sein Freund der Zielperson zu nahe gekommen. Auf die Distanz von wenigen Zentimetern war die Dienstwaffe im Rücken seines Gegners unbrauchbar. Würde er abdrücken, war ein tödlicher Schuss nahezu unausweichlich. Offensichtlich war Erich ein Profi und hatte diesen Patzer gnadenlos ausgenutzt.

André musste irgendetwas tun. Er konnte unmöglich seinen Freund im Stich lassen und riskieren, dass sein Kontrahent ihm die Pistole entwand.

Er stürmte linkisch vor und schrie laut: »Polizei! Stehen bleiben!«

Er war sich bewusst, dass diese Aktion Achill lediglich für ein oder zwei Sekunden einen Vorteil in dem gerade laufenden Gerangel verschaffen würde. Sobald Erich, der sich trotz vorgehaltener Waffe sehr geschickt zur Wehr setzte, sehen würde, dass er unbewaffnet war, war es vorbei.

Mittlerweile war das Auto rückwärts aus der Parklücke gestoßen und fuhr mit aufheulendem Motor auf den Kassenautomaten und die beiden miteinander Ringenden los. André konnte gerade noch einen Ausfallschritt machen, um nicht von dem Fahrzeug erfasst zu werden. Der Golf raste auf Achill und seinen Widersacher zu. Was hatte er vor? Er konnte unmöglich Achill erwischen, ohne auch seinen Komplizen zu überfahren. Offenbar setzte er darauf, dass Achill nachgab und er die zwei so trennen konnte. Auch Achill schien ausweichen zu wollen. Für einen Augenblick löste er die linke Hand, mit der er versucht hatte, den Griff nach der Pistole abzuwehren, vom Arm des Mannes. Er umfasste dessen Oberkörper und warf sich mit ihm rücklings in das kniehohe Buschwerk hinter dem Kassenhäuschen, sodass sie aus dem Fahrbereich des PKW gelangten.

Der Golf-Fahrer reagierte blitzschnell, riss das Lenkrad eine Vierteldrehung zur Seite und rauschte knapp am Automaten und den auf dem Boden Liegenden vorbei. Jetzt kam endlich Verena Bertling ins Sichtfeld. Sie hatte fast die mit der Pfostenreihe verstellte Ostausfahrt des Parkplatzes erreicht und zog ihre Dienstwaffe. Der Fahrer schien sie zu sehen und gab wieder Gas. Verena baute sich breitbeinig vor den Pfosten auf. Der Wagen raste auf sie zu. Sie gab einen Warnschuss in die Luft ab und schrie: »Halt! Stehen bleiben! Polizei!« Was in Anbetracht der geschlossenen Scheiben des Fahrzeuges und des wieder aufheulenden Motors weitgehend sinnlos verhallte. Sie zog die Pistole mit einem Ruck nach unten und visierte den Typen hinterm Steuer an. Die dünnen Metallpfähle würden dem entgegenrasenden Auto keinerlei Widerstand bieten.

Sie sprang, ohne zu schießen, zur Seite. Offensichtlich hatte sie eingesehen, dass der PKW sie auch mit einer Leiche auf dem Fahrersitz noch unter sich begraben würde.

»Verdammt!«, entfuhr es André. Das Ganze schien sich zu einem Fiasko auszuwachsen. Warum schoss sein Freund nicht endlich und nahm stattdessen in Kauf, dass er in der Rangelei den Kürzeren zog und vielleicht noch selbst eine Kugel fing.

Unterdessen mähte der Golf mit lautem Poltern die dünnen Eisenpfosten wie Grashalme nieder und drehte dabei scharf nach links ab. Anscheinend hatte er den Rettungsversuch angesichts der Übermacht aufgegeben und wollte Richtung Schützenstraße fliehen.

Jetzt trat Jonas auf den Plan. Er rannte aus der unteren Langgasse heraus und versuchte sich vor dem fliehenden Wagen mit gezogener Waffe in Position zu bringen.

André schüttelte den Kopf über sein Verhalten. Er hätte erkennen müssen, dass der Mann nicht fackeln würde. Der war abgebrüht und würde ihn eiskalt überfahren, noch ehe er ihn anvisiert hätte.

Offensichtlich realisierte er das mittlerweile auch und machte einen Satz rückwärts aus dem Fahrweg des mit großem Tempo türmenden Fahrzeugs.

Plötzlich hörte André ein lautes Stöhnen aus Franks Richtung. Die Kontrahenten wälzten sich immer noch auf dem Boden hinter dem Automaten. Obschon das Honecker-Double rein körperlich Achill wenig entgegenzusetzen hatte, war es ihm irgendwie gelungen, den Finger unter den Abzug und zwischen den halbrunden Abzugsbügel zu bekommen, sodass Frank den Abzug nicht mehr durchzudrücken vermochte. Der Zeigefinger blutete stark und war eingeklemmt. Obwohl die Waffe in der Konsequenz unbrauchbar für Achill war, konnte er es nicht riskieren, sie loszulassen. Er war dadurch gehandicapt und es gelang ihm nicht, den Widersacher alleine mit dem freien linken Arm zu überwältigen.

André war wie erstarrt und unfähig einen klaren Gedanken zu fassen, zu unübersichtlich war die Situation. Sollte er seinem Freund zu Hilfe kommen oder würde er gar durch sein Eingreifen die Lage noch verkomplizieren? André ging ein paar Schritte auf sie zu. Das Funkgerät in der Hand.

Doch er wurde durch ein lautes Quietschen abgelenkt. Der Flüchtende war vor dem vorm Bahnübergang quer stehenden Polizeitransporter angekommen und hatte scharf abgebremst. André sah den jungen Uniformierten, wie er hilflos hinter der Deckung der Motorhaube mit der Dienstwaffe herumfuchtelte.

Den flüchtigen Komplizen schien das nicht zu beeindrucken. Er wendete auf der Stelle, indem er das Heck des Golfs ausbrechen ließ, und setzte an, die Mühlturmstraße in Richtung Bahnhofstraße zu verlassen.

Wie aus dem Nichts baute sich Bertling erneut etwa 50 Meter vor ihm breitbeinig auf und umklammerte mit beiden Händen ihre Pistole. Ihre Züge hatten sich zu einer vor Wut und Entschlossenheit verformten Grimasse entstellt. Plötzlich hallten zwei Schüsse durch die Straße und André erkannte das Mündungsfeuer an Bertlings Waffe. Einer traf den Kühler, der andere durchschlug die Frontscheibe in Höhe des Beifahrersitzes. Der Fahrer verzog den Wagen und raste ungebremst in das Schaufenster des menschenleeren Modeladens gegenüber dem Parkplatz.

Bertling stand noch immer in Schussposition. Ihre Miene entspannte sich, und André glaubte zu erkennen, wie ein Grinsen über ihr Gesicht huschte.

Doch er hatte keine Zeit, dem Geschehen im Laden weiter zu folgen. Noch immer war sein Freund in akuter Gefahr. Er machte einen Satz auf die beiden am Boden Rangelnden zu und stanzte in einer unkontrollierten Mischung aus Angst und Wut energisch das Funkgerät mit der unteren Kante auf Erichs kahlen Hinterkopf.

40. JAGDBEUTE

Samstag, 1. Juli 2017, 21.25 Uhr

Bevor das Honecker-Double wieder zu sich kam, legte ihm Frank Achill an Ort und Stelle Handschellen an.

»Kein schlechter Schlag. Du hast ihn sauber ausgeknipst«, sagte er lächelnd zu André, der noch immer nicht recht wusste, ob es ihm nun gefallen sollte, einen Menschen so rüde niedergestreckt zu haben.

Unterdessen waren Verena und ihre beiden Kollegen durch das völlig zerstörte Schaufenster in das Geschäft vorgedrungen. Während Erichs Komplize noch immer etwas benommen vor sich hinstarrte, riss sie die Fahrertür auf und zerrte ihn neben dem Auto auf den Boden. Mit geübten Griffen drehte sie ihn auf den Bauch, drückte ihm ein Knie ins Kreuz, bog ihm die Arme auf den Rücken und legte ihm ebenfalls Handschellen an.

»Sie sind wegen des Verdachts auf Vorbereitung eines Sprengstoffanschlages vorläufig festgenommen!«, schrie sie den Mann, der allmählich wieder zu sich kam, viel zu laut an. Er hatte von seinem Drive-in-Abenteuer eine dicke Beule auf der Stirn und ein paar kleinere Schnittwunden an den Händen durch die Glassplitter der geborstenen Seitenscheibe davongetragen. Ansonsten wirkte er unverletzt.

Nur wenige Minuten später trafen weitere Einheiten der Polizei und ein Großaufgebot der Feuerwehr ein. Ihr uniformierter Fahrer hatte sie angefordert. Schließlich musste sich jemand um das Chaos im Laden kümmern. Während Bertling und Jonas noch damit beschäftigt waren, die beiden Attentäter zu ihrem Polizeitransporter zu führen, waren Achill und André bereits vorgegangen und warteten im Auto. Plötzlich knarzte eine blecherne Stimme aus dem im Armaturenbrett des Wagens verbauten Funksprechgerät.

»Hier spricht Kriminaldirektor Sternberg vom BKA. KHK Achill, wir ersuchen Sie, vor Ort zu bleiben. Kriminalrat Bernstein vom BKA wird mit seiner Einheit gleich bei Ihnen sein, die Verhafteten übernehmen und die Untersuchung weiterführen.«

Ihr Fahrer reichte Achill mit zerknirschtem Gesicht die an einem Spiralkabel hängende Sprechmuschel des Gerätes.

Achill nahm sie und legte umständlich den rechten Handteller über die Sprechschlitze und rieb ihn auf und ab.

»Schlecht ver… Empfang … komm… wiederholen … im Griff … over«, schrie er mit völlig abgehackter Stimme ins Funkgerät, während sich ein diabolisches Grinsen auf seinen zerkratzten Wangen breitmachte.

Dann drückte er den kleinen Off-Knopf an der Seite der Sprechmuschel und reichte sie dem Uniformierten zurück.

»Das müssen Sie morgen unbedingt in die Reparatur geben, der Empfang ist ja grauenhaft.«

»Gonz recht, das spinnt schon seit ä paar Daach«, bestätigte der junge Mann lachend und hängte sie in die Halterung.

»Ich fürchte, wir werden Sie noch mal als Chauffeur missbrauchen müssen«, sagte Achill und schaute sich nach seinen Leuten um, die mit den beiden Gefangenen nur noch 20 Meter vom Wagen entfernt waren. »Was wäre ein Jäger ohne seine Beute«, setzte er grinsend hinzu und klopfte dem jungen Polizisten auf die Schulter.

*

Als sie auf dem Hof der Polizeidirektion dem Transporter entstiegen, bot sich ihnen ein sonderbares Bild. Ein riesiges Aufgebot an zivilen und uniformierten Polizisten, die wohl gerade von ihren diversen Einsätzen im Stadtgebiet zurückgekehrt waren, stand auf dem Hof, um ihre Kollegen zu begrüßen. Achill und sein kleiner Trupp mit den Gefangenen im Schlepptau hatte Mühe, sich einen Weg durch die Wartenden zu bahnen. Immer wieder musste er stehen bleiben, um Hände zu schütteln oder Schulterklopfer entgegenzunehmen.

Kaum hatten sie das Gebäude betreten, baute sich ein gepflegter Herr Ende 50 im schwarzen Anzug vor Achill auf. »Mein Name ist Sternberg, Kriminaldirektor Doktor Harro von Sternberg vom BKA«, sagte er ausdrucksvoll mit ernstem Gesicht und reichte Achill eine Visitenkarte.

»Ich hatte Sie vorhin angewiesen, an Ihrem Einsatzort zu bleiben, aber offensichtlich haben Sie es vorgezogen, Ihren Posten zu verlassen«, setzte er schmallippig fort.

»Verzeihen Sie. Ich hatte Sie wohl nicht korrekt verstanden. Wir hatten Probleme mit dem Funkgerät«, antwortete Achill und legte einen Hauch Bedauern in seine Worte.

Sternberg fuhr ungerührt fort. »Wie ich hörte, fielen Schüsse und ein Ladengeschäft wurde völlig verwüstet. Schon auf der Polizeischule lernt man, nach derartigen Einsätzen vor Ort zu bleiben, um bei der Rekonstruktion und Dokumentation der Ereignisse mitzuwirken.«

Achill nickte. »Selbstverständlich ist mir das bekannt. Da aber einer meiner Leute verletzt ist, zog ich es vor, ihn und die Gefangenen zur Dienststelle zu begleiten.« Dabei wies er auf Jonas, dessen Hand immer noch den Verband trug und der sich bei seinem Ausfallschritt, als der Wagen der Attentäter auf ihn zuraste, den Knöchel verstaucht hatte.

»Sei's drum«, sagte Sternberg mit einem Gesicht, als hätte er gerade in ein Stück Kernseife gebissen. »Es ist Ihr Problem, wenn man Ihnen für die Vorkommnisse von vorhin und die dabei an den Tag gelegten Kompetenzüberschreitungen ein Disziplinarverfahren anhängt.«

Achill nickte und zog es vor zu schweigen.

»Bernstein, übernehmen Sie mit Ihren Leuten die Gefangenen«, wies Sternberg einen etwas dicklichen, ebenfalls in einem dunklen Anzug steckenden Mann mittleren Alters an, den zwei schwarz-beanzugte Hünen mit Knopf im Ohr flankierten. »Es wird Zeit, dass die Verdächtigen in professionellere Hände kommen«, schob er ölig nach und ließ den Blick abschätzend über Achills derangiertes Äußeres wandern.

André beobachtete, wie sein Freund innerlich bebte. Als Achill ansetzte, etwas zu erwidern, trat er einen Schritt an ihn heran und packte ihn am Arm. »Du blutest an der Hand, lass dich verbinden«, sagte er und wies auf dessen linke Hand, von der gerade ein Blutstropfen zu Boden fiel.

»Ganz recht, Sie sollten sich nun intensiv um die Gesundheit Ihrer Leute kümmern, schließlich sind Sie ja nur deswegen hergekommen«, bestätigte Sternberg schief grinsend und wandte sich zu seinem Mitarbeiter.

»Bernstein, in die Verhörräume mit den beiden. Es wird Zeit, dass wir uns einen Eindruck verschaffen, ob das zutrifft, was unser guter Herr Achill diesen Herren vorwirft.« Dabei drehte er sich auf dem Absatz um und zog im Stechschritt an den um ihn herum stehenden Polizisten der Dienststelle vorbei.

»Menschenführung gehörte wohl nicht zu seinen Lieblingsfächern an der Polizeiakademie«, murmelte André seinem Freund zu und klopfte ihm aufmunternd auf die Schultern.

Was sich in den folgenden Stunden abspielte, war zermürbend. Zunächst wurden alle getrennt voneinander über die Vorkommnisse des Nachmittags und des Abends befragt und all ihre Aussagen sorgfältig protokolliert. André tat sich schwer damit, sich an alles haarklein zu erinnern. Mittlerweile war es Mitternacht, und der Tag war alles andere als erlebnisarm verlaufen. Er hatte Hunger. Als überzeugter Vegetarier hatte er das pappige Salamibrötchen, das man ihm vorgesetzt hatte und dessen fettiger Belag sich schon am Rand nach oben wellte, dankend abgelehnt. Er war müde und spürte, dass die Konzentration nachließ. Es war befreiend, als sich gegen 0.30 Uhr Achill neben dem Beamten, der André die letzten Stunden unermüdlich ausgefragt hatte, aufbaute und ihnen zuhörte.

»Wie viel Zeit verstrich zwischen dem ersten und dem zweiten Schuss, den Kriminalkommissarin Bertling auf das Auto des Flüchtenden abfeuerte?«, fragte ihn dieser gerade zum dritten Mal. André fühlte sich völlig leer. Aktuell hätte er noch nicht einmal genau sagen können, ob es wirklich nur zwei Schüsse gewesen waren. Immer mehr verschwommen ihm die Erinnerungen.

»Ich denke, es reicht für heute. Herr Sartorius wird uns auch am Montag noch zur Verfügung stehen. Sollten Sie weitere Fragen an ihn haben, können wir ihn am Montag herbemühen«, sagte er und warf dem Kollegen, der André befragt hatte, einen bittenden Blick zu.

41. ERWACHEN

Sonntag, 2. Juli 2017, 8.00 Uhr

André kam sich wie ausgespuckt vor. Als er gegen 1.00 Uhr nach Hause gekommen war, hatte er sich todmüde und zugleich aufgewühlt gefühlt.

Er hatte Stunden gebraucht, um in den Schlaf zu finden. Und selbst, als er es endlich geschafft hatte, zogen sich Zerrbilder der gestrigen Ereignisse durch seine Träume und ließen ihn nicht zur Ruhe kommen.

Um 8.00 Uhr schließlich beschloss er, dem ruhelosen Herumgewälze ein Ende zu setzen und den Tag noch im Bett mit dem Smartphone und der Lektüre der Online-Ausgaben der regionalen Zeitungen zu beginnen.

Schon im Leitartikel der Online-Zeitung Speyer-Akut wurde die Kohlbeerdigung aufgegriffen.

»Würdevoll – feierlich und der herausragenden Persönlichkeit des Altbundeskanzlers angemessen!«, titelte der Leitartikel. Darunter war zu lesen, dass die Veranstaltung perfekt organisiert und ohne weitere Vorkommnisse abgelaufen war. Man würdigte die Arbeit des Organisationsstabs und des leitenden Kriminaldirektors der Bundespolizei Doktor Harro von Sternberg als höchst professionell und richtungsweisend für Großveranstaltungen dieser Art.

André spürte, wie sich eine leichte Übelkeit auf seinen Magen legte. ›Wahrscheinlich war der Redakteur ein Cousin dieses Fatzkes‹, dachte er zähneknirschend. Er klickte sich zur Online-Ausgabe der Mannheimer Abendzeitung weiter. Auch hier wurden ähnliche Töne angeschlagen.

Schließlich nahm er sich die APP der Rheinpost vor.

Dito – genau das Gleiche. Er blätterte zum Lokalteil. Neben einigen Streiflichtern über das Mittagessen des Bundespräsidenten im »Domhof« und dem Abstecher der Bundeskanzlerin auf eine Hochzeit in Römerberg auf der Herfahrt fand er einen Artikel mit der Überschrift: »Irrfahrt eines alkoholisierten Autofahrers endet im Schaufenster eines Modegeschäftes in der Mühlturmstraße.«

Hastig las er weiter.

»Gestern Abend nach den Trauerfeierlichkeiten fielen einer Polizeistreife auf dem Parkplatz an der Mühlturmstraße zwei ältere Herren auf, wie sie offensichtlich in stark angetrunkenem Zustand ihr Fahrzeug bestiegen. Auch nach Ansprache durch einen Kriminalhauptkommissar ließen sie sich nicht davon abhalten, in ihr Auto einzusteigen und loszufahren. Erst nach einer kurzen Verfolgungsjagd und Warnschüssen der Polizei, die sicherlich als Überreaktion betrachtet werden müssen, kam der Wagen im Schaufenster eines Ladengeschäftes zum Stehen. Glücklicherweise blieben die beiden unverletzt … wurden aber aus Vorsichtsgründen in Polizeigewahrsam genommen …«

André schüttelte empört den Kopf. Was war das?

Hastig wischte er sich vorwärts. Zwei Seiten später fand er eine weitere Notiz.

»Bei einer Übung der Wasserschutzpolizei und einer Spezialabteilung des LKA wurde eine im Rhein schwimmende Bombenattrappe bei Rheinkilometer 409,5 in Höhe Otterstadt gesprengt. Die gleichzeitige Anwesenheit verschiedener Polizeikräfte bei der Überführung des Sarges des Altbundeskanzlers auf dem Rhein wurde im Rahmen einer konzertierten Zusammenarbeit genutzt, um die Reaktion auf eine terroristische Bedrohung zu simulieren. Dabei wurde ein vorher ausgesetzter Schwimmkörper mittels eines gezielten Beschusses unschädlich gemacht. Das LKA wertete die Übung als Erfolg. Es gingen dazu zahlreiche Anrufe von besorgten Spaziergängern und Anglern ein, die sich keinen Reim auf das laute Geräusch machen konnten …«

Was sollte das? André schüttelte ungläubig den Kopf. Und blätterte entnervt eine Seite zurück. Es wunderte ihn nun nicht mehr, auf noch folgende kleine Glosse am Rande der Seite zu stoßen:

»Gestern kam es aufgrund eines technischen Defektes zu einem kurzzeitigen Ausfall der Handynetze im Stadtzentrum von Speyer … verunsicherte Teenager waren mehrere Minuten gezwungen, anstatt Textnachrichten zu schreiben, völlig offline Gespräche miteinander zu führen …«

Kraftlos und verwirrt ließ sich André wieder in sein Kissen fallen. Für einen Moment fragte er sich, ob er das alles nur geträumt hatte.

Noch einmal sank er in einen kurzen unruhigen Schlaf. Als er aufwachte, fühlte er ein tiefes Gefühl von Niedergeschlagenheit und Enttäuschung. Wollte man etwa Frank um den verdienten Erfolg bringen?

Er beschloss aufzustehen. Vielleicht konnte ihn ja Irina aus der Morgendepression reißen.

Als er an ihrem Zimmer vorbeikam, stand die Tür offen. Von ihr war weit und breit keine Spur. Allmählich dämmerte ihm, dass er sie gestern mit ihrem Onkel Kazimir auf der Maximilianstraße gesehen hatte. Was hatte er hier zu schaffen? Er und Ludmilla waren doch schon vor Tagen abgereist, um sich noch München und Wien anzuschauen. Er lief am Gästezimmer vorbei. Auch hier war die Tür geöffnet, und nichts deutete auf Kazimirs Anwesenheit hin.

Seine Verunsicherung war zu groß. Entgegen der sonstigen Gewohnheit entschloss er sich, ohne Morgentoilette, im Schlafanzug hinunter in die Küche zu gehen.

Im Flur stand ein Köfferchen aus billigem Kunstleder an die Wand gelehnt. Er erinnerte sich, es vor ein paar Tagen in der Hand von Kazimir gesehen zu haben.

Aber wo steckten Irina und ihr Onkel? Einen Augenblick erwog er, wieder nach oben zu gehen, um sich etwas überzuziehen. Der Gedanke, unrasiert und im zerknautschten Pyjama plötzlich Ludmilla gegenüberzustehen, irritierte ihn. Vorsichtig lugte er um die Ecke in die Küche. Auch hier war niemand. Zaghaft rief er nach Irina. Aber auch dies brachte keinen Erfolg. Was war geschehen? Es entsprach ganz und gar nicht Irinas Gepflogenheiten, sonntagmorgens vor 11.00 Uhr ihr Bett zu verlassen.

Besorgt entschied er sich, ihr eine Textnachricht zu schicken. Bestimmt würde sich alles gleich aufklären.

42. GRABESRUHE

Sonntag, 2. Juli 2017, 16.15 Uhr

André dröhnte der Kopf. Der gestrige Tag war anstrengend, die Pressenachrichten wirkten wie ein schlechter Scherz und Irina blieb verschwunden.

Er hatte mehrfach versucht, Frank telefonisch zu erreichen. Aber auch er ging, wie Irina, nicht ans Handy. Was war nur los? Alles war so unwirklich. Er kam sich vor wie bei der »Versteckten Kamera«. Vergeblich wartete er, dass jemand aus dem Nebenraum sprang und ihn darüber aufklärte, dass man ihm einen Streich gespielt hatte.

Trotz aller Besorgnis fühlte er sich zu matt, um weitere Maßnahmen zu ergreifen. Gegen 13.00 Uhr hatte er sich mit einem gewaltigen Brummschädel noch einmal hingelegt und war erst um 14.30 Uhr aufgewacht.

Mit innerer Unruhe schaute er auf sein Smartphone und entdeckte eine Textnachricht von Frank Achill.

»Treffen uns gegen 16.30 Uhr am Haupteingang des Adenauerparks. Irina ist bei mir.«

Was hatte das zu bedeuten? Warum war Irina bei ihm? War ihr womöglich etwas zugestoßen?

André stand mit einem flauen Gefühl im Magen bereits deutlich vor der verabredeten Zeit am Eingang des Parks. Nervös patrouillierte er auf dem Bürgersteig vor der Parkanlage auf und ab, während die dort postierten Uniformierten, die den Besucherandrang auf das frische Grab des Altbundeskanzlers kanalisieren sollten, ihn argwöhnisch beobachteten. Mehrfach hatte er geglaubt, am stadteinwärts gelegenen Ende der Bahnhofstraße Achills Wagen zu erkennen. Doch jedes Mal hatten ihm seine vor Müdigkeit brennenden Augen einen Streich gespielt. Jeder Gedanke, den er in einen Erklärungsversuch zu Irinas Verschwinden und zu der ungeplanten Anwesenheit Kazimirs verschwendete, schien den pulsierenden Kopfschmerz zu verstärken. Als fünf Minuten nach der vereinbarten Zeit noch immer niemand zu sehen war, übermannte ihn die Ungeduld. Hektisch griff er nach dem Smartphone und kontrollierte den Nachrichteneingang. Nichts! Gerade als er überlegte, an Achill eine Textnachricht zu schicken, nahm er im Augenwinkel wahr, wie die beiden um die Ecke zum Hirschgraben hin auf ihn zuschlenderten.

»Hallo, André, entschuldige, dass wir zu spät kommen, aber Irina hat uns ganz schön auf Trab gehalten heute Morgen«, begrüßte ihn Achill und blickte dabei Irina verschwörerisch an.

»So ist es eben, wenn man mit tatkräftigen Frauen zusammenarbeitet«, schob Irina nach und grinste.

André mochte es nicht, wenn er derjenige war, der nicht wusste, was um ihn vorging. Aber er war in solchen Situationen zu stur, um sich zu Rückfragen provozieren zu lassen. Daher verkniff er es sich, wie ein hungriger Karpfen nach der hingeworfenen Brotkrume zu schnappen.

Stattdessen wechselte er das Thema. »Lasst uns reingehen und von unserem Speyerer Kanzler Abschied nehmen. Der Park wurde erst vor einer Viertelstunde wiedereröffnet.«

Achill und Irina nickten und folgten ihm an den beiden Uniformierten vorbei in den Park. Dabei entging ihm nicht der etwas enttäuschte Gesichtsausdruck Irinas, die scheinbar darauf brannte, irgendeine Neuigkeit loszuwerden.

»Hast du schon in die Zeitungen geschaut?«, fragte André an seinen Freund gewandt.

Achill schnaubte. »Ja, ich hatte noch heute Nacht, nachdem du weg warst, ein unangenehmes Gespräch mit diesem von Sternberg. Insofern war ich wenigstens nicht überrascht.«

»Und?«

»Man hat mir eine Rüge erteilt wegen unangemessenen und eigenmächtigen Handelns.«

»Wie? Das verstehe ich nicht«, unterbrach ihn André.

Achill grinste schief. »Na ja, den Mobilfunk zu stören, einem Müllsack hinterherzujagen und schließlich das Auto eines *harmlosen Alkoholsünders* dermaßen brachial zu stoppen, war ihm wohl etwas viel. Dieser Fatzke konnte es wohl nicht verwinden, dass wir ihm die Schau gestohlen haben.«

André schaute verwirrt drein. »Ja, aber …«, begann er stockend. »Haben wir uns wirklich mit der Bombe getäuscht?«

»Nein, natürlich nicht. Die beiden haben heute Nacht noch alles gestanden. Sie sind Brüder und ehemalige Mitarbeiter des Ministeriums für Staatssicherheit. Sie hatten durch die Wende ihre sehr exponierte Position verloren. Der mit der Honeckervisage war immerhin Oberstleutnant gewesen. Aus zwei Staragenten waren mit einem Mal von allen verachtete arme Schlucker geworden, die am Schluss nur noch eine mies bezahlte Stellung als Wächter in einem Provinzparkhaus gefunden hatten. Dabei zerbrachen ihre Familien und als man ihnen noch, wie allen ehemaligen Mitarbeitern des MfS, die Rentenansprüche gekürzt hat, wollten sie sich posthum an dem, der aus ihrer Sicht dies alles zu verantworten hatte, rächen. Zu verlieren hatten sie sowieso nichts mehr.«

»Ja, aber wenn wir doch richtig lagen, wieso …?«, fragte André entgeistert.

»Weil die Bundespolizei sich höheren Interessen verpflichtet fühlt und wir uns dem unterzuordnen haben.«

»Welche höheren Interessen?«

»Hast du dich nie gewundert, dass es keine Schauprozesse gegenüber ehemaligen Stasibeamten gab? Man will, wie von Sternberg mir erklärte, keinen Keil zwischen die Bevölkerung treiben und die Geschichte so gut es geht ruhen lassen. Und da die Bundestagswahlen im September vor der Tür stehen, hat auch sonst niemand Interesse daran, ›die Bürger zu beunruhigen‹, wie er so schön sagte.«

»Verstehe«, sagte André mit grüblerischem Gesicht. »Aber kann er dabei so weit gehen, die Fakten …«

Achill unterbrach ihn. »Weißt du, der Polizeipräsident hier herrscht über die Menschen in seinem Dienstumfeld. Leute wie von Sternberg herrschen über Fakten. Das macht sie unglaublich gefährlich.«

»Das heißt, man hat dich auf ganzer Linie um deinen Erfolg gebracht?«

»So ist es. Formell wurde ich sogar für mein Verhalten gerügt, weil ich eigenmächtig gehandelt und das BKA nicht einbezogen habe. Aber von Sternberg hat anschließend den Wohltäter geheuchelt und mir zugesagt, dass, wenn ich weiterhin kooperativ bliebe, man von Disziplinarmaßnahmen absähe und auch kein Eintrag in meine Personalakte erfolgen würde.«

»Das nenne ich aber großzügig. Scheint so, als hätte er wenigstens ein schlechtes Gewissen«, erwiderte André kopfschüttelnd.

»Ich glaube eher, dass auch das Eis für ihn sehr dünn ist und er nur vermeiden will, dass ich mich irgendwie zur Wehr setze.«

»Klingt logisch«, sagte André und verfiel in grüblerisches Schweigen.

Unterdessen waren sie fast bis zum Grab vorgedrungen. Kurz vorher drehten sie ab, um eine Zusatzrunde durch den Park zu drehen. Wortlos gingen sie ein Stück nebeneinander her, um das Gehörte zu verdauen. André fühlte sich auf merkwürdige Weise schuldig am Elend seines Freundes und ließ gedankenverloren den Blick über den alten Baumbestand des Parks schweifen.

Nach einer Weile meldete sich Irina, die die ganze Zeit stumm zugehört hatte, zu Wort.

»Du, alter Mann, würde mir als deiner Mieterin nicht die zweite Garage an deinem Haus zustehen?«

André schreckte verwundert auf. Was sollte diese profane Frage just in einem Augenblick, wo es wirklich Wichtigeres zu verwinden gab. »Wieso, suchst du eine Bleibe für deinen Onkel Kazimir?«, erwiderte er unwirsch.

»Du bist fies, alter Mann. Hast du ihm nicht schon genug Unrecht getan?«

»Hmm«, brummte André.

»Wenn du's genau wissen willst: Nicht für Onkel Kazimir, sondern für mein Auto brauche ich die Garage.«

»Wie, Auto? Welches Auto?«, fragte André verwirrt und beobachtete, wie sich Irina und Achill verschwörerische Blicke zuwarfen.

»Na das, das, ich mir für die Entlohnung meiner kriminalistischen Leistungen anschaffen werde.«

»Kann mir mal jemand erklären, was ihr beiden da ausheckt?«, erwiderte André empört.

»Deine Irina und ihr Onkel Kazimir haben maßgeblich dazu beigetragen, dass ein gewisser Igor Komarow heute Vormittag durch die französischen Kollegen in Straßburg festgenommen werden konnte. Und dafür werden sie und ihr Onkel die von uns auf Komarow ausgesetzte Belohnung von 5.000 Euro erhalten.«

André schluckte überrascht und setzte an, eine Frage zu stellen, doch Irina kam ihm zuvor.

»Und im Gegensatz zu dir ist Onkelchen ein großzügiger

Mensch und wird mir seinen Teil überlassen, damit seine *süße* Nichte endlich nicht mehr überall zu Fuß hin muss.«

»Du und süß«, knurrte André kopfschüttelnd.

»Als dieser von Sternberg mitbekommen hat, dass Irina und ich uns kennen, hat er spontan zugesichert, die Belohnung auf 10.000 Euro aufzustocken«, fügte Achill grinsend hinzu.

»Ich sagte doch, der Typ hat ein schlechtes Gewissen.«

Achill lachte. »Nein, ganz bestimmt nicht. Mit der Ergreifung von Komarow kann er sich doch noch als Held positionieren.«

»Aber was haben Irina und Kazimir mit Komarow zu tun?«, bohrte André nach.

»Ganz einfach: Mut und kriminalistischer Scharfsinn«, sagte Irina gespielt schnippisch und warf lässig mit einer ruckartigen Kopfbewegung ihr Haar auf die andere Seite. »Während *Mann* Mülltüten hinterherkriecht und harmlose Autofahrer belästigt, muss *Frau* eben die Polizeiarbeit machen und den einzig richtig bösen Buben hinter Gitter bringen.«

»Aha«, sagte André grinsend. »Irina Croft in Aktion.«

»Spaß beiseite. Irina hatte wirklich einen guten Riecher. Nachdem du ihr von Kazimirs Gespräch mit Komarow bei der Stadtführung erzählt hattest, rief sie ihren Onkel an und fragte ihn danach. Kazimir diente im gleichen Regiment wie er – allerdings ein paar Jahre zuvor. Sie unterhielten sich über alte Kameraden und ganz besonders über einen, den Komarow als seinen besten Freund bezeichnete. Einen Russen, der sich in Straßburg niedergelassen hat.«

»Und da mein Onkel entgegen der Auffassung meines überaus bösartigen und misstrauischen Vermieters kein Gangster ist, sondern ein sehr gesetzestreuer Mensch, bot er sofort an, hierherzufliegen und die Polizei zu unterstützen«, sagte Irina, so als würde sie gerade ein Plädoyer halten.

»Schon gut, schon gut, ich bekenne mich ja reumütig der üblen Nachrede an deinem geliebten Onkel für schuldig.«

»Als uns heute Morgen im Präsidium Irinas Onkel die Sache erzählte und wir sonst keinen Anhaltspunkt hatten, wohin Komarow verschwunden sein könnte, baten wir die französischen Kollegen, diesem Freund einen Besuch abzustatten. Und bingo, dabei fanden sie Komarow.«

»Nicht schlecht«, meinte André.

»Oh, welch seltene Gnade, Anerkennung aus deinem Munde. Könntest du mir das vielleicht auf Band sprechen, damit ich es mir hin und wieder anhören kann.«

»Eigentlich hatte er sogar Glück, dass wir ihn fanden. Sein Knie war dermaßen infiziert, dass er wahrscheinlich sein Bein verloren hätte, hätten ihn die französischen Kollegen nicht sofort in ein Krankenhaus eingeliefert.«

»Na ja, dann hast du ja wenigstens doch noch einen Teilerfolg, Frank, und stehst nicht völlig mit leeren Händen da.«

»So ist es!«, sagte Irina und schaute stolz zu Achill auf.

Noch eine Weile schlenderten sie wortlos durch den Park, bis sie schließlich dem Grab nahe gekommen waren. Rund 50 Trauernde standen andächtig vor dem Seil, das die Behörden als improvisierte Absperrung vor dem frischen Grab gespannt hatten. In der Mitte gab es gerade etwas Platz und sie konnten direkt vor die letzte Ruhestätte des Altbundeskanzlers treten.

»Da liegt er nun. Wahrscheinlich ist er der deutsche Bundeskanzler, den selbst nach 100 Jahren noch jedes Schulkind kennen wird«, sagte Achill ehrfürchtig.

Die anderen nickten wortlos.

Zahllose Trauerkränze flankierten rechts und links mit einigem Abstand das Grab. Auf dem flachen Erdhügel stand nur ein einsames, schlichtes Holzkreuz mit der Aufschrift »Helmut Kohl, 3.4.1930 – 16.6.2017«. Davor lag ein einsamer beeindruckender Kranz, einzig gesteckt aus Hunderten blutroter Rosen.

»Sie muss ihn sehr geliebt haben«, sagte Irina leise, und André sah, wie ihr eine Träne über die Wange kullerte.

43. EPILOG

Nachdem die Existenz der Bombe von Vertretern des BKA wirkungsvoll vertuscht worden war, konnten Anton und August Strasser lediglich wegen des schweren Unfalls in der Mühlturmstraße als Folge von Trunkenheit am Steuer und einigen weiteren kleineren Delikten belangt werden.

Igor Komarow traf es härter. Ihm wurden sowohl die Morde an den Islamisten als auch am LKW-Fahrer zur Last gelegt. Er wurde zu einer Haftstrafe von 15 Jahren ohne Bewährung verurteilt.

Pjotrs oder zutreffender des Majors Leiche wurde einige Wochen später rheinabwärts in den Niederlanden gefunden. Wer ihn ermordete, blieb für die Polizei ein Rätsel. Da Komarow beharrlich schwieg und auch die Panzerfaust keine Fingerabdrücke von ihm aufwies, konnte, trotz der Spuren im Lastwagen und im Transporter, seine Mitwirkung an den Vorgängen des 1. Juli 2017 nicht vollumfänglich aufgeklärt werden.

In Bezug auf Aydin konnten die Behörden gewisse Erfolge verzeichnen. Bei den Nachforschungen zum Tode seines Bruders war man auf ihn aufmerksam geworden und konnte ihm die Fußabdrücke auf der Müllkippe zuordnen. Er war kooperativ, nutzte die Kronzeugenregelung und sagte gegen die islamistische Zelle aus, der Fayyadh und Khaled angehört hatten. Da er es war, der der Polizei den Sprengstoff übergeben hatte, und ihm keinerlei Verstrickung in die Anschlagsplanung nachgewiesen werden konnte, kam er straffrei davon. Als Kronzeuge stattete man ihn mit einer neuen Identität aus. Heute lebt er mit seiner deutschen Freundin und einem kleinen Sohn in Bayern. Im Dunkeln blieb allerdings seine Beteiligung am Rentnermord in Mannheim.

Der unbekannte Graffitikünstler, der die Wand unter der Rheinbrücke mit dem Konterfei des russischen Kapitäns verziert hatte, wundert sich noch heute über Pjotrs Hinterlassenschaft des »K« im Mützenschild des Soldaten, die mittlerweile von zahlreichen Nachahmern übernommen wurde.

DANKSAGUNG

Ich danke meiner Frau Christiane und unserer Tochter Eva-Marie für ihre nahezu grenzenlose Bereitschaft, bei jeder noch so unpassenden Gelegenheit meinen kriminellen Fantasien zu lauschen und mir Feedback zu geben. Es sind gerade diese flüchtigen, teilweise bizarren Ideen, die die Würze eines Krimis darstellen. Ich bin mir bewusst, dass beide in den letzten Monaten in der wachsenden Furcht lebten, ein Sondereinsatzkommando der Polizei könnte unser Haus stürmen und uns wegen Vorbereitung einer Straftat verhaften. Die umfangreichen Online-Recherchen nach Explosivstoffen und Kriegswaffen aller Art hätten zweifellos einen hinreichenden Anfangsverdacht begründet.

Ebenso danke ich Adelheid Cicewski sowie Sabine und Frank Seidel, die mir hilfsbereit mit scharfem Auge als Testleser zur Verfügung standen und halfen, so manchen Fehler auszumerzen.

Ein ganz besonderes Dankeschön geht an Sandra und Christoph Lode, die mir als im Literaturbetrieb sehr erfahrene Unterstützer stets mit Rat und Tat zur Seite standen. Sie versorgten mich mit unzähligen Tipps und ersparten mir die üblichen Anfängerfehler.

Last but not least, vielen Dank an Claudia Senghaas, Programmleiterin des Gmeiner-Verlages und meine Lektorin. Sie war es, die erkannte, dass die von mir nur in wenigen Sätzen skizzierte Romanidee Potenzial haben könnte, und mir das Vertrauen schenkte, daraus meinen ersten Krimi zu formen.

Bevor ich nun ende, möchte ich es nicht versäumen, mich an Sie, werte Leserinnen und Leser zu wenden.

Sie sind die Hauptpersonen im Literaturgeschäft. Was wäre ein Autor ohne sein Publikum?

Es ist mir ein Bedürfnis, mich bei Ihnen zu bedanken. Sie haben bis hierher durchgehalten und ich hoffe, Sie hatten beim Lesen genauso viel Spaß wie ich beim Schreiben.

Vielleicht kreuzen sich unsere Wege irgendwann wieder – zum Beispiel in Ihrer Lieblingsbuchhandlung.

Ihr
Uwe Ittensohn

DIE NEUEN Lieblings-plätze

ISBN 978-3-8392-2730-5

ISBN 978-3-8392-2929-3

ISBN 978-3-8392-2614-8

ISBN 978-3-8392-2930-9

ISBN 978-3-8392-2927-9

ISBN 978-3-8392-0043-8

ISBN 978-3-8392-2926-2

ISBN 978-3-8392-2925-5

ISBN 978-3-8392-0044-5

ISBN 978-3-8392-2932-3

ISBN 978-3-8392-2924-8

ISBN 978-3-8392-2624-7

ISBN 978-3-8392-2628-5

ISBN 978-3-8392-2931-6

ISBN 978-3-8392-2634-6

ISBN 978-3-8392-2928-6